21世纪高等院校规划教材

Java 语言程序设计
（第二版）

主　编　贾振华

副主编　庄连英　斯庆巴拉　史永生

中国水利水电出版社
www.waterpub.com.cn

内 容 提 要

本书第一版为普通高等教育"十一五"国家级规划教材。本书在第一版基础上进行了修订和补充，增加了数据库和网络编程。本书以面向对象的思想介绍使用 Java 语言进行程序设计的知识和方法，将面向对象的基本理论与 Java 语言程序设计相结合，而且运用了大量有应用价值的实例来实践这些知识、原理和方法，旨在培养读者正确运用面向对象的思维方法分析问题和解决问题的能力。全书共 14 章，主要内容有：Java 语言的基础知识，包括数据类型、运算符与表达式、数组、字符串和正则表达式的应用；面向对象设计的相关概念和实现方法，包括类、接口、包、继承等；图形用户界面设计，主要包括 Swing 组件、布局管理器、事件处理机制等；还介绍了一些 Java 语言的高级特性，如异常处理、输入输出、网络编程、数据库连接、多线程等。

全书内容丰富，深入浅出，系统性和应用性强，融入了作者多年教学和实践的经验及体会。书中含有大量典型的实用程序并上机通过，另外配套有《Java 语言程序设计（第二版）——习题解答、实验指导及实训》。

本书可作为高等院校计算机相关专业的教材，也可作为自学教材、全国计算机等级考试二级 Java 的辅导教材，还可作为计算机软件开发工程技术人员学习和应用的参考书。

本书提供电子教案和例题源代码，读者可以从中国水利水电出版社网站或万水书苑免费下载，网址：http://www.waterpub.com.cn/softdown/或 http://www.wsbookshow.com。

图书在版编目（CIP）数据

Java语言程序设计 / 贾振华主编. -- 2版. -- 北京
: 中国水利水电出版社，2010.1

21世纪高等院校规划教材
ISBN 978-7-5084-7067-2

Ⅰ. ①J… Ⅱ. ①贾… Ⅲ. ①JAVA语言－程序设计－
高等学校－教材 Ⅳ. ①TP312

中国版本图书馆CIP数据核字(2009)第228421号

策划编辑：雷顺加　责任编辑：张玉玲　加工编辑：庞永江　封面设计：李 佳

书　　名	21 世纪高等院校规划教材 Java 语言程序设计（第二版）
作　　者	主　编　贾振华 副主编　庄连英　斯庆巴拉　史永生
出版发行	中国水利水电出版社 （北京市海淀区玉渊潭南路 1 号 D 座　100038） 网址：www.waterpub.com.cn E-mail：mchannel@263.net（万水） 　　　　sales@waterpub.com.cn 电话：(010) 68367658（营销中心）、82562819（万水）
经　　售	全国各地新华书店和相关出版物销售网点
排　　版	北京万水电子信息有限公司
印　　刷	北京市天竺颖华印刷厂
规　　格	184mm×260mm　16 开本　17.25 印张　420 千字
版　　次	2004 年 11 月第 1 版 2010 年 1 月第 2 版　2010 年 1 月第 8 次印刷
印　　数	35001—39000 册
定　　价	28.00 元

序

随着计算机科学与技术的飞速发展,计算机的应用已经渗透到国民经济与人们生活的各个角落,正在日益改变着传统的人类工作方式和生活方式。在我国高等教育逐步实现大众化后,越来越多的高等院校会面向国民经济发展的第一线,为行业、企业培养各级各类高级应用型专门人才。为了大力推广计算机应用技术,更好地适应当前我国高等教育的跨跃式发展,满足我国高等院校从精英教育向大众化教育的转变,符合社会对高等院校应用型人才培养的各类要求,我们成立了"21世纪高等院校规划教材编委会",在明确了高等院校应用型人才培养模式、培养目标、教学内容和课程体系的框架下,组织编写了本套"21世纪高等院校规划教材"。

众所周知,教材建设作为保证和提高教学质量的重要支柱及基础,作为体现教学内容和教学方法的知识载体,在当前培养应用型人才中的作用是显而易见的。探索和建设适应新世纪我国高等院校应用型人才培养体系需要的配套教材已经成为当前我国高等院校教学改革和教材建设工作面临的紧迫任务。因此,编委会经过大量的前期调研和策划,在广泛了解各高等院校的教学现状、市场需求,探讨课程设置、研究课程体系的基础上,组织一批具备较高的学术水平、丰富的教学经验、较强的工程实践能力的学术带头人、科研人员和主要从事该课程教学的骨干教师编写出一批有特色、适用性强的计算机类公共基础课、技术基础课、专业及应用技术课的教材以及相应的教学辅导书,以满足目前高等院校应用型人才培养的需要。本套教材消化和吸收了多年来已有的应用型人才培养的探索与实践成果,紧密结合经济全球化时代高等院校应用型人才培养工作的实际需要,努力实践,大胆创新。教材编写采用整体规划、分步实施、滚动立项的方式,分期分批地启动编写计划,编写大纲的确定以及教材风格的定位均经过编委会多次认真讨论,以确保该套教材的高质量和实用性。

教材编委会分析研究了应用型人才与研究型人才在培养目标、课程体系和内容编排上的区别,分别提出了3个层面上的要求:在专业基础类课程层面上,既要保持学科体系的完整性,使学生打下较为扎实的专业基础,为后续课程的学习做好铺垫,更要突出应用特色,理论联系实际,并与工程实践相结合,适当压缩过多过深的公式推导与原理性分析,兼顾考研学生的需要,以原理和公式结论的应用为突破口,注重它们的应用环境和方法;在程序设计类课程层面上,把握程序设计方法和思路,注重程序设计实践训练,引入典型的程序设计案例,将程序设计类课程的学习融入案例的研究和解决过程中,以学生实际编程解决问题的能力为突破口,注重程序设计算法的实现;在专业技术应用层面上,积极引入工程案例,以培养学生解决工程实际问题的能力为突破口,加大实践教学内容的比重,增加新技术、新知识、新工艺的内容。

本套规划教材的编写原则是:

在编写中重视基础,循序渐进,内容精炼,重点突出,融入学科方法论内容和科学理念,反映计算机技术发展要求,倡导理论联系实际和科学的思想方法,体现一级学科知识组织的层次结构。主要表现在:以计算机学科的科学体系为依托,明确目标定位,分类组织实施,兼容互补;理论与实践并重,强调理论与实践相结合,突出学科发展特点,体现学科发展的内在规律;教材内容循序渐进,保证学术深度,减少知识重复,前后相互呼应,内容编排合理,整体结构完整；采取自顶向下设计方法，内涵发展优先，突出学科方法论，强调知识体系可扩展的原则。

本套规划教材的主要特点是：

（1）面向应用型高等院校，在保证学科体系完整的基础上不过度强调理论的深度和难度，注重应用型人才的专业技能和工程实用技术的培养。在课程体系方面打破传统的研究型人才培养体系，根据社会经济发展对行业、企业的工程技术需要，建立新的课程体系，并在教材中反映出来。

（2）教材的理论知识包括了高等院校学生必须具备的科学、工程、技术等方面的要求，知识点不要求大而全，但一定要讲透，使学生真正掌握。同时注重理论知识与实践相结合，使学生通过实践深化对理论的理解，学会并掌握理论方法的实际运用。

（3）在教材中加大能力训练部分的比重，使学生比较熟练地应用计算机知识和技术解决实际问题，既注重培养学生分析问题的能力，也注重培养学生思考问题、解决问题的能力。

（4）教材采用"任务驱动"的编写方式，以实际问题引出相关原理和概念，在讲述实例的过程中将本章的知识点融入，通过分析归纳，介绍解决工程实际问题的思想和方法，然后进行概括总结，使教材内容层次清晰，脉络分明，可读性、可操作性强。同时，引入案例教学和启发式教学方法，便于激发学习兴趣。

（5）教材在内容编排上，力求由浅入深，循序渐进，举一反三，突出重点，通俗易懂。采用模块化结构，兼顾不同层次的需求，在具体授课时可根据各校的教学计划在内容上适当加以取舍。此外还注重了配套教材的编写，如课程学习辅导、实验指导、综合实训、课程设计指导等，注重多媒体的教学方式以及配套课件的制作。

（6）大部分教材配有电子教案，以使教材向多元化、多媒体化发展，满足广大教师进行多媒体教学的需要。电子教案用 PowerPoint 制作，教师可根据授课情况任意修改。相关教案的具体情况请到中国水利水电出版社网站 www.waterpub.com.cn 下载。此外还提供相关教材中所有程序的源代码，方便教师直接切换到系统环境中教学，提高教学效果。

总之，本套规划教材凝聚了众多长期在教学、科研一线工作的教师及科研人员的教学科研经验和智慧，内容新颖，结构完整，概念清晰，深入浅出，通俗易懂，可读性、可操作性和实用性强。本套规划教材适用于应用型高等院校各专业，也可作为本科院校举办的应用技术专业的课程教材，此外还可作为职业技术学院和民办高校、成人教育的教材以及从事工程应用的技术人员的自学参考资料。

我们感谢该套规划教材的各位作者为教材的出版所做出的贡献，也感谢中国水利水电出版社为选题、立项、编审所做出的努力。我们相信，随着我国高等教育的不断发展和高校教学改革的不断深入，具有示范性并适应应用型人才培养的精品课程教材必将进一步促进我国高等院校教学质量的提高。

我们期待广大读者对本套规划教材提出宝贵意见，以便进一步修订，使该套规划教材不断完善。

21 世纪高等院校规划教材编委会

2004 年 8 月

第二版前言

本书第一版是普通高等教育"十一五"国家级规划教材。本书在第一版的基础上进行了修订和补充,保留了原教材特点,注重教材的理论与实际相结合,提高学生的基本专业知识素质和培养学生的实际应用能力,教材内容新颖、实用、易教易学。书中包含大量作者精心设计及选择的例题,每章后面给出适量的选择题、填空题、编程题等,以增强读者对知识的理解与掌握。另外,本版次在内容和部分例题上做了调整,增加了一些新的知识,例题源代码只给出了关键部分。

对第一版的结构进行了如下改动:原来的第 5 章拆分为 4、5 两章,在数组一章中新增了常用集合,并调整到第 6 章,Java Applet 得到内容充实并调整到第 12 章,把多线程调整到第13 章,新增第 10 章 JDBC 数据库编程和第 14 章网络编程。

本书以面向对象的思想介绍使用 Java 语言进行程序设计的知识和方法,将面向对象的基本理论与 Java 语言程序设计相结合,而且运用了大量有应用价值的实例来实践这些知识、原理和方法,旨在培养读者正确运用面向对象的思维方法分析问题和解决问题的能力。

本书的目的是让读者使用面向对象的思想去思考问题、分析问题、解决问题,学会利用当前最流行的、功能强大的面向对象程序设计语言 Java 开发各种软件产品,以适应网络时代社会对人才的需求。

全书共 14 章,具体内容简述如下:

第 1 章介绍 Java 语言的发展、特点,以及开发工具和开发步骤。

第 2 章详细讲解 Java 语言的基础,包括标识符、关键字、数据类型、表达式、常量、变量、运算符等内容。

第 3 章 Java 语言程序控制结构,包括顺序结构、选择结构和循环结构。

第 4 章涉及 Java 语言面向对象程序设计的最基本内容:类与对象等。

第 5 章讲解 Java 语言面向对象程序设计涉及的内容:类的继承和多态,以及接口和包等诸多概念与理论,新增了时间、日期类的使用。

第 6 章介绍数组和集合的应用。集合是新增加的内容,详细讲解向量和哈希表的使用。

第 7 章介绍字符串的基本操作。

第 8 章介绍异常处理机制、自定义异常及应用。

第 9 章讲述程序的输入输出流技术。

第 10 章介绍 JDBC 数据库编程。新增内容主要有 Java 与数据库的连接、访问数据库操作等。

第 11 章介绍图形用户界面的设计和编程技术,初步介绍 Java Swing,掌握常用 Swing 组件的用法。

第 12 章介绍 Java 多媒体应用,内容主要包括 Java Applet 的基本概念和工作原理、如何在Applet 程序中绘制图形、Java Applet 程序间的通信以及和浏览器之间的通信、在多媒体方面的支持等。

第 13 章介绍多线程技术以及与图形用户界面相结合的方法。

第 14 章介绍网络编程，通过套接字 Socket 使用 TCP/IP 协议和 UDP 协议编写相应的网络程序。

如果本书作为教学的教材使用，下表给出了课时的分配建议。

理论与上机实验课时分配建议

章节	课时分配	章节	课时分配
第 1 章 Java 语言概述	2	第 8 章 异常处理	2+2
第 2 章 Java 语言基础	4+2	第 9 章 输入输出处理	4+2
第 3 章 流程控制	2+2	第 10 章 JDBC 数据库编程	4+2
第 4 章 类和对象	4+2	第 11 章 图形用户界面	6+4
第 5 章 继承与接口	4+2	第 12 章 Applet 与多媒体	2+2
第 6 章 数组和集合	4+2	第 13 章 多线程	2+2
第 7 章 字符串处理	2+2	第 14 章 网络编程	2+2
合计		44+28=72	

说明：课时分配=理论课时+上机课时。

本书由贾振华任主编，庄连英、斯庆巴拉、史永生任副主编，贾振华编写第 1、2、4、5 章，史永生编写第 3 章、第 14 章，斯庆巴拉编写第 6～9 章，庄连英编写第 10～13 章。另外，参加本书部分编写工作的还有李杰、王振夺、孙红艳、崔玉宝、王静、赵丽艳、刘立媛、何志学、侯晓芳、杨丽娟、张春娥、房好帅、张云峰、钱文光等。贾振华对全书进行修订和统稿。

为了满足读者将本书作为主教材的教学要求，我们还编写了配套辅导书《Java 语言程序设计（第二版）——习题解答、实验指导及实训》，教材中所有例题的完整源程序、电子教案，读者可到中国水利水电出版社网站上下载，也可与本书作者联系索取更多相关教学资源。

在本书的编写过程中，参考了大量的相关技术资料，吸取了许多同仁的宝贵经验，在此表示感谢，同时还要对那些关心和支持本书编写工作的学校领导、老师和同学们表示感谢。

最后还要感谢中国水利水电出版社的领导和相关同志对本书作者的支持和帮助。

尽管我们做了最大的努力，但由于作者水平和时间的限制，书中难免有不妥之处，恳请广大读者批评指正，笔者的 E-mail：jiazhenhualf@126.com。

编 者

2009 年 10 月

第一版前言

到目前为止，Java 被公认是 WWW 上最优秀的编程语言，但在开始设计 Java 时，却是为家用电子产品的编程控制而开发的。众所周知，家用电子产品由于受元件价格的限制，必须采用性能价格比更高的芯片。要求一种编程语言要能够适应不同的芯片，同时要求可靠性也很高，因为控制软件被固化于芯片中，一旦出错，厂家就不得不更换整个设备。在尝试过使用 C++ 语言开发失败以后，Green 小组从 1990 年开始着手设计新的程序设计语言，这种语言能够在不同种类的计算机芯片上工作，执行速度快，结构紧凑而且工作可靠，开始它被命名为 Oak，后来更名为 Java。

Java 是伴随着 Internet 的发展而逐渐成熟的编程语言，它具有简单、面向对象、平台无关性、安全性、健壮性、良好的可移植性和可扩充性等特点。正是因为这些特点使得 Java 从 1995 一经推出就受到了计算机业界的普遍关注，并得到了广泛的应用和发展。目前作为一种革命性的编程语言，Java 已成为编写各类应用程序，包括安全的网络程序、图像处理和多媒体、Web 客户机和服务器以及关键性任务的企业级系统的首选语言。有人预言，不久的将来全世界 90% 的程序代码将用 Java 语言进行书写或改写。

本书是为大专院校和高职高专院校计算机专业的学生以及其他对面向对象编程技术和 Java 语言感兴趣的读者编写的，意在培养广大读者使用面向对象的思想去思考问题、分析问题、解决问题，学会利用当今最先进的软件开发工具开发软件产品，以适应网络时代社会对人才的需求。本教材采用理论与实际相结合的方法，注重在提高学生的基本专业知识素质的基础上培养学生的实际应用能力，教材内容新颖、实用和易教易学。书中包含大量作者精心设计及选择的例题，每章后面给出适量习题，以便读者增强对本章知识的理解并得到巩固与提高。同时，本书还涵盖了全国计算机等级考试二级 Java 程序设计考试大纲的所有要求内容。作者根据多年讲授"面向对象程序设计"及相关课程的经验，本着由浅入深的原则，对各个章节的内容进行了精心的编排：

全书共分为 11 章。第 1 章介绍了 Java 语言的发展和特点及其开发的工具和开发步骤。第 2 章和第 3 章详细讲解了 Java 语言的基础和程序控制结构。第 4 章介绍了数组的应用。第 5 章全面讲解了 Java 语言面向对象的程序设计所涉及的内容：类与对象、类的继承和多态，以及接口和包等诸多概念与理论。第 6 章介绍了字符串的基本操作。第 7 章介绍了异常处理机制及应用。第 8 章和第 9 章讲述的分别是程序的输入输出技术和多线程技术。第 10 章讲解了图形用户界面的设计和编程技术。第 11 章介绍了 Java Applet 的工作原理以及如何编写 Applet 程序。

本书由贾振华任主编，黄荣盛、贾振旺任副主编，贾振华编写了第 1、2、3、5 章，王振夺编写了第 4 章，黄荣盛编写了第 6、9 章，贾振旺编写了第 7、11 章，庄连英编写了第 8 章，李杰编写了第 10 章。参加本书编写工作的还有崔玉宝、郭辉、赵丽艳、刘立媛等。

在本书的编写过程中，参考了大量的相关技术资料，吸取了许多同仁的宝贵经验，再次深表谢意，同时还要对那些关心和支持本书编写工作的领导、老师和同学们表示感谢。

尽管书稿几经修改，但由于水平和时间的限制，书中难免有不足的地方，恳请各位专家和广大的读者批评指正。笔者的 E-mail 为：jiazh@naice.edu.cn。

编　者
2004 年 7 月

目　　录

第 1 章　Java 语言概述

　　本章首先简单介绍 Java 语言的发展历史及特性。然后讲授 Java 语言程序的组成结构,Java 开发平台和使用集成开发环境编写 Java 程序的方法。

- Java 语言的发展历史
- Java 语言的特性
- 安装并设置 Java 开发平台
- Java 程序的组成结构

1.1　Java 语言的发展和特点

1.1.1　Java 语言的发展

　　Java 语言来自 Sun Microsystems 公司的 Green 项目。该项目是 1991 年由 James Gosling 负责的, 最初目的是为家用消费电子产品开发一个分布式代码系统, 这样可以对电冰箱、电视机等家用电器进行编程控制, 并和它们进行信息交流。最初, 项目小组准备采用 C++来编写软件, 但 C++太复杂、太庞大、安全性差, 不适合这类任务。最后, James Gosling 等人在 C++的基础上开发出一种新的语言 Oak(Java 的前身), Oak 是一种用于网络的精巧而安全的语言。它保留了大部分与 C++相似的语法, 但却把那些较具危险性的功能加以改进。Oak 是一种可移植性语言, 也就是一种平台独立的语言, 能够在各种芯片上运行。这样各家厂商就可降低研发成本, 直接把应用程序应用在自家的产品上。

　　到 1994 年, Oak 的技术已日趋成熟, 这时刚好网络也正开始蓬勃发展。Oak 研发小组发现 Oak 很适合作为一种网络程序语言。因此开发了一个能与 Oak 相配合的浏览器 HotJava, 这得到了 Sun 公司首席执行官 Scott McNealy 的支持, 拉开了 Java 进军 Internet 的序幕。由于 Oak 这个商标已被注册了, 后来有人以喝着的 Java(爪哇)咖啡来命名。于是, Java 这个名字就这样传开了。

　　Java 在 Sun World 95 被正式发布, 引起业界极大的轰动。Java 语言随着网络的快速发展, 成为程序语言中的明星。"网络即计算机"是 Sun 企业的格言。一时间, "连 Internet, 用 Java 编程", 成为技术人员的一种时尚。虽然新闻界的报导有些言过其实, 但 Java 作为软件开发的一种革命性的技术, 其地位已被确立, 这表现在以下几个方面:

- 计算机产业的许多大公司购买了 Java 的许可证，包括 IBM、Apple、DEC、Adobe、Silicon Graphics、HP、Oracle、Toshiba，以及最不情愿的 Microsoft 公司。
- 众多的软件开发商开始支持 Java 的软件产品。例如：数据库厂商：Illustra、Sybase、Versant、Oracle 都开发 CGI 接口，支持 HTML 和 Java。
- Intranet（企业内部网）正在成为企业信息系统最佳的解决方案，而其中 Java 将发挥不可替代的作用。

Java 语言有着广泛的应用前景，大体上可以从以下几个方面来考虑其应用：

- 面向对象的应用开发，包括面向对象的事件描述、处理、综合等。
- 计算过程的可视化、可操作化软件的开发。
- 动态画面的设计，包括图形图像的调用。
- 交互操作的设计（选择交互、定向交互、控制流程等）。
- Internet 的系统管理功能模块的设计，包括 Web 页面的动态设计、管理和交互操作设计等。
- Intranet（企业内部网）上的软件开发（直接面向企业内部用户的软件）。
- 与各类数据库连接查询的 SQL 语句实现。
- 其他应用类型的程序。

1.1.2　Java 语言的特性

Java 语言，是一种高级的（High Level）、通用的（General Purpose）、面向对象的（Object Oriented）程序设计语言，它具有简单的、面象对象的、分布式的、解释的、健壮的、安全的、结构中立的、可移植的、多线程的、动态的特性。下面分别介绍这些特性。

1. 简单的特性

Java 语言的简单性主要体现在以下方面：

- 系统精简，但功能齐备。对于 Java 而言，其基本解释器只有 40KB 左右，加上标准类库和线程的支持也只有 210 KB 左右，可谓短小精悍，但功能毫不逊色，对面向对象、多线程和多媒体都提供了全面的支持。
- Java 的风格类似于 C++，因而对 C++程序员而言非常容易掌握 Java 编程技术。
- Java 摒弃了 C++中容易引发程序错误的地方，如指针操作和内存管理等。
- Java 提供了丰富的类库。

2. 面向对象的特性

面向对象其实是现实世界模型的自然延伸。现实世界中任何实体都可以看作是对象。对象之间通过消息相互作用。另外，现实世界中任何实体都可归属于某类事物，任何对象都是某一类事物的实例。如果说传统的过程式编程语言是以过程为中心，以算法为驱动的话，面向对象的编程语言则是以对象为中心，以消息为驱动。

面向对象是 Java 重要的特性。Java 语言的设计完全是面向对象的，它不支持类似 C 语言那样的面向过程的程序设计技术。

3. 分布式处理的特性

分布式包括数据分布和操作分布。数据分布是指数据可以分布在网络的不同主机上，操作分布是指把一个计算分布在不同主机上处理。

Java 提供了一整套网络类库，开发人员可以利用类库进行网络程序设计，方便得实现 Java 的分布式特性。

4. 健壮特性

Java 在编译和运行程序时，要对可能出现的问题进行检查。例如，类型检查帮助检查出许多开发早期出现的错误。Java 提供自动垃圾收集机制来进行内存管理，减少了内存出错的可能性。Java 还实现了真数组，避免了覆盖数据的可能。这项功能大大缩短了开发 Java 应用程序的周期。Java 提供面向对象的异常处理机制，在编译时能进行 null 指针检测、数组边界检测、异常出口字节代码校验等。这些都为 Java 的健壮性提供保证。

5. 结构中立特性

Java 源程序被编译成一种高层次的与机器无关的字节代码，只要安装了 Java 运行时系统 Java 程序就可以在任意平台的计算机上运行。

6. 安全特性

Java 的安全性可从四个方面得到保证：

（1）Java 语言提供的安全，在 Java 语言里，指针和释放内存等 C++的功能被删除，避免了非法内存操作。

（2）编译器提供的安全，Java 语言在执行前，编译器要经过测试。如：对代码进行校验、检查代码段的格式、检测对象操作是否过分以及试图改变一个对象的类型等。

（3）字节码校验，当 Java 字节码进入解释器时，首先必须经过字节码校验器的检查，如果字节码通过代码校验，没有返回错误。由此可知，代码没有堆栈上溢出和下溢出，所有操作代码参数类型都是正确的，没有发生非法数据转换，如将整数转换成指针，访问对象操作是合法的。

（4）类装载，类装载器负责把来自网络的类装载到单独的内存区域，通过将本机类与网络资源类的名称分开，来保持安全性。因为调入类时总要经过检查，这样避免了特洛伊木马现象的出现。

7. 可移植的特性

结构中立特性使得 Java 应用程序可以在配有 Java 解释器和运行环境的任何计算机系统上运行，这为 Java 应用软件的移植提供了良好基础。通过定义独立于平台的基本数据类型及其运算，Java 数据得以在任何硬件平台上保持一致。另外，Java 的编译器由 Java 语言实现，运行器由标准 C 实现，因此 Java 本身也具有可移植性。

8. 解释的特性

Java 编译器将 Java 源文件生成类文件.class，类文件可通过 Java 命令加载解释执行，将 Java 字节码转换为机器可执行代码。Java 解释器（运行系统）能直接运行目标代码指令。

9. 多线程的特性

Java 语言内置支持多线程的功能，多线程机制使应用程序能够并行执行，而且同步机制保证了对共享数据的正确操作。通过使用多线程，编程人员可以分别用不同的线程完成特定的行为，而不需要采用全局的事件循环机制，这样就很容易地实现网络上的实时交互行为。

10. 动态的特性

Java 的动态特性是其面向对象设计方法的发展。它允许程序动态地装入运行过程中所需要的类，这是 C++语言进行面向对象程序设计所无法实现的。

Java 自身的设计使它适合于一个不断发展的环境。在 Java 类库中可以自由地加入新的方法和实例变量而不会影响用户程序的执行。

1.1.3 Java 程序的工作机制

在本节中，将介绍 Java 平台的工作机制，也就是 Java 的核心技术：Java 虚拟机技术、结构、安全措施等内容。

Java 设计的理念，就是以整个 Internet 为运作平台，使程序代码能在各种操作系统及各种机器上运行，为此发展出 Java 虚拟机、Java 字节码及 Java API。

1. Java 虚拟机

在前面提到的结构中立特性是 Java 最重要的特性之一，而实现这一特性的基础就是 Java 虚拟机。从底层看，Java 虚拟机就是以 Java 字节码为指令组的软 CPU。图 1-1 显示了 Java 系统流程图。

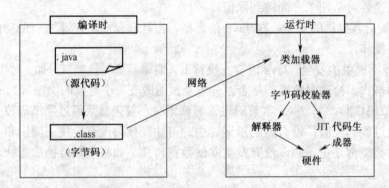

图 1-1　Java 程序运行过程

从图中可以看出，开发人员编写服务器端 Java 源程序并存储为.java 文件。Java 编译器将.java 文件编译成由字节码组成的.class 文件，将.class 文件存放在 Web 服务器上。至此，Java 程序已作为 Internet 或 Intranet 资源存放在 Web 服务器上，随时可让客户使用。

在客户端，用户使用 WWW 浏览器，通过 Internet 或 Intranet 将 Web 服务器上含有 Java 程序的主页下载，再依赖本地 Java 虚拟机对.class 文件解释执行。这样，Java 应用资源便由服务器传到客户端，并在用户浏览器上显示出来。

Java 虚拟机包含类加载器、字节确认器以及 JIT 实时编译器。类加载器用来取得从网络获取，或存于本地机器上的类文件。然后字节确认器确认这些类文件格式是否正确，以确定在运行时不会有破坏内存的行为。而 JIT 编译器可将字节码转成本地机器码，使原本是解释执行式的虚拟机能提高到编译式的运行效率。

2. Java 字节码

所谓 Java 字节码(.class 文件)，是一种具有可移植性的程序代码,由 Java 源文件通过 Java 编译器编译而成的。与一般程序通过编译器编译成的机器码不同，它不是真正的 CPU 可运行的指令代码，又称伪代码。

在客户端接收到由网络所传输过来的 Java 字节码后，便可通过一种与各平台有关的运行环境中的 JVM 以及 JRE 所提供的运行时所需类库，将其转换成本地代码。如此便可达到一次编写，到处运行（Write Once，Run Anywhere）的效益。

3. 垃圾收集

Java 虚拟机使用两个独立的堆内存，分别用于静态内存分配和动态内存分配。其中一个是非垃圾收集堆内存，用于存储所有类定义、常量池和方法表。另一个堆内存再分为两个可以根据要求往不同方向扩展的小块，用于垃圾收集的算法适用于存放在动态堆内存中的对象。垃圾收集器将在收集对象实例之前调用 finalize 方法。由于垃圾收集线程的运行优先级很低，因此可能经常会被中断。

1.2　Java 程序结构

Java 程序分为两种类型：Java 应用程序（Java Application）和 Java 小应用程序（Java Applet）。Java Application 可以独立运行，而 Java Applet 不能独立运行，需要嵌入到 HTML 网页中，通过使用 appletviewer 工具或其他支持 Java 的浏览器运行。

在本节中，将详细说明程序中每行的作用，为了方便说明，给每个程序增加了行号，但行号不是 Java 程序的实际组成部分，在编写程序时不加行号。

1.2.1　Java 应用程序（Java Application）

第一个 Java 应用程序，在屏幕上显示一行文本信息。

例 1-1　简单 Java 应用程序举例，显示一行文本信息。

```
1    // 例 1-1：HelloJavaWorld.java
2    // 第一个 Java 应用程序
3
4    class HelloJavaWorld{          // 定义类
5
6        // main 方法，Java 应用程序开始执行的方法
7        public static void main(String args[])
8        {
9            System.out.println("欢迎来到 Java 世界！");
10       }  // main 方法结束
11
12   }   // HelloJavaWorld 类结束
```

这个程序实现输出一行信息：

欢迎来到 Java 世界！

通过这个简单的例子，可以了解 Java 应用程序的基本结构。下面将逐行进行解释。

第 1 行，以"//"开始，说明此行后面的内容为注释（comment）。在程序中插入注释，有利于程序的可读性，便于他人对程序的阅读和理解。在程序运行时，注释不起任何作用，也就是说，Java 编译器忽略所有注释内容。

以"//"开始的注释，称作单行注释（single-line comment），因为注释从"//"开始在当前行结束时而终止。单行注释也可以从一行的中间开始一直连续到本行的结束。

多行注释（multiple-line comment）采用另外一种形式，例如：

/* 这是一个多行注释，

　　　　可以分隔在多行中。
　　　　注释连续多行时，
　　　　通常采用这种注释方法。*/

　　这种注释能够连续跨越多行文本，以分隔符"/*"开始，以分隔符"*/"结束，中间的所有行都为注释内容，运行时都被编译器忽略。

　　还有一种注释与多行注释类似称作文档注释（documentation comment），以分隔符"/**"开始，以分隔符"*/"结束，中间的部分为文档注释内容。文档注释是 Java 语言中所特有的一种注释方式，它可以使编程人员把程序文档嵌入在程序代码中，通过使用 JDK 中工具 javadoc 从程序代码提取并生成程序文档。

　　第 2 行，单行注释，说明程序完成的功能。在每一个程序的开始都应该有说明程序功能的注释。

　　第 3 行，空白行，编程人员通常在程序中加入空白行或空格，使得程序更加容易阅读。空白行、跳格符、空格统称为空白符。这些符号被编译器忽略，在 Java 中起分隔符作用，是程序中不可缺少的部分。

　　第 4 行，HelloJavaWorld 类定义的开始，用关键字 class 来声明类，其后跟类名。所有的 Java 应用程序都是由类组成的，至少包含一个类，本例中为 HelloJavaWorld 类。关键字、标识符的具体定义详见第二章。

　　public 指明这是一个公共类，Java 程序中可以定义多个类，但最多只能有一个公共类，Java 程序文件名必须与这个公共类名相同。public 公有访问权限在后面的章节中详细介绍。

　　从类定义的左花括号"{"开始，到第 13 行对应的右花括号"}"结束，中间的所有程序行为类体定义。并且类体中的所有行都进行了缩进，这也是一个良好的编程风格。

　　第 7 行，main()方法。每一个 Java 应用程序中必须有，且仅有一个 main()方法，应用程序从 main()方法开始执行，main()后面的一对花括号指明它是程序的一个构成块，称作方法体。一个 Java 类中包含一个或多个方法。main()方法必须用 public、static、void 限定。public 指明所有的类都可以使用这个方法，static 指明本方法是一个类方法，可以通过类名直接调用。void 指明本方法没有返回值。main()方法定义中，括号中的 String args[]是传递给 main()方法的参数，名称为 args，它是 String 类的实例，实际参数可以是一个或多个，多个参数值之间用空格分隔。

　　第 8 行，左花括号，指明方法的开始，对应的第 10 行右花括号，表明方法的结束。

　　第 9 行，用来实现字符串的输出。字符串指的是用双引号括起来的字符序列。字符串中的空格不被编译器忽略。

　　System.out 是标准输出对象，当程序执行时，在命令窗口输出字符串或其他类型信息。

　　println()方法在在命令窗口输出一行字符串。

　　下面编译和运行第一个程序。

　　在记事本中编辑此源程序，保存在名为 HelloJavaWorld.java 的文件中。

　　在控制台窗口中，通过 javac 工具对文件进行编译。

　　在控制台窗口中输入：

　　　　javac HelloJavaWorld.java

　　完成编译任务，生成字节码文件 HelloJavaWorld.class。

在控制台窗口中，使用 java 解释器运行程序，通过在控制台窗口中输入：

　　java HelloJavaWorld

执行程序，在屏幕上输出：

　　欢迎来到 Java 世界！

在第一个例子中，用命令窗口显示输出结果。除此之外，很多 Java 应用程序还可以使用窗口或对话框显示输出内容。通常，对话框是程序中用于为用户显示重要信息的窗口。Java 类 JOptionPane 提供了封装好的对话框用来在窗口中显示信息。

　　Java 语言提供了大量预先定义的类供程序员使用。Java 语言把预先定义的相关类按包的形式进行组织管理。一个包就是一个 Java 类的集合。所有包构成了 Java 类库，即 Java API（the Java Application Programming Interface）。Java API 包被分为核心包和扩展包，大多数 Java API 包都以"java"（核心包）或"javax"（扩展包）开头。很多的核心包和扩展包都包含在 Java2 软件开发工具中。随着 Java 的不断发展，大多数新开发的包都作为扩展包出现。

　　在下面的例子中，将完成输入两个整数，计算它们的和并输出结果。程序中将使用一个预定义的对话框 JOptionPane，用于完成输入输出的功能。类 JOptionPane 定义在 javax.swing 包中。

例 1-2 在对话框中输入和显示信息。

```
1    //例 1-2：Addition.java
2    // 用于计算两个数的和的应用程序，使用对话框进行输入、输出
3
4    // 引入 Java 扩展包
5    import javax.swing.JOptionPane;   // import 类 JOptionPane
6
7    public class Addition {
8        // main 方法
9        public static void main( String args[] )
10       {
11           String firstNumber;      // 用户输入的第一个数字字符串
12           String secondNumber;     //用户输入的第二数字字符串
13           int number1;             // 求和的第一个数
14           int number2;             //求和的第二个数
15           int sum;                 // 用于存放和
17           // 读取第一个数字字符串
18           firstNumber =JOptionPane.showInputDialog( "Enter first integer" );
19
20           //读取第二个数字字符串
21           secondNumber =JOptionPane.showInputDialog( "Enter second integer" );
22
23           // String 类型转换为 int 类型
24           number1 = Integer.parseInt( firstNumber );
25           number2 = Integer.parseInt( secondNumber );
26
27           // 求和
28           sum = number1 + number2;
29
30           // 显示结果
31           JOptionPane.showMessageDialog(null, "The sum is " + sum, "Results",
32               JOptionPane.PLAIN_MESSAGE );
```

```
33
34            System.exit( 0 );        // 终止程序
35
36      }                             // main 方法结束
37
38  }                                // 类 Addition 结束
```

第 5 行，引入包声明语句，Java 程序中通过 import 引入包中预定义的类。当在程序中使用 Java API 中的类时，要在程序中引入相应包，以便编译器能够找到这个类。第 5 行告诉编译器类 JOptionPane 在 javax.swing 包中可以找到。javax.swing 包中包含很多创建图形用户界面（GUIs）应用程序所必需的类。

第 11～15 行，变量声明语句，指明程序中使用的变量名及类型。变量是内存空间的标识符，程序中用于存放数据值。所有的变量在使用前必须指明名称和类型，名称必须是 Java 中有效的标识符。字符串类型 String 表示字符序列，String 类在 java.lang 包中定义，int 表示整数。

第 18 行，使用 JOptionPane 类的 showInputDialog 方法显示输入对话框。showInputDialog 方法的参数为提示信息，以提示用户输入的内容。用户在窗口的文本框中输入字符，当点击 OK 时把文本框中的字符串返回给程序。

第 24～25 行，把字符串转换为 int 整型，用于加法运算。类 Integer 的静态方法 parseInt 把参数字符串转换为整型数，并将结果返回。类 Integer 在 java.lang 包中定义。

第 28 行，对两个数求和，结果放在变量 sum 中。

第 31～32 行，调用类 JOptionPane 的 showMessageDialog 方法，在一个对话框窗口显示信息。这个方法包含两个参数，参数之间用逗号分隔。第一个参数表示显示对话框窗口要显示的位置，可以总为关键字 null，表示在计算机屏幕中心显示对话框；第 2 个参数为窗口中显示的信息，本例中是表达式"The sum is " + sum，用运算符"+"完成一个字符串与一个整数连接操作，首先把整数转换为字符串，然后实现两个字符串的连接，"+"运算符在这里被重新定义了。

另外，showMessageDialog 方法在对话框中显示结果字符串。

信息对话框的类型如表 1-1 所示。除了 PLANE_MESSAGE 外的其他所有对话框都显示一个图标，用于提示信息的种类。注意：QUESTION_MESSAGE 图标也在输入框中使用。

表 1-1   JOptionPane 中的信息对话框常量

信息对话框类型	描述
JOptionPane.ERROR_MESSAGE	用于显示给用户出错信息
JOptionPane.INFORMATION_MESSAGE	用于显示给用户容易忘记的信息
JOptionPane.WARNING MESSAGE	提示用户容易出错
JOptionPane.QUESTION MESSAGE	显示问题的对话框，通常用户需要回答，可以选择 Yes 或 No 等按钮
JOptionPane.Plane_MESSAGE	显示一个信息提示对话框，没有图标

第 34 行，使用 System 类的静态方法 exit()终止应用程序。类 System 是包 java.lang 的一部分。java.lang 包在每个应用程序中默认引入，它是 Java API 中唯一不需要引入的包。因此使用 java.lang 包中的内容时，不需要 import 引入声明。

程序运行结果如图 1-2 所示。

（a）输入第一个数据

（b）输入第二个数据

（c）显示结果

图 1-2　运行结果

1.2.2　Java 小应用程序（Java Applet）

下面介绍 Java Applet 的编写，该类程序又称为 Java 小应用程序。

例 1-3　Java 小应用程序举例。

```
1    //例 1-3：HelloToJava.java
2    // Applet 程序显示信息
3
4    // 引入 Java 包
5    import java.awt.Graphics;
6    public class HelloToJava extends java.applet.Applet {
7        //在浏览器装载 applet 时被调用的初始化方法
8        public String   sHello;      //定义字符串
9        public void init() {
10           // TODO start asynchronous download of heavy resources
11           sHello="欢迎来到 Java 世界！ ";
12       }
13       public void paint(Graphics g){
14           g.drawString(sHello, 50, 50);
15       }
16       //重写  start(), stop() and destroy() methods
17   }
```

第 6 行，Java Applet 从 Applet 或 JApplet 类继承，类体从第 6 到第 17 行之间的{}括起的部分。

第 8 行，声明公有字符串类型变量 sHello。

第 9~12 行，为 init()方法，用于完成初始化任务。在这里为 sHello 赋初始值"欢迎来到 Java 世界！"。

第 13~15 行，为 paint()方法，用于在界面上显示文本或绘制图形。通过 Graphics 类的引用 g 调用 Graphics 类的 drawString()方法，drawString()方法有 3 个参数，第一个为要显示的字符串，第 2、3 个参数为两个整数，表示字符串输出位置的左上角 x、y 坐标。

Applet 是不能独立运行的，必须编写 HTML 文件，将 Applet 嵌入其中，然后用 appletviewer

来运行，或在支持 Java 的浏览器上运行。

要运行程序，首先进行编译，与 Java 应用程序相同。

然后编写 HTML 文件 HelloJava.html：

```
<!-------    HelloJava.html    ---->
<HTML>
        <HEAD><TITLE>   </TITLE></HEAD>
        <BODY>
            <APPLET CODE="HelloToJava .class" WIDTH=200 HEIGHT=100>
            </APPLET>
        </BODY>
</HTML>
```

执行下面命令运行 Java 小应用程序：

```
appletviewer HelloJava.html
```

屏幕显示程序运行结果，如图 1-3 所示。

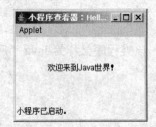

图 1-3 用 appletviewer 运行小应用程序结果

也可以使用浏览器打开 HelloJava.html。

通过上面的例子可以了解 Java Applet 的一些基本结构：

1. 类定义

与 Java 应用程序相同，所有 Java Applet 也都是类，而且必须是 Applet 类或 JApplet 类的子类。继承时使用 extends 关键字。

在 Java 小应用程序中没有 main()方法，这是 Java 小应用程序与 Java 应用程序之间的主要区别之一。Applet 类实现了许多方法，构造了窗口程序的框架，用户只需重写所需要的方法即可，系统将自动调用。在小应用程序中，可以编写 init()方法，用来进行初始化。本程序中的 init()方法将一个字符串初始化。为了使 Java 小应用程序输出字符串到屏幕窗口，必须编写 paint()方法。该方法带一个 Graphics 类变量，它由 java.awt.Graphics 类封装。

2. 类库支持

这个程序中用到了类库中的一些方法，因此必须在程序中进行声明。在 Java 中用 import 来输入包或类，例如，本例中引入了 java.awt.Graphics 类。

1.2.3 Java 程序结构

从上面对 Java 应用程序和 Java 小应用程序的举例，可知 Java 程序的结构如下：

（1）Java 程序至多有一个 public 类，Java 源文件的存储必须按照该类名命名。

（2）Java 程序可以有 0 个或多个其他类。

（3）当需要继承某个类或使用某个类时，使用 import 引入该类的定义。

（4）Java 程序组成结构

```
package                  //0 个或 1 个，必须放在文件开始
import                   //0 个或多个，必须放在所有类定义之前
public classDefinition   //0 个或 1 个，文件名必须与该类名相同
class Definition         //0 个或多个类定义
interface Definition     //0 个或多个接口定义
```

1.3　Java 程序开发工具与开发步骤

JDK 是由 Sun 公司发展出来的 Java 开发工具，一般是学习开发 Java 最初使用的环境。除此之外，还可以使用 Java 集成开发环境，即为 Java 开发人员提供的集成工具集合，包括图形化的编辑器、图形化的调试器和可视化的类的浏览器等。集成开发环境有：JBuilder、Visual Age、Visual J++、Eclipse 等。

1.3.1　Java 程序开发工具的安装与环境配置

1．JDK 开发工具的安装与配置

Java 不仅提供了一个丰富的语言和运行环境，而且还提供了一个免费的 Java 开发工具集。编程人员和最终用户可以利用这些工具来开发 Java 程序或调用 Java 内容。目前，JDK 的最高版本是 JDK 1.6，其下载网址是：http://java.sun.com/prodicts/jdk/1.6.0/download.jsp。

从网上下载的 JDK 是一个可执行的压缩文件，将 JDK 解压缩，用默认值安装后在 C 盘根目录下建立一个名为 jdk1.6 的文件夹。文件安装后包括：

bin 目录是一些开发工具，这些开发工具能够帮助开发、执行、调试以及文档化一些 Java 程序。

jre 目录是 JDK 的运行环境，包括 Java 虚拟机、类库和其他支持 Java 程序运行的文件。

lib 目录包括开发工具所需要的附加类库和支持文件。

demo 目录涉及带有源文件的 Java 平台的例子，包括使用 Swing、Java 的基础类和 Java 平台调试结构的例子。

include 目录包含一些 C 头文件，并支持本地代码程序设计。

src.zip 文件：包括组成 Java 2 核心　API 的一些 Java 程序设计语言的源文件。这些源代码只是用来提供一些信息支持，以帮助开发者学习和使用 Java 程序设计语言。

2．设置环境变量

鼠标右键单击桌面上的"我的电脑"图标，选择"属性"菜单，并选择"高级"选项，单击 "环境变量" 按钮，出现"环境变量"对话框，"环境变量"设置界面上的上半部分是用户设置。"环境变量"设置界面的下半部分是整个系统的环境变量，改变系统环境变量，会影响到所有用户。

首先设置用户变量 PATH。如果用户变量已经存在 PATH，双击 PATH 变量条目，随后出现"编辑用户变量"对话框，在对话框的 "变量值"文本框中添加"C:\jdk1.6.0_14\bin"，然后单击"确定"按钮。若用户变量中不存在 PATH 变量，单击"新建"按钮，出现"新建用户变量"对话框，输入变量名"PATH"，变量值中输入"C:\jdk1.6.0_14\bin"，单击"确定"按钮。

为运行一些特殊类型的 Java 程序，如以.jar 为后缀的文件，需要对"系统变量"进行设置。查看"系统变量"中是否存在"CLASSPATH"变量，如果不存在，则单击 "新建"按钮，在"变量名"对话框中键入"CLASSPATH"，在变量值中输入"C:\jdk1.6.6_14\ lib\dt.jar；C:\jdk1.6.0_14\ lib\tools.jar"，单击"确定"按钮。

在正常情况下，进行上面的环境变量设置后，在 DOS 下任何用户目录都可以顺利运行 bin 中的应用程序。

1.3.2　JDK 开发工具及其使用

Java 不仅提供了一个丰富的语言和运行环境,而且还提供了一个免费的 Java 开发工具集,简称 JDK。JDK 包括以下常用工具：

- javac：Java 语言编译器。
- java：Java 字节码解释器。
- javadoc：Java API 文档生成器。
- appletviewer：java 小应用程序浏览器。
- javap：类文件反汇编器。

1. Java 编译器

Java 语言的编译程序是 javac.exe。javac 命令将 Java 程序编译成字节码，然后用 java 解释器来解释执行这些 Java 字节码。Java 程序源码必须存放在后缀为.java 的文件里。使用 javac 命令将 Java 程序里的每一个类生成与类名称相同但后缀为.class 的文件。编译器把.class 文件放在.java 文件的同一个目录里，除非使用了-d 选项。当引用到某些自己定义的类时，必须指明它们的存放目录，这就需要利用环境变量参数 CLASSPATH。环境变量 CLASSPATH 由一些被分号隔开的路径名组成。如果传递给 javac 编译器的源文件里引用到的类定义在本文件和传递的其他文件中找不到，则编译器会按 CLASSPATH 定义的路径来搜索。例如：CLASSPATH=.;C:\\java\\classes 则编译器先搜索当前目录。如果没搜索到，则继续搜索 C:\\java\\classes 目录。注意，系统总是将系统类的目录默认地加在 CLASSPATH 后面，除非用-classpath 选项来编译。

javac 的一般用法如下：

　　　　javac [选项] 文件名.java

其中，选项的含义如表 1-2 所示。

表 1-2　javac 选项表

名称	描述
-classpath<path>	定义 javac 搜索类的路径
-d<directory>	指明类层次的根目录
-g	带调试信息编译
-nowarn	关闭警告信息
-o	优化编译，使生成的类文件不包含行号
-verbose	显示编译过程的详细信息

2．Java 解释器

java 是 java 语言的解释器。java 命令一般用法格式：

    java [选项] 类名 [<参数>]

或

    java –g [选项] 类名 [<参数>]

描述：java 命令执行的是由 java 编译器输出的字节码。注意任意在类名称后的参数都将传递给要执行类的 main()方法。java 执行完 main()方法后退出，除非 main()方法创建了一个或多个线程。如果 main()方法创建了其他线程，java 总是等到最后一个线程退出才终止。具体选项如表 1-3 所示。

表 1-3　java 选项表

名称	描述
-classpath<path>	定义搜索类的路径
-cs 或-checksource	检查类文件和源程序之间的一致性
-dpropertyname=value	设置属性值
-debug	允许调用 Java 调式器 jdb
-ms initmem[k|m]	设置初始内存空间
-mx maxmem[k|m]	设置最大内存空间
-mxx	设置最大内存分配池，大小为 x，x 必须大于 1000bytes。默认为 16 兆
-msx	设置垃圾回收堆的大小为 x，x 必须大于 1000bytes。默认为 1 兆。
-noasyncgc	关闭异步垃圾回收功能。此选项打开后，除非显式调用或程序内存溢出，垃圾内存都不回收。本选项不打开时，垃圾回收线程与其他线程异步同时执行。
-noverify	不检验类文件
-oss stacksize[k|m]	设置每线程的 Java 代码栈大小
-ss stacksize[k|m]	设置每个线程的原始码栈大小
-v,-verbose	显示类装载信息
-verbosegc	无用空间搜集程序的运作信息
-verify	检验所装载的全部类文件
-verifremote	检验类装载器所装载的类文件

3．文档生成器

javadoc 是 Java API 文档生成器。Javadoc 将 Java 源程序生成 HTML 格式的 API 文档。使用格式如下：

    javadoc [选项] 包|Java 源程序名列表

或

    javadoc –g [选项] 包| Java 源程序名列表

javadoc 分析 Java 源程序中的声明和注释，规格化其公共的和保护的 API，形成 HTML页面。此外，还要生成类列表、类层次结构和所有 API 的索引。用户可以用包或用一系列的Java 源程序名作参数，默认输出 HTML 格式页面，也可以使用 doctype 选项生成 FrameMaker可以使用的 MIF 格式文件。

由于 javadoc 可以自动对类、界面、方法和变量声明进行分析，形成文档，所以用户可以在 Java 源程序中插入一些带 HTML 标记的特殊格式注释。

Doc 注释标记为：

　　　/**

　　　　Doc 注释内容

　　*/

用户可以在注释中插入 HTML 标记，也可以插入 javadoc 标记（由@开头的注释）。

javadoc 标记分为类文档标记、变量标记、方法文档标记三类。

javadoc 中的选项如表 1-4 所示。

表 1-4　javac 选项表

名称	描述
-classpath\<path\>	指定类库和源文件参数的路径
-d\<directory\>	生成的 API 文档的存放路径
-verbose	显示生成过程的详细信息

4．Java 小应用程序的浏览器

appletviewer 命令使用户不通过 WWW 浏览器也可以运行 Java 小应用程序。其一般用法格式如下：

　　　appletviewer [选项] 文档资源地址

或

　　　appletviewer –g [选项] 文档资源地址

appletviewer 能够连接到指定的文档资源，并在自身的窗口中显示文档中引用的每一个 Java 小应用程序。

5．类文件反汇编器

javap 是对类文件进行反汇编，用于分解类的组成单元，包括方法、构造方法和变量等，也称为 Java 类分解器。javap 用法的一般格式为：

　　　javap [选项] 类名

或

　　　javap –g [选项] 类名

javap 中的选项如表 1-5 所示。

表 1-5　javap 选项表

名称	描述
-classpath\<path\>	指定类库和源文件参数的路径
-c	分解类的所有方法，包括私有及保护方法，同时显示每个方法所对应的 JVM 命令
-l	除显示公共、保护的变量和方法外，还必须显示行号及局部变量表，注意，只有带–g 选项编译的类才可显示局部变量表，只有带-o 选项编译的类才可显示行号
-p	分解类的全部方法和变量

Javap 用于反汇编一个类文件，输出结果由选项决定。无任何选项时输出类的公共变量和方法。

1.3.3　Eclipse 简介

Eclipse 是一个流行的针对 Java 编程的集成开发环境(IDE)，开放源代码、可扩展。就其本身而言，它只是一个框架和一组服务，用于通过插件组件构建开发环境。Eclipse 附带了一个标准的插件集，包括 Java 开发工具（Java Development Tools，JDT）。虽然大多数用户很乐于将 Eclipse 当作 Java IDE 来使用，但 Eclipse 的目标不仅限于此。Eclipse 还包括插件开发环境（Plug-in Development Environment，PDE），这个组件主要针对希望扩展 Eclipse 的软件开发人员，因为它允许他们构建与 Eclipse 环境无缝集成的工具。由于 Eclipse 中的每样东西都是插件，对于给 Eclipse 提供插件，以及给用户提供一致和统一的集成开发环境而言，所有工具开发人员都具有同等的发挥场所。Eclipse 的具体安装、使用详见辅助教材。

本章小结

Java 主要特性有：简单的、面象对象的、分布式的、健壮的、安全的、结构中立的、多线程的等。Java 与 C++语言的不同之处，如指针等。Java 程序分为 Java 应用程序和 Java 小应用程序。Java 程序的结构至少有一个 public 类，通过 import 引入现有类，自定义的类和接口等部分组成。JDK 是 Java 的开发工具包，最常用的工具有：javac、java、javadoc、appletviewer、javap 等。Eclipse 是一个流行的针对 Java 编程的集成开发环境，并利用它进行 Java 程序设计开发的步骤。

一、选择题

1. Java 语言中，负责并发管理的机制是（　　）。

　　A．垃圾回收　　　　　　　　　　B．虚拟机

　　C．代码安全　　　　　　　　　　D．多线程

2. 下列描述中，错误的是（　　）。

　　A．Java 要求编程者管理内存

　　B．Java 的安全性体现在多个层次上

　　C．Applet 要求在支持 Java 的浏览器上运行

　　D．Java 有多线程机制

3. JDK 中提供的文档生成器是（　　）。

　　A．java.exe　　　　　　　　　　B．javap.exe

　　C．javadoc.exe　　　　　　　　　D．javaprof.exe

4. 在 Java 语言中，不允许使用指针体现出 Java 的（　　）特性。

　　A．可移植　　　　B．解释执行　　　　C．健壮性　　　　D．安全性

5. Java 程序的执行过程中用到一套 JDK 工具，其中 javac.exe 是（　　）。

　　A．Java 语言编译器　　　　　　　B．Java 字节码解释器

C．Java 文档生成器　　　　　　　D．Java 类分解器

6．在当前的 java 实现中，每个编译单元就是一个以（　　　）为后缀的文件。

A．java　　　　　　B．class　　　　　　C．doc　　　　　　D．exe

二、填空题

1．Java 源文件中最多只能有一个_____类，其他类的个数不限。

2．根据程序的构成和运行环境的不同，Java 源程序分为两大类：_____程序和_____Applet 程序。

3．Java 应用程序的执行入口是_____。

4．在 Java 语言中，将后缀名为_____的源代码文件编译后形成后缀名为.class 的字节码文件。

5．在 Java 语言中，为将源代码翻译成_____文件时产生的错误称为编译错误。而将程序在运行中产生的错误称为运行错误。

三、简答题

1．Java 语言有哪些特点？什么叫 Java 虚拟机？

2．Java 程序分哪两类？各有什么特点？

3．JDK 中的 javac、java、appletviewer 各有什么作用？

四、程序题

1．在 JDK 的安装位置按路径 demo\applets\Blink 可找到文件 example1.html，请使用 appletviewer 运行该文件，查看程序的运行结果。

2．编写一个显示"Hello Java!!!"的 Java 应用程序。

3．编写一个显示"Hello Java!!!"的 Java 小应用程序。

第 2 章　Java 语言基础

本章导读

本章主要讲解 Java 语言的基础知识，为后续章节的学习做准备。

本章要点

- 标识符、关键字和分隔符
- 数据类型
- 运算符和表达式
- Java 程序的简单输入输出

2.1　标识符、关键字和分隔符

2.1.1　Java 标识符

在现实生活中任何事物都有自己的名字，在程序中也是如此。编程人员要对程序中的变量、类、方法、标号、数组、字符串和对象等元素进行命名，这种命名记号称为标识符(Identifier)。在 Java 中，标识符的定义规则是：以字母，下划线（_），美元符（$）开始，其后面可以是任意个字母、数字（0～9）、下划线、美元符的字符序列。Java 标识符区分大小写，对长度没有限制。用户定义标识符不可以是 Java 关键字，但可以作为用户定义标识符的一部分，例如，my_class 是一个合法的用户标识符，其中关键字 class 作为它的一部分。

Java 程序是由统一字符编码标准字符集（Unicode Character Set）写成的。其字母包括：'A'～'Z'、'a'～'b'和字符集中序号大于 0xC0（192）的所有符号。在这种字符集中字母和汉字以及其他语言文字的长度是一样的。统一字符编码标准是一种十六位的字符编码标准，而 ASCII 则是七位编码，只适用于英文。Unicode 共有 65536 个编码，其中有近 39000 种已被定义完成，而中国字就占了 21000 种。由于只有较少数的文本编辑器支持 Unicode，因此，大多数的 Java 程序是用 ASCII 码编写的。

例如，合法的标识符：

　　　Class　　program　　_system　　$value　　a2　　my_int

非法的标识符：

　　　class　　2x　　hello!　　Build#2　　mailbox-2

其中，class 是保留字，不可以作为用户自定义标识符。2x 以数字开头，hello!、Build#2、mailbox-2 包含非法字符，所以都不是合法的标识符。

2.1.2　关键字

关键字又称为保留字，是 Java 语言中具有特殊意义和用途的标识符，这些标识符由系统使用，不能作为一般用户定义的标识符使用。因此，这些标识符称为保留字（Reserved Word）。Java 语言中的保留字如表 2-1 所示。

表 2-1　Java 语言中的保留字

abstract	break	byte	boolean	catch
case	char	class	continue	default
do	double	else	extends	false
final	float	for	finally	if
import	implements	int	interface	instanceof
long	length	native	new	null
package	private	protected	public	return
switch	synchronized	short	static	super
try	true	this	throw	throws
threadsafe	transient	void	volatile	while

2.2　数据类型概述

2.2.1　数据类型的划分

Java 语言中的数据类型分为基本数据类型和引用数据类型。具体划分如图 2-1 所示。基本数据类型是 Java 中固有的数据类型，是不可再分的原始类型。Java 的基本数据类型都有长度固定的数据位，不随平台的变化而变化。引用数据类型是用户根据自己的需要定义并实现其运算的类型。

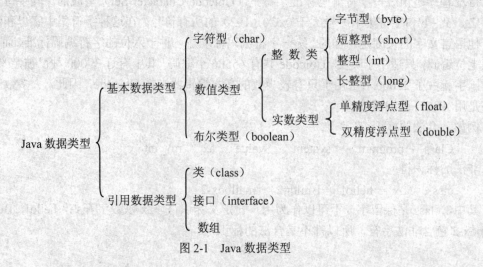

图 2-1　Java 数据类型

2.2.2　常量和变量

在程序中使用各种类型数据时，其表现形式有两种：变量和常量。

1. 常量

常量有字面（Literal）常量和符号常量两种形式。

字面常量是指其数值意义如同字面所表示的一样，例如 69，就表示值和含义均为 69。常量区分不同的数据类型，如整型常量 287，实型常量 2.34，字符常量'A'，布尔类型常量 true 和 false，字符串常量"I like using Java to program. "。

符号常量是用 Java 标识符表示的一个常量，可以使用保留字 final 定义符号常量，符号常量定义的一般格式如下：

<final> <数据类型> <符号常量标识符> = <常量值>;

例如： final double PI=3.141593;

　　　final int COUNT=1000;

2. 变量

变量是 Java 程序中用于标识数据的存储单元。变量定义包括变量类型、变量标识符及作用域。变量定义的一般格式如下：

<数据类型>　<变量标识符>=<值>，<变量标识符>=<值>，…;

例如：double x=1.2345;

　　　int　j=10;

　　　char　ch1,ch2;

　　　String str1,str2;

变量的作用域是指能够访问该变量的一段程序代码。在声明一个变量的同时也就指明了变量的作用域。变量按作用域划分，可以有以下几种类型：局部变量、成员变量、方法参数、异常处理参数。

局部变量在方法或方法的一个块内声明，它的作用域为它所在的代码块。

成员变量在类中声明，而不是在类的某个方法中声明，它的作用域是整个类。

方法参数传递给方法，它的作用域就是这个方法。

异常处理参数传递给异常处理程序，它的作用域就是异常处理代码部分。

在一个确定的域中，变量名是唯一的。通常情况，一个域用大括号"{}"来划定范围。有关类变量、参数传递及异常处理在后续章节中讲述。

3. 变量默认值

若不给变量赋初值，则变量默认值如表 2-2 所示。

表 2-2　变量默认值

数据类型	默认值（初始值）
boolean	flase
char	'\000'（空字符）
byte	（byte）0
short	（short）0

续表

数据类型	默认值（初始值）
int	0
long	0L
float	0.0F
double	0.0D

2.3　基本数据类型

Java 基本数据类型在内存中占的位数及范围如表 2-3 所示。

表 2-3　Java 基本数据类型在内存中占的位数及范围

数据类型	关键字	位数	取值范围
布尔型	boolean	8	true，false
字节型	byte	8	-128～127
字符型	char	16	0～65535
短整型	short	16	-32768～32767
整型	int	32	$-2^{31}～2^{31}-1$
长整型	long	64	$-2^{63}～2^{63}-1$
单精度型	float	32	近似为-3.4E+38～-1.4 E-45，1.4 E-45～ 3.4E+38
双精度型	double	64	近似为-1.7E+308～-2.2 E-208，2.2 E-208～ 1.7E+308

2.3.1　整型数据

1. 整型常量

（1）整型多为十进制数形式，也可为八进制或十六进制形式：无任何前缀的是十进制数，以 0 开头为八进制数，以 0x 或 0X 开头的为十六进制数。

十进制数的 10 个基数为 0～9，八进制数的 8 个基数为 0～7，十六进制数的 16 个基数为 0～9，a～f（或 A～F）。

例如：十进制数：1234，-5678；

　　　八进制数：0234，表示十进制数 156，-0123，表示十进制数-83；

　　　十六进制数：0x64，表示十进制数 100，-0xff 表示十进制数-255。

（2）Java 整型数都为带符号数。

（3）整型默认为 int 型，若为长整型需在数据后加字母 l 或 L。强烈推荐使用 L，以免与数字 1 混淆。

2. 整型变量

整型变量的类型包括：byte、short、int、long。

int 类型是最常用的整数类型，它表示的数据范围相当大，基本满足现实生活的需要。而且无论是 32 位还是 64 位的处理器，int 类型在内存中的存储长度都是 4 个字节。如果遇到更大的整数，int 类型不能表示，要使用 long 类型。

byte 类型表示的数据范围很小，容易造成溢出，使用时要注意。

short 类型很少使用，它限制数据的存储为先高字节，后低字节，在某些机器中会出错。
整型变量的定义，如：

```
byte    bval;              // 定义变量 bval 为 byte 型
short   sval;              // 定义变量 sval 为 short 型
int     ival;              // 定义变量 ival 为 int 型
long    lval;              // 定义变量 lval 为 long 型
```

2.3.2 实型数据

1. 实型常量

实型常量常用的三种表示方法：

（1）用十进制数形式表示，由数字和小数点组成，必须包含小数点，如 0.1234，12.345、12345.0。

（2）用科学计数法形式表示：

尾数 E（或 e）指数

E（或 e）之前必需有数字，指数必须为整数，如 1.2345E+3、12345E-3。

（3）数后加 f 或 F 为 float，加 d 或 D 为 double，没有后缀修饰的默认为 double 类型。

2. 实型变量

实型变量，即为浮点型变量，包括：float 和 double。

双精度浮点型 double 比单精度浮点型 float 的精度更高，表示数据的范围更大。

实型变量的定义，如：

```
float    fval;             // 定义变量 fval 为 float 型
double   dval;             // 定义变量 dval 为 double 型
```

2.3.3 字符型数据

1. 字符常量

字符常量是用单引号括起来的一个字符，如：'J'、'*'。另外，Java 中有以反斜杠（\）开头的字符，反斜杠将其后面的字符转变为另外的含义，称为转义字符。Java 中的常用转义字符如表 2-4 所示。

表 2-4　Java 中的转义字符

转义字符	Unicode	含义
\b	\u0008	退格（backspace）
\f	\u000C	换页（form feed）
\n	\u000A	换行（line feed）
\r	\u000D	回车（carriage return）
\t	\u0009	水平跳格（Tab）
\'	\u0027	单引号（single quote）

续表

转义字符	Unicode	含义
\ "	\u0022	双引号（double quote）
\\	\u005c	倒斜线（backslash）
\ddd		八进位转义序列（d 介于 0～7）
\uxxxx		十六进制转义序列

2．字符变量

Java 中的字符型数据是 16 位的 Unicode，汉字与英文字母占的内存空间相同。字符变量的定义，如：

```
char   ch='i';                        //定义 ch 为字符型变量，且赋初值为'i'
```

2.3.4　字符串数据

1．字符串常量

字符串常量是使用双引号括起来的字符序列，注意：最后字符不是'\0'。例如："Let's learn Java! "。Java 编译器自动为每一个字符串常量生成一个 String 类的对象，因此可以使用字符串常量初始化一个 String 类的对象。

在字符串中允许出现转义字符，如"天苍苍，\t 野茫茫…\n 风吹草低见牛羊"。输出上面的字符串结果为：

　　天苍苍，　　　　野茫茫…
　　风吹草低见牛羊

2．字符串变量

在 Java 中，字符串变量是作为对象处理的。通过使用 String 类或 StringBuffer 类的构造函数来生成字符串对象。详细内容见第 7 章字符串处理。

2.3.5　布尔型数据

布尔类型（boolean）是一种表示逻辑值的简单数据类型。

1．布尔型常量

布尔类型的常量值只有两个：true 和 false。

2．布尔型变量

布尔类型变量为 boolean 类型。布尔类型变量只有两个取值 true 和 false，在存储器中占 8 位，且与 C++不同，它们不对应任何数值。布尔类型变量的定义，如：

```
boolean   bval=false;             //定义 bval 为 boolean 类型变量，且赋初值为 false
```

2.3.6　类型转换

1．自动类型转换

Java 允许不同类型的数据进行混合运算，如果在 Java 表达式中出现了数据类型不一致的情形，那么 Java 运行时系统先自动将低优先级的数据转换成高优先级类型的数据，然后才进行表达式值的计算。Java 数据类型的优先级关系如图：

低 ——————————————————————→ 高

byte，short，char ——→ int ——→ long ——→ float ——→ double

2. 强制类型转换

强制类型转换：优先级高的类型转换成优先级低的类型，使用方法如下：

（数据类型）表达式

例如：

```
float x=5.5F;              // x 为 float 类型
       int y；              // y 为 int 类型
y=(int)x+100；              // 先把 x 转换为 int 型，放到临时变量中，然后与 100 相加
                           // 结果赋给 y，x 类型不变，仍为 int 型
```

2.4　运算符

Java 语言中对数据的处理过程称为运算，用于表示运算的符号称为运算符，它由一至三个字符结合而成。虽然运算符是由数个字符组合而成，但 Java 将其视为一个符号。参加运算的数据称为操作数。按操作数的数目来划分运算符的类型有：一元运算符（如++）、二元运算符（如*）和三元运算符（如?:）；按功能划分运算符的类型有：算术运算符、关系运算符、布尔运算符、位运算符、赋值运算符、条件运算符和其他。

2.4.1　算术运算符

算术运算符主要完成算术运算。常见的算术运算符如表 2-5 所示。

表 2-5　Java 算术运算符

运算符	运算	例子	结果
+	正号	+8	8
-	负号	a=8,b=-a	-8
+	加	a=6+6	12
-	减	a=16-9	7
*	乘	a=16*2	32
/	除	a=16/3	5
%	模除（求余）	a=16/3	1
++	前缀增	a=10;b=++a;	a=11,b=11
++	后缀增	a=10;b=a++;	a=11,b=10
--	前缀减	a=10;b=--a;	a=9,b=9
--	后缀减	a=10;b=a--;	a=9,b=10

Java 对加运算符进行了扩展，使它能够进行字符串的连接，如："Java"+"Applet" 得到字符串"Java Applet"。

另外，Java 模除运算%对浮点型操作数也可以进行计算，这点与 C/C++不同。

例 2-1 Java 运算符++、--的使用。

```
int a=10;
System.out.println("a="+a);
int b=++a;
System.out.println("a="+a);        System.out.println("b="+b);
int c=a++;
System.out.println("a="+a);        System.out.println("c="+c);
int d=--a;
System.out.println("a="+a);        System.out.println("d="+d);
int e=a--;
System.out.println("a="+a);        System.out.println("e="+e);
```

程序输出结果：

```
a=10
a=11
b=11
a=12
c=11
a=11
d=11
a=10
e=11
```

算术运算符中，优先级最高的是单目运算符 "+"（正号）、"-"（负号）、"++"、"--"，其次是二元运算符 "*"、"/"、"%"，最低的是二元运算符 "+"（加）、"-"（减）。算术运算符的执行顺序自左至右。

2.4.2 关系运算符

关系运算符完成操作数的比较运算，结果为布尔值。Java 的关系运算符如表 2-6 所示。

表 2-6　Java 关系运算符

运算符	运算	例子	结果
==	等于	4==2	false
!=	不等于	1!=2	true
<	小于	18<18	false
<=	小于等于	18<=18	true
>	大于	2>1	true
>=	大于等于	2>=1	true
instanceof	检查是否为类实例	"Java" instanceof String	true

关系运算符的优先级低于算术运算符，关系运算符的执行顺序自左至右。

2.4.3 布尔逻辑运算符

布尔逻辑运算符完成操作数的布尔逻辑运算，结果为布尔值。Java 的布尔逻辑运算符如表 2-7 所示。

表 2-7　Java 布尔逻辑运算符

运算符	运算	例子	结果
&	与	5>2&2>3	false
|	或	5>2|2>3	true
!	非	! true	false
^	异或	5>2^8>3	false
&&	简洁与	5>12&&22>3	false
||	简洁或	5>2||2>3	true

简洁与、或和非简洁与、或对整个表达式的计算结果是相同的，但有时操作数的计算结果不同。简洁与、或运算时，若运算符左端表达式的值能够确定整个表达式的值，则运算符右端表达式将不会被计算。而非简洁与、或运算时，运算符两端的表达式都要计算，最后计算整个表达式的值。

例如：

　　int　　a=6,b=8,c=12,d=15;

　　boolean　x=++a>b++&&c++>d--;

则结果为：

　　a=7,b=9,c=12,d=15,x=false;

而

　　int　　a=6,b=8,c=12,d=15;

　　boolean　x=++a>b++&&c++>d--;

结果为：

　　a=7,b=9,c=13,d=14,x=false;

在布尔逻辑运算符中，单目运算符"!"的优先级最高，高于算术运算符和关系运算符，运算符"&"、"|"等低于关系运算符。布尔逻辑运算符按自左至右的顺序执行。

2.4.4　位运算符

位运算符是对二进制位进行操作，Java 提供的位运算符如表 2-8 所示。

表 2-8　Java 位运算符

运算符	运算	例子	结果
~	按位取反	~00011001	11100110
&	按位与	00110011&10101010	00100010
|	按位或	00110011|10101010	10111011
^	按位异或	10100001^00010001	101100000
<<	左移位	a=00010101, a<<2	01010100
>>	右移位	a= 10101000, a>>2	11101010
>>>	无符号右移	a= 10101000, a>>>2	00101010

在计算机中，Java 使用补码来表示二进制数，最高位为符号位，正数的符号位为 0，负

数的符号位为 1。对正数而言，补码就是正数的二进制形式，对于负数，首先把该数绝对值的补码取反，然后再加 1，即得该数的补码。例如：123 的补码为 01111011，-123 的补码为 10000101。

（1）按位取反运算符~。

~是一元运算符，对数据的每个二进制位进行取反，即把 0 变为 1，把 1 变为 0。

例如：~00011001=11100110

（2）按位与运算符&。

对应运算的两个位都为 1，则该位的结果为 1，否则为 0。即：

　　　　0&0=0　　　　　　　　0&1=0　　　　　　　　1&0=0　　　　　　　　1&1=1

例如：10110011&10101010=10100010

（3）按位或运算符|。

对应运算的两个位都为 0，则该位的结果为 0，否则为 1。即：

　　　　0|0=0　　　　　　　　0|1=1　　　　　　　　1|0=1　　　　　　　　1|1=1

例如：10110011|10101010=10111011

（4）按位异或运算符^。

对应运算的两个位相同，都为 1 或 0，则该位的结果为 0，否则为 1。即：

　　　　0^0=0　　　　　　　　0^1=1　　　　　　　　1^0=1　　　　　　　　1^1=0

例如：10100001^00010001=101100000

（5）左移位运算符<<。

用来将一个数的各二进制位全部左移若干位，右端补 0。在不溢出的情况下，每左移一位，相当于乘 2。

例如：a=00010101　　a<<2=01010100

（6）右移位运算符>>。

用来将一个数的各二进制位全部右移若干位，前补符号值。每右移一位，相当于除以 2。

例如：a= 10101000　　a>>2= 11101010

（7）无符号右移运算符>>>。

用来将一个数的各二进制位全部右移若干位，移出的位被舍弃，前面空出的位补 0。每右移一位，相当于除以 2。

例如：a= 10101000　　a>>>2= 00101010

例 2-2　有关位运算的实例。

```
int i=123,j=45;
OutBitInt("i    ",i);
OutBitInt("~i   ",~i);        OutBitInt("-i  ",-i);
OutBitInt("j    ",j);         OutBitInt("i&j ", i&j);
OutBitInt("i|j ", i|j);       OutBitInt("i^j ", i^j);
OutBitInt("i<<2", i<<2);      OutBitInt("i>>2", i>>2);

static void OutBitInt(String str,int i){    //转为二进制显示
    System.out.print(str+",int: "+i+" ,binary:");
    System.out.print("        ");
    for(int j=31;j>=0;j--)
```

```
            if(((1<<j)&i)!=0) System.out.print("1");
            else System.out.print("0");
        System.out.println();
    }
}
```

程序执行结果为：

```
i    ,int: 123 ,binary:        00000000000000000000000001111011
~i   ,int: -124 ,binary:       11111111111111111111111110000100
-i   ,int: -123 ,binary:       11111111111111111111111110000101
j    ,int: 45 ,binary:         00000000000000000000000000101101
i&j ,int: 41 ,binary:          00000000000000000000000000101001
i|j ,int: 127 ,binary:         00000000000000000000000001111111
i^j ,int: 86 ,binary:          00000000000000000000000001010110
i<<2,int: 492 ,binary:         00000000000000000000000111101100
i>>2,int: 30 ,binary:          00000000000000000000000000011110
```

2.4.5　赋值运算符

赋值运算符 "="，用来把一个表达式的值赋给一个变量。如果赋值运算符两边的类型不一致，当赋值运算符右侧表达式的数据类型比左侧的数据类型级别低时，则右侧的数据自动被转化为与左侧相同的高级数据类型，然后将值赋给左侧的变量。当右侧数据类型比左侧数据类型高时，则需进行强制类型转变，否则出错。

例如：

```
int a=100;
long x=a;                //自动类型转换
int a=100;
byte x=(byte)a;          //强制类型转换
```

在赋值运算符 "＝" 的前面加上其他运算符，构成复合赋值运算符。如：i+=8 等价于 i= i+8。Java 赋值运算符如表 2-9 所示。

表 2-9　Java 赋值运算符

运算符	运算	例子	结果
=	赋值	a=8;b=3;	a=8;b=3;
+=	加等于	a+=b;	a=11;b=3;
-=	减等于	a-=b;	a=5;b=3;
*=	乘等于	a*=b;	a=24;b=3;
/=	除等于	a/=b;	a=2;b=3;
%=	模除等于	a%=b;	a=2;b=3;

2.4.6　条件运算符

条件运算符为（?:），它的一般形式为：

表达式 1?表达式 2: 表达式 3

其中表达式 1 的值为布尔值，如果为 true，则执行表达式 2，表达式 2 的结果作为整个表达式的值，否则执行表达式 3，表达式 3 的结果作为整个表达式的值。

例：int max,a=20,b=19;

　　　max=a>b?a:b;

执行结果 max=20。

条件运算符的优先级要低于赋值运算符。

2.4.7 运算符优先级

对表达式进行运算时，要按照运算符的优先顺序从高到低进行，同级的运算符则按从左到右的顺序进行。表 2-10 列出了 Java 中运算符的优先顺序。

表 2-10 Java 运算符优先顺序

优先顺序	运算符	结合性
1	. [ ] ( )	从左到右
2	+（正号） -（负号） ++ -- ! ~ instanceof	从右到左
3	new (type)	从右到左
4	* / %	从左到右
5	+（加） -（减）	从左到右
6	>> >>> <<	从左到右
7	> < >= <=	从左到右
8	== !=	从左到右
9	&	从左到右
10	^	从左到右
11	|	从左到右
12	&&	从左到右
13	||	从左到右
14	?:	从右到左
15	= += -= *= /= %= ^= &= |= <<= >>= >>>==	从右到左

2.5 表达式

表达式是由操作数和运算符按一定语法形式组成的用来表达某种运算或含义的符号序列，例如，以下是合法的表达式。

　　a+b　　　　　　(a+b)*(a-b)　　　　"name="+"黄荣盛"　　　　　(a>b)&&(c!=d)

每个表达式经过运算后都会产生一个确定的值，称为表达式的值。表达式值的数据类型称为表达式的类型。一个常量或一个变量是最简单的表达式。表达式可以作为一个整体也可以看成一个操作数参与到其他运算中，形成复杂的表达式。 根据表达式中所使用的运算符和运算结果的不同，可将表达式分为：算术表达式、关系表达式、逻辑表达式、赋值表达式、条件表达式等。

例如：

 a++*b，12+c ，a%b-23*d 为算术表达式；

 x>y，c!=d 为关系表达式；

 m&&n，(m>=60)&&(n<=100)，(a+b>c)&&(b+c>a)&&(a+c>b)为逻辑表达式；

 i=12*a/5，x=78.98 为赋值表达式；

 x>y? x:(z>100:60:100) 为条件表达式。

2.6　简单的输入输出

输入和输出是程序的重要组成部分，是实现人机交互的手段。输入是指把需要加工处理的数据放到计算机内存中，而输出则把处理的结果呈现给用户。在 Java 中，通过使用 System.in 和 System.out 对象分别与键盘和显示器发生联系而完成程序的输入和输出。

2.6.1　输出

System.out 对象包含着多个向显示器输出数据的方法。System.out 对象中包含的最常用的方法是：

- println()方法：向标准输出设备（显示器）输出一行文本并换行。
- print()方法：向标准输出设备（显示器）输出一行文本但不换行。
  Example !
  Input 10 data:

print()方法与 println()方法非常相似，两者的唯一区别在于 println()方法完成输出后开始一个新行，而 print()方法输出后不换行。

例 2-3　输出数据。

```
char    ch='a';
int i=1;
double    d=1234.56789;
String    str="China";
System.out.println("ch="+ch);
System.out.println("i="+i);
System.out.println("d="+d);
System.out.println("str="+str);
```

程序执行结果为：

```
ch=a
i=1
d=1234.56789
str=China
```

2.6.2　输入

1. 使用 System.in 对象

System.in 对象用于在程序运行时从键盘输入数据。在输入数据时，为了处理在输入数据的过程中可能出现的错误，需要使用异常处理机制，使程序具有"健壮性"（异常处理在第 8 章详细介绍）。

使用异常处理命令行输入数据有两种格式：

- 使用 try-catch 语句与 read 方法或 readLine 方法相结合
- 使用 throws IOException 与 read 方法或 readLine 方法相结合

下面是从键盘读入一个字符，一个字符串或一个整数的程序示例。当程序中需要实现键盘输入功能时可以参考这些例子。

例 2-4　从键盘读一个字符，并输出。

```
try {                                  //异常处理中的 try 语句
    char ch=(char)System.in.read();    //调用 read 方法，读一个字符存入 ch 中
    System.out.print(ch);
} catch (IOException e) { }            //catch 语句，IOException 为异常也可使用 Exception 异常类
```

例 2-5　从键盘读入一个浮点型数值串并输出。

```
try {                                  //try 语句
    System.in.read(buf);               //从键盘读一个数字串保存在 buf 中
    str=new String(buf,0);             //buf 转换成 String 对象 str（ASCII 字符串转换成 Unicode 码串）
    anDouble=Double.parseDouble(str.trim());   //数字串转换成双精度数
} catch (Exception e) { }              //catch 语句，Exception 为异常类
System.out.println(anDouble);
```

程序执行时输入：12345.6789

程序执行结果为：

　　12345.6789

Java 程序中将数字字符串转换为数值类型的常用方法如表 2-11 所示。

表 2-11　Java 中字符串转换成数值类型的方法

数据类型	转换方法
long	Long.parseLong(数字字符串)
int	Integer.parseInt(数字字符串)
short	Short.parseShort(数字字符串)
byte	Byte.parseByte(数字字符串)
double	Double.parseDouble(数字字符串)
float	Float.parseFloat(数字字符串)

2. 使用命令行参数

在程序执行时，通过在命令行中输入参数，来获得数据，可通过 main()方法的 args[]参数来实现。main()方法的参数是一个字符串类型的数组，程序从 main()方法开始执行，Java 虚拟机会自动创建一个字符串数组，并将程序执行时输入的命令行参数放在数组中。最后将数组的地址赋给 main()方法的参数。

例 2-6　使用命令行参数，从键盘读入一个字符串和一个整数并输出。

```
System.out.println(args[0]);
anInt=Integer.parseInt(args[1].trim());    //数字串转换成整数
System.out.println(anInt);
```

在命令行输入下面一行代码：

```
Java ReadFromCommandLine    Java    1234
```

程序执行时输入的参数"Java"和"1234"放入字符串数组的第一个和第二个元素，而 main()
中的参数 args 将指向该数组。在程序中把"1234"数字串转换为数值类型，进行输出，程序的
输出结果为：

    Java
    1234

本章小结

本章主要介绍了 Java 语言的基本要素：标识符、保留字，并介绍了 Java 语言的基本数据
类型： char、byte、short、int、long、float、double、boolean；基本运算符包括：算术运算符、
关系运算符、逻辑运算符、条件运算符、位运算符、赋值运算符和复合赋值运算符。最后，
给出 Java 程序从控制台进行简单输入输出的方法。

一、选择题

1. 下列选项是合法标识符的是（   ）。

   A. 123   B. _name   C. class   D. 1first
   E. &Moon9   F. $_1234   G. computer   H. MyVariance
   I. My%INTEGER   J. INT   K. $_$_You   K. 86xyz
   L. new   M. Class   N. You&Me   O. GH 9027

2. 下列选项（   ）是关键字。

   A. CLASS   B. sizeof   C. abstract   D. NULL
   E. INTEGER   F. LONG   G. native   H. import

3. 下列选项可以正确用以表示八进制值的是（   ）。

   A. 0x8   B. 0x10   C. 08   D. 010

4. 下列赋值语句（   ）是不正确的。

   A. float f = 21.2;   B. double d = 5.6E15;
   C. float d = 3.14f;   D. double f=11.1E10f;

5. 下列赋值语句（   ）是正确的。

   A. char a=15;   B. int a=21.0;
   C. int a=15.0f;   D. int a=（int）15.0;

6. 在 Java 中，表示换行符的转义字符是（   ）。

   A. \n   B. \f
   C. 'n'   D. \dd

7. 设 int x = 1，y = 2，z = 3，则表达式 y+=z--/++x 的值是（   ）。

   A. 3   B. 3.5
   C. 4   D. 5

二、填空题

1．十进制数 16 表示为十六进制数为＿＿＿＿＿＿。

2．在 Java 中，每个字符用＿＿＿＿＿＿个字节表示。

3．Java 语言中，移位运算符包括：>>、<<和＿＿＿＿＿＿。

4．能打印一个双引号的语句是 System.out.println("＿＿＿＿＿＿")。

5．引用数据类型包括＿＿＿＿＿＿、＿＿＿＿＿＿、＿＿＿＿＿＿。

6．若 x = 5，y = 10，则 x < y 和 x >= y 的逻辑值分别为＿＿＿＿＿＿和＿＿＿＿＿＿。

三、简答题

1．Java 中怎样进行注释？

2．Java 中标识符定义的规则有哪些？

3．Java 中包含哪些基本数据类型？

4．在下列符号中不属于字符常量的有哪些？说明理由。

'x'　'\101'　'\r'　'\\'　'\%'　'\u0030'　'+'　M　s　'\='

5．判断下面常量的数据类型：

true　123　3f　8.23e-2　4.6789　345L　'a'　"Hello world!"

四、计算下列表达式的值

1．已知 int i=10,j=0;，计算下面表达式的值：

（1）j=5+ ++i　　（2）j=5+ i++　　（3）j=8+3*9/7-6　　（4）j=i+3*9%i-4

2．已知 int i=10,j=20,k=30;计算下面表达式的值：

（1）i<10&&j>10&&k!=10　　　　　　（2）i<10||j>10||k!=10

（3）!(i+j>k)&&!(k-j>i)　　　　　　（4）!(i==j)&&!(j==k)&&!(i==k)

3．已知 int i=6,j=8;，求下面表达式计算后 j 的值：

（1）j+=++i　　（2）j-=5+i++　　（3）j*=j+3*i*j--;　　（4）j+=j-=j*=j

五、程序题

1．编写程序，从键盘输入圆的半径，求圆的周长和面积并输出。

2．编写程序，从键盘输入平行四边形的底和高，求面积并输出。

3．编写程序，实现摄氏温度和华氏温度的转换，要求输入摄氏温度，输出华氏温度，输入华氏温度，输出摄氏温度。摄氏温度和华氏温度的转换公式为：

$$华氏温度=9×摄氏温度÷5+32$$

4．编写程序，实现英里到公里的转换，其转换公式为：

$$1 英里=1.6 公里$$

第 3 章　控制结构

本章导读

　　结构化程序设计有三种基本结构：顺序（Sequence）结构，选择（Selection）或称条件（Condition）结构，循环（Loop）或重复（Repetition）结构。若程序中的语句（Statement）是以一行一行的方式顺序执行的（例如，指定语句：y = 2），称此语句是顺序性语句，而此程序的结构称为顺序结构。而若以选择性语句（如 if）或重复性（如 for）语句来做程序的结构称作选择或循环结构。此三者便合称为控制结构。本章主要讲解选择结构、循环结构编程技巧。

本章要点

- 选择结构语句
- 循环结构语句
- 跳转语句

3.1　选择结构

Java 语言提供了两种基本的选择结构：if 语句和 switch 语句。

3.1.1　if 语句

　　if 语句是选择结构最基本的语句。if 语句有两种形式：if 及 if…else。if 语句有选择地执行语句，只有当表达式条件为真（true）时执行程序。If…else 在表达式条件为真（true）与假（false）时各执行不同的程序序列 。

1. If…else 语句的基本形式

if…else 语句语法格式：

```
if(布尔表达式)                    //根据布尔表达式的真假决定执行不同的语句
{
    语句序列 1（statements1）      //条件为真
}
[else
{
    语句序列 2（statements2）      //条件为假
}]
```

布尔表达式一般为条件表达式或逻辑表达式，当布尔表达式的值为 true 时，执行语句序列 1，否则执行语句序列 2。语句序列 1 和语句序列 2 可以为单一的语句，也可以是复合语句，复合语句要用大括号 {} 括起来，{} 外面不加分号。

例如，假设 response 是用户点击界面上按钮 OK 或 Cancel 的返回值。

```
if (response == OK) {
        // 点击 OK 按钮执行的操作
}
else {
        // 点击 Cancel 按钮执行的操作
}
```

else 子句是可选的。当不出现 else 子句且表达式为 false 时，则不执行 if 中包含的语句。例如，debug 为布尔类型变量，在 debug 为 true 时，输出调试信息，否则，不执行 if 中的语句。

```
if (debug) {
        System.out.println("DEBUG: x = " + x);
}
```

例 3-1　显示 Java 中的最大数值、最小数值及判断字符的大小写。

```
char aChar = 'A';
boolean aBoolean = true;
System.out.println("The largest byte value is " + Byte.MAX_VALUE);
System.out.println("The least byte value is " + Byte.MIN_VALUE);
System.out.println("The largest short value is " + Short.MAX_VALUE);
System.out.println("The least short value is " + Short.MIN_VALUE);
System.out.println("The largest integer value is " + Integer.MAX_VALUE);
System.out.println("The least integer value is " + Integer.MIN_VALUE);
System.out.println("The largest long value is " + Long.MAX_VALUE);
System.out.println("The least long value is " + Long.MIN_VALUE);
System.out.println("The largest float value is " + Float.MAX_VALUE);
System.out.println("The least float value is " + Float.MIN_VALUE);
System.out.println("The largest double value is " + Double.MAX_VALUE);
System.out.println("The least double value is " + Double.MIN_VALUE);
if (Character.isUpperCase(aChar)) {
        System.out.println("The character " + aChar + " is upper case.");
}
else {
        System.out.println("The character " + aChar + " is lower case.");
}
System.out.println("The value of aBoolean is " + aBoolean);
```

程序执行结果为：

```
The largest byte value is 127
The least byte value is -128
The largest short value is 32767
The least short value is -32768
The largest integer value is 2147483647
The least integer value is -2147483648
The largest long value is 9223372036854775807
```

```
The least long value is -9223372036854775808
The largest float value is 3.4028235E38
The least float value is 1.4E-45
The largest double value is 1.7976931348623157E308
The least double value is 4.9E-324
The character A is upper case.
The value of aBoolean is true
```

2. 嵌套 if 语句

在实际处理中，常会有许多条件需要判断。因此要用到多个 if，甚至在一个 if 中还有多个 if，称作嵌套 if。

嵌套 if 语句的语法格式：

```
if(布尔表达式 A){
    语句序列 A
    if(布尔表达式 B){
        语句序列 B1 ;
    }
    else{
        语句序列 B2;
    }
    …
}
else{
    if(布尔表达式 C){
        语句序列 C1;
    }
    else{
        语句序列 C2;
    }
}
```

例 3-2 判断给出数据的符号，正数输出"+"号，负数输出"-"号，0 输出"0"。

```
int intx =0;
if(intx>0)    System.out.println("The sign of "+intx+" is   + ;");
else{
    if(intx<0)      System.out.println("The sign of "+intx+" is   - ;");
    else      System.out.println("The sign of "+intx+" is   0 ;");
}
```

程序执行结果为：

```
The sign of 0 is   0 ;
```

else 子句不能单独使用，它必须和 if 配对使用。else 总是与离它最近的 if 配对。可以通过使用大括号{}来改变 if…else 的配对关系。

3. If…else if…else 语句

若出现的情况有两种以上，则可用 if…else if…else 语句。

if…else if…else 语句的语法格式：

```
if(布尔表达式 1) {
```

```
            语句序列 1;
        }
        else if(布尔表达式  2){
            语句序列 2;
        }
            …
        else if(布尔表达式  M){
            语句序列 M;
        }
        else{
            语句序列 N;
        }
```

程序执行时，首先判断布尔表达式 1 的值，若为真，则顺序执行语句序列 1，if 语句结束；若为假，则判断布尔表达式 2；若布尔表达式 2 为真，则顺序执行语句序列 2，if 语句结束；若为假，则判断布尔表达式 3，……，若所有布尔表达式的值都为假，则执行语句序列 N，if 语句结束。

例 3-3　给出学生成绩，判断其等级。

```
            90～100              A
            80～89               B
            70～79               C
            60～69               D
            60 分以下            E
        int score =86;
        char grade;
        if (score >= 90) {
            grade = 'A';
        } else if (score >= 80) {
            grade = 'B';
        } else if (score >= 70) {
            grade = 'C';
        } else if (score >= 60) {
            grade = 'D';
        } else {
            grade = 'E';
        }
        System.out.println("Grade = " + grade);
```

程序执行结果为：

```
        Grade = B
```

3.1.2　switch 语句

在 if 语句中，布尔表达式的值只能有两种：true 或 false。若情况更多时，就需要另一种可提供更多选择的语句：switch 语句，也称开关语句。

switch 语句语法格式：

```
        switch(表达式){
```

```
case  常量 1:
        语句序列 1;
        break;
case 常量 2:
        语句序列 2;
        break;
…
case   常量 N:
        语句序列 N;
        break;
[default:
        语句序列 M;
        break;
]
}
```

说明:

(1) 表达式的类型可为 byte、short、int、char。多分支语句把表达式的值与每个 case 子句中的常量相比。如果匹配成功,则执行该 case 子句后面的语句序列。

(2) 所有 case 子句后面的常量都不相同。

(3) default 子句是可选的。当表达式的值与任何 case 子句中的常量都不匹配时,程序执行 default 子句后面的语句序列。当表达式的值与任何 case 子句中的常量都不匹配且不存在 default 子句,则退出 switch 语句。

(4) break 语句用来在执行完一个 case 分支后,使程序退出 switch 语句,继续执行其他语句。case 子句只起到一个标号的作用,用来查找匹配的入口,并从此开始执行其后面的语句序列,对后面的 case 子句不再进行匹配。因此在每个 case 分支后,用 break 来终止后面语句的执行。有一些特殊情况,多个不同的 case 值要执行一组相同的语句序列,在这种情况下,可以不用 break 语句。

例 3-4 根据给出的数字月份,输出相应的英语月份。

```
int month = 11;
switch (month) {
case 1:   System.out.println("January"); break;
case 2:   System.out.println("February"); break;
case 3:   System.out.println("March"); break;
case 4:   System.out.println("April"); break;
case 5:   System.out.println("May"); break;
case 6:   System.out.println("June"); break;
case 7:   System.out.println("July"); break;
case 8:   System.out.println("August"); break;
case 9:   System.out.println("September"); break;
case 10: System.out.println("October"); break;
case 11: System.out.println("November"); break;
case 12: System.out.println("December"); break;
}
```

程序执行结果为:

November

例 3-5　根据给定的年、月，输出该月的天数。

```
int month = 6,year = 2009,numDays = 0;
switch (month) {
case 1:case 3:case 5:case 7: case 8:case 10:
case 12:
            numDays = 31;        break;
 case 4: case 6: case 9:
case 11:
            numDays = 30        break;
case 2:
            if ( ((year % 4 == 0) && !(year % 100 == 0)) || (year % 400 == 0) )    numDays = 29;
            else        numDays = 28;
            break;
    }
System.out.println("Year : "+ year + " ,   month   :   "+month);
System.out.println("Number of Days = " + numDays);
```

程序执行结果为：

```
Year : 2009 ，  month   :   6
Number of Days = 30
```

3.2　循环结构

循环结构的作用是反复执行一段语句序列，直到不满足终止循环的条件为止，一个循环一般包含四部分内容：

（1）初始化部分：用来设置循环的一些初始条件，一般只执行一次。

（2）终止部分：通常是一个布尔表达式，每一次循环都要对该表达式求值，以验证是否满足终止条件。

（3）循环体部分：被反复执行的一段语句序列，可以是一个单一语句，也可以是一个复合语句。

（4）迭代部分：在当前循环结束，下一次循环开始执行之前执行的语句，常常用来更新影响终止条件的变量，使循环最终结束。

Java 语言中提供的循环语句有：while 语句，do-while 语句和 for 语句，下面分别介绍。

3.2.1　while 语句

while 语句的一般语法格式为：

```
    ［初始化部分］
    while (布尔表达式) {                //终止部分
        循环体部分
        ［迭代部分］
    }
```

while 语句实现"当型"循环。程序运行时，首先执行初始化部分，然后判断布尔表达式的值。当布尔表达式的值为 true 时，执行循环体部分和迭代部分，然后再判断布尔表达式的值。如果布尔表达式的值为 false，退出循环。否则，重复上面的过程，其中初始化部分和迭代部分是可选的。

若第一次执行 while 语句，循环中的布尔表达式值为 false，则循环体一次也不执行，即 while 语句循环至少执行的次数为 0 。若执行循环过程中，布尔表达式的值总是为 true，不能变为 false，则循环不能终止，出现死循环的情况，这种死循环在程序设计中一般都应该避免。

例 3-6　使用 while 循环，计算 1 到 2000 之间的所有奇数的和。

```
int sum=0,i=1;
while (i<=2000) {
          if(i%2!=0)      sum+=i;
          i++;
}
System.out.println("The sum from 1 to 2000 odds is :   "+sum);
```

程序运行结果为：

```
The sum from 1 to 2000 odds is :   1000000
```

例 3-7　使用 while 循环，实现复制字符串直到遇到字符' u '。

```
String copyFromMe = "Copy this string until you encounter the letter 'u'.";
StringBuffer copyToMe = new StringBuffer();
int i = 0;
char c = copyFromMe.charAt(i);
while (c != 'g') {
          copyToMe.append(c);
          c = copyFromMe.charAt(++i);
}
System.out.println(copyToMe);
```

程序执行结果为：

```
Copy this string
```

3.2.2　do-while 语句

do-while 语句的一般语法格式为：

```
［初始化部分］
do {
          循环体部分
          ［迭代部分］
} while (布尔表达式)；          //终止部分
```

do-while 语句实现"直到型"循环。程序运行时，首先执行初始化部分，然后执行循环体部分和迭代部分，最后判断布尔表达式的值。当布尔表达式的值为 true 时，重复执行循环体部分和迭代部分，如果布尔表达式的值为 false 时，退出循环，其中初始化部分和迭代部分是可选的。

若第一次执行 do-while 语句，循环中的布尔表达式值为 false，则循环体只执行一次，即 do-while 循环语句至少执行的次数为 1 。在 do-while 语句中也应该避免出现死循环。

例 3-8　使用 do-while 循环，计算 1 到 2000 之间的所有奇数的和。

```
int sum=0,i=1;
do{
```

```
            sum+=i;
                i+=2;
    } while (i<=2000);
    System.out.println("The sum from 1 to 2000 odds is：  "+sum);
```

程序运行结果为：

```
The sum from 1 to 2000 odds is：  1000000
```

例 3-9　使用 do-while 循环，实现复制字符串直到遇到字符' u '。

```
String copyFromMe = "Copy this string until you encounter the letter 'u'.";
StringBuffer copyToMe = new StringBuffer();
int i = 0;
char c = copyFromMe.charAt(i);
do {
        copyToMe.append(c);
        c = copyFromMe.charAt(++i);
} while (c != 'g');
System.out.println(copyToMe);
```

程序执行结果为：

```
Copy this string
```

3.2.3　for 语句

for 语句是几种循环语句中使用最为灵活、最为广泛的一个。

for 语句的一般语法格式为：

```
for ([表达式 1]; [表达式 2]; [表达式 3]) {
        语句序列；//循环体
}
```

表达式 1 主要用于变量的初始化，对应于 while、do-while 语句中的初始化部分，只在进入循环时执行一次。表达式 2 是一个布尔表达式或关系表达式，是循环结束的条件。表达式 3 更新循环变量，使循环最终能够终止。各个表达式之间用";" 隔开。

for 语句的执行过程如下：

（1）循环开始，执行表达式 1。

（2）计算表达式 2，如果返回值为 true，执行循环体中的语句序列，如果为 false，退出循环。

（3）计算表达式 3，转（2）。

例 3-10　使用 for 循环，计算 1 到 2000 之间的所有奇数的和。

```
for(sum=0, i = 1;i<=2000;i+=2)
    sum+=i;
System.out.println("The sum from 1 to 2000 odds is：  "+sum);
```

程序运行结果为：

```
The sum from 1 to 2000 odds is：  1000000
```

for 语句的所有组成部分都可以省略。但 for 语句中的";" 不可省略。例如：

（1）省略表达式 1，上例的循环语句可写为：

```
sum=0; i = 1;
```

```
    for(;i<=2000;i+=2)
            sum+=i;
```

（2）省略表达式 2，上例的循环语句可写为：

```
    sum=0; i = 1;
    for(;;i+=2){
            if(i>2000)break;
            sum+=i;
    }
```

（3）省略表达式 3，上例的循环语句可写为：

```
    sum=0; i = 1;
    for(;;){
            if(i>2000)break;
            sum+=i;
            i+=2
    }
```

（4）省略循环体，上例的循环语句可写为：

```
    sum=0; i = 1;
    for(;i<=2000; sum+=i,i+=2);
```

可以在 for 语句表达式 1 中定义局部变量，使得该局部变量仅在 for 语句中使用。如果循环变量不在循环外部使用，最好在初始化部分定义成局部变量。

例 3-11　计算 10！。（10！=1*2*3*…*10）。

```
    for (i = 1, result=1; i <=10; i++)
                result*=i;
    System.out.println ("10！= "+ result);
```

循环可以进行多层嵌套，即循环语句中还包含循环语句。

例 3-12　输出九九乘法表。

```
    for (int i = 1; i <10; i++)
            System.out.print("      "+i );
    System.out.println();
    for (int i = 1; i <10; i++) {
            System.out.print(i+ "      ");
            for (int j = 1; j <10; j++)
                    if(i*j>=10)    System.out.print(i*j+ "      ");
                    else      System.out.print(i*j+ "        ");
            System.out.println();
    }
```

程序输出结果为：

	1	2	3	4	5	6	7	8	9
1	1	2	3	4	5	6	7	8	9
2	2	4	6	8	10	12	14	16	18
3	3	6	9	12	15	18	21	24	27
4	4	8	12	16	20	24	28	32	36
5	5	10	15	20	25	30	35	40	45
6	6	12	18	24	30	36	42	48	54
7	7	14	21	28	35	42	49	56	63

8	8	16	24	32	40	48	56	64	72
9	9	18	27	36	45	54	63	72	81

3.3 跳转控制语句

3.3.1 标号

标号是一个标识符，用于给程序块起一个名字。加标号的格式如下：

    label:{语句块}

label 是标号名，用标识符表示。标号名用冒号与其后面的语句块分开。例如：

```
A:{                    //标记代码块 A
    …
    B:  {              //标记代码块 B
        …
    }
}
```

3.3.2 break 语句

在 switch 语句中，break 语句用于终止 switch 语句的执行，使程序从 switch 语句的下一语句开始执行。

break 语句的另一种使用情况就是跳出它所指定的块，并从紧跟该块的第一条语句处执行。break 语句的语法格式：

    break [标号];

break 有两种形式：不带标号和带标号。标号必须位于 break 语句所在的封闭语句块的开始处。

例 3-13 用不带标号的 break 语句终止循环。

```
for(int i=1;i<100;i+=2){
    if(i>10)break;
    System.out.println("i = "+i);
}
System.out.println("循环终止。");
```

程序运行结果为：

```
i = 1
i = 3
i = 5
i = 7
i = 9
循环终止。
```

在这个程序中，当循环变量 i 的值大于 10 时，执行 break 语句，使得程序跳出循环，继续执行循环语句后面的语句。

不带标号的 break 语句只能终止包含它的最小程序块。有时希望终止更外层的块，可使用带标号的 break 语句，它使得程序流程转到标号指定语句块的后面执行。

例 3-14　带标号 break 语句的使用。

```
outer: for(int i=1;i<10;i++){
    inner:   for(int j=1;j<10;j++)
                if(i*j>30)break outer;
                System.out.println("i = "+i);
    }
    System.out.println("循环终止。");
```

程序运行结果为：

```
i = 1
i = 2
i = 3
循环终止。
```

3.3.3　continue 语句

continue 语句只用于循环结构中，它的语法格式：

```
continue[标号];
```

不带标号的 continue 语句的作用是终止当前循环结构的本轮循环，直接开始下一轮循环；带标号的 continue 语句的作用是把程序直接转到标号所指定的代码段的下一轮循环。

例 3-15　不带标号的 continue 语句的使用。

```
for(int i=1;i<=10;i+=2){
        if(i==5) continue;
        System.out.println("i = "+i);
}
System.out.println("循环终止。");
```

程序运行结果为：

```
i = 1
i = 3
i = 7
i = 9
循环终止。
```

例 3-16　求 100～200 之间的所有素数。

```
System.out.println(" ****Prime numbers between 100 and 200****");
    int n=0;
outer: for(int i=101;i<200;i+=2){
        int k=(int)Math.sqrt(i);
        for(int j=2;j<=k;j++){
            if(i%j==0)    continue outer;
        }
        System.out.print("    "+i);
        n++;
        if(n<7) continue;
        System.out.println();
        n=0;
    }
```

System.out.println();

程序执行结果为：

****Prime numbers between 100 and 200****

101	103	107	109	113	127	131
137	139	149	151	157	163	167
173	179	181	191	193	197	199

3.3.4　return 语句

return 语句用于方法体中，它的作用是退出该方法，并返回指定数值，使程序的流程转到调用该方法的下一条语句，return 语句格式有：

● 　return　表达式或变量或数值；

方法有返回值，方法的类型为非 void 类型。

● 　return；

方法没有返回值，即方法的类型为 void 类型。

本章主要介绍了结构化程序设计中的选择结构、循环结构和进行模块化设计的方法。要熟练掌握实现选择结构的 if、switch 语句和实现重复结构的 while、do-while 及 for 语句。掌握在选择结构和重复结构中的跳转语句：break、continue 语句和在方法中使用的 return 语句。

一、选择题

1．给出下面程序段：

```
if(x>0){System.out.println("Hello.");}
else if(x>-3){System.out.println("Nice to meet you!");}
else {System.out.println("How are you?");}
```

若打印字符串"How are you? "，则 x 的取值范围是（　　　）。

A．x>0　　　　　　　　B．x>-3　　　　　　　　C．x<= -3　　　　　　　　D．x<=0&x>-3

2．给出下列代码段：

```
int i=3,j;
outer:while(i>0){
    j=i;
    inner:while(j>0){
        if(j<=2) break outer;
            System.out.println(j+" and "+i);
        j--;
    }
    i--;
}
```

下列选项中（　　）会被输出到屏幕。

A．3 and 3　　　　B．3 and 2　　　　C．3 and 1　　　　D．3 and 0

3．以下选项中循环结构合法的是（　　）。

A．while (int i<7){
　　　　i++;
　　　　System.out.println("i is "+i);
　　　}

B．int j=0;
　　for(int k=0;j+k!=10;j++,k++)
　　{
　　　System.out.println("j is "+j+" k is "+k);
　　}

C．int j=0;
　　do{
　　　System.out.println("j is "+ j++);
　　　if(j==3){continue loop;}
　　}while(j<10);

D．int j=3;
　　while(j){
　　　System.out.println("j is "+j);
　　}

4．switch 语句不能用于下列（　　）数据类型。

A．double　　　　B．byte　　　　C．short　　　　D．char

5．编译运行以下程序后，关于输出结果的说明正确的是（　　）。

```
public class Conditional{
    public static void main(String args[ ]){
        int x=4;
        System.out.println("value is "+ ((x>4) ? 99.9 :9));
    }
}
```

A．输出结果为：value is 99.99　　　　B．输出结果为：value is 9

C．输出结果为：value is 9.0　　　　D．编译错误

6．下列语句中，属于多分支语句的是（　　）。

A．if 语句　　　　B．switch 语句　　　C．do-while 语句　　　D．for 语句

7．给出下列代码，在编译时可能会有错误的是（　　）。

```
① public void modify(){
②     int i, j, k;
③     i = 100;
④     while ( i > 0 ){
⑤         j = i * 2;
⑥         System.out.println (" The value of j is " + j );
⑦         k = k + 1;
⑧     }
⑨ }
```

A．④　　　　B．⑥　　　　C．⑦　　　　D．⑧

8．下列语句序列执行后，k 的值是（　　）。

```
int x=2, y=5, k=0;
switch( x%y )  {
case 0: k=x+y; break;
```

```
        case 1: k=x-y; break;
        case 2: k=x*y; break;
        default: k=x/y; break;
    }
    System.out.println(k);
```
　　A．2　　　　　　　B．5　　　　　　　C．10　　　　　　　D．0

9．一个循环一般应包括的内容有（　　）。

　　A．初始化部分　　　　　　　　　B．循环体部分

　　C．迭代部分和终止部分　　　　　D．以上都是

10．以下对判断语句描述正确的是（　　）。

　　A．if 语句不可以嵌套使用，只有 if-else 才可以嵌套使用

　　B．if 语句可以嵌套使用，if-else 语句不可以嵌套使用

　　C．无论 if 语句还是 if-else 语句均不可以嵌套使用

　　D．if 语句可以嵌套使用，if-else 语句也可以嵌套使用

二、填空题

1．Java 语言的循环语句包括 for 语句、do-while 语句和＿＿＿＿＿＿语句。

2．break 语句的最常用的用法是在 switch 语句中，通过 break 语句退出 switch 语句，使程序从 switch 结构后面的＿＿＿＿＿＿开始执行。

3．＿＿＿＿＿＿语句可以终止当前一轮的循环，不再执行其后面的语句，直接进入下一轮循环。

4．程序的结构有＿＿＿＿＿、＿＿＿＿＿、＿＿＿＿＿3 种。

5．一个 if 语句可以跟随＿＿＿＿＿个 else if 语句，但是只能有一个＿＿＿＿＿语句。

6．三元条件运算符 exp1?exp2:exp3，改写成 if 语句是＿＿＿＿＿。

7．以下程序段的输出结果为＿＿＿＿＿。

```
public  class  ABC{
    public  static  void  main(String  args[ ]){
        int   i , j ;
        int   a[ ] = { 2,1,3,5,4};
        for  ( i = 0 ; i < a.length-1; i ++ ) {
            int   k = i;
            for  ( j = i ; j < a.length ;  j++ )
                i f  ( a[j]<a[k] )   k = j;
            int   temp =a[i];
            a[i] = a[k];
            a[k] = temp;
        }
        for  ( i =0 ; i<a.length; i++ )
            System.out.print(a[i]+"   ");
        System.out.println( );
    }
}
```

三、编程题

1. 编写程序实现对给定的 3 个整数从大到小的顺序排列。

2. 求一元二次方程的根。

3. 编写程序，输入一个字符，判断它是否为小写字符，若是，将它转换为大写字符，否则，不转换。

4. 输入 3 个正数，判断能否构成一个三角形。

5. 编写程序，对输入的年、月、日，给出该天是该年的第多少天？

6. 编写程序，从键盘输入一个 0～99999 之间的任意数，判断输入的数是几位数？

7. 编程，给定一个学生成绩，给出相应等级：

90～100	优
80～89	良
70～79	中
60～69	及格
0～59	不及格

8. 编写程序，对输入的一个整数，按相反顺序输出该数。例如，输入为 3578，输出为 8753。

9. 用 while 循环语句，计算 1～200 之间的所有 3 的倍数之和。

10. 编写程序，输出 1～200 之间的所有素数。

11. 编程："百钱买百鸡"问题。即母鸡五钱一只，公鸡三钱一只，小鸡一钱三只，现有百钱欲买百鸡，共有多少种买法？

12. 编程：使用循环语句输出下面的图形。

```
                  #                    # # # # # # # # #
              # # #                    # # # # # # # #
          # # # # #                    # # # # # # #
      # # # # # # #                    # # # # # #
  # # # # # # # # #                    # # # # #
```

13. 验证"鬼谷猜想"：对任意自然数，若是奇数，就对它乘以 3 再加 1；若是偶数，就对它除以 2，这样得到一个新数，再按照上述计算规则进行计算一直进行下去，最终得到 1。

14. 编程求 1～1000 之间的所有"完全数"，完全数是该数的所有因子之和等于该数的数。例如：6 的因子有 1、2、3 且 6=1+2+3，所以 6 是完全数。

15. 一个整数的各位数字之和能被 9 整除，则该数也能被 9 整除。编程验证给定的整数能否被 9 整除。

16. 猴子吃桃问题。猴子第一天摘下若干个桃子，当即吃了一半，还不过瘾，又多吃了一个。第二天早上又将剩下的桃子吃掉一半又多吃了一个，以后每天早上都吃了前一天剩下的一半零一个。到第 10 天早上再想吃时，就剩下一个桃子了。求第一天共摘多少个桃子？

17. 编写程序找出所有"水仙花数"，所谓水仙花数是指一个三位数，它的各位数字的立方之和等于该数的数。例如：$153=1^3+2^3+3^3$，所以 153 是水仙花数。

18. 已知 XYZ+YZZ=532，其中 X、Y 和 Z 为数字，编程求出 X、Y 和 Z 的值。

第4章 类和对象

本章导读

本章主要讲解面向对象的基本概念、基本特征。说明在 Java 语言中声明类的方法，以及成员的访问权限；介绍 Java 程序中对象的生成和使用。

本章要点

- 面向对象的基本概念
- 类的声明以及成员变量、成员方法的定义和使用
- 成员变量、成员方法的访问权限
- 对象的生成和使用
- this 的使用
- 内部类的应用

4.1　面向对象的基本概念

面向对象程序设计的基本原则是：按照人们通常的思维方式建立问题的解空间，要求解空间尽可能自然地表现问题空间。为了实现这个原则，必须抽象出组成问题空间的主要事物，建立事物之间相互联系的概念，还必须建立按人们一般思维方式进行描述的准则。在面向对象程序设计中，对象（Object）和消息传递（Message Passing）分别表现事物以及事物之间的相互关系。类（Class）和继承（Inheritance）是按照人们一般思维方式的描述准则。方法（Method）是允许作用于该类对象上的各种操作。这种对象、类、消息和方法的程序设计的基本点在于对象的封装性（Encapsulation）和继承性（Inheritance）。通过封装将对象的定义和对象的实现分开，通过继承体现类与类之间的相互关系，以及由此带来的实体的多态性（Polymorphism），从而构成了面向对象的基本特征。下面分别介绍这些概念和特征。

4.1.1　对象

对象是具有某些特殊属性（数据）和行为方式（方法）的实体。现实生活中的任何事物都可以看作是对象。对象可以是有生命的个体，比如一个人或一只老虎。对象也可以是无生命的个体，比如一辆汽车或一台计算机。对象也可以是一个抽象的概念，如天气的变化或鼠标所产生的事件。

对象有两个特征：属性（Property）和行为（Behavior）。例如：一个人的属性有：姓名、性别、年龄、身高、体重等，行为有：唱歌、打球、骑车、学习等。

在面向对象程序设计中，对象的概念由现实世界对象而来，可以看作是一组成员变量和相关方法的集合。对象的属性保存在成员变量（Variables）或数据字段（Data field）里，而行为则借助方法（Methods）来实现。对象占据存储空间，一旦给对象分配了存储空间、相应的属性赋了值，就确定了对象的状态，而与每个对象相关的方法定义了该对象的操作。

对象可以看作是一片私有存储空间，其中有数据也有方法。其他对象的方法不能直接操纵该对象的私有数据，只有对象自己的方法才可操纵它。

对象的模型可以通过图 4.1 描述。

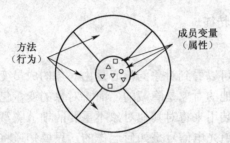

图 4.1   对象的表示模型

4.1.2 消息（Message）

单一对象本身并不是很有用处，而通常是成为一个包含许多对象的较大程序的一个组件。对象之间需要进行交互，通过程序中对象的交互，程序可以完成更高级的功能以及更复杂的行为。程序中的交互是通过消息来实现的。消息用来请求对象执行某一处理或回答某些信息的要求。

一个消息由三方面内容组成：

（1）消息的接收者，即消息的目标对象；

（2）接收对象采用的方法；

（3）执行方法所需用的参数（Parameters）。

发送消息的对象称为发送者，接收消息的对象称为接收者。消息中只包含发送者的要求，它告诉接收者需要完成的处理，并不指示接收者如何去完成这些处理。消息完全由接收者解释，接收者决定采用什么方式完成需要的处理。对于传来的消息，接收者可以返回相应的应答信息，但并不是必需的。采用消息的处理方式的好处有：一方面，一个对象的行为通过它的方法来表达，所以除了直接的变量存取外消息传递支持所有对象间可能的交互。另一方面，对象不需要在相同的程序中、相同的机器上送出或接收与其他对象间的交互信息。

当一个面向对象的程序运行时，一般要做三件事情：首先，根据需要创建对象；其次，当程序处理信息或响应来自用户的输入时，要从一个对象传递消息到另一个对象；最后，若不再需要该对象时，应删除该对象并回收它所占用的存储空间。

4.1.3 类

在现实世界里，有许多相同"种类"的对象。而这些同"种类"的对象可被归类为一个"类"。例如，可将世界上所有的汽车归类为汽车类，所有的动物归为动物类。在面向对象程序设计中，类的定义实质上是一种对象类型，它是对具有相同属性和相似行为对象的一种抽象。例如：汽车类有共同的属性（排气量，档位数，颜色，轮胎数，……）和行为（换档，开灯，转向，……）。

对象是在程序中根据需要动态生成的，一个类可以生成许多不同的对象。同一个类的所有对象具有相同的性质，即它们的属性和行为相同。一个对象的内部状态只能由其自身来修改，任何别的对象都不能改变它。因此，同一个类的对象虽然属性相同，但它们可以有不同的状态，这些对象是不相同的。

4.1.4　面向对象的基本特征

1. 封装（Encapsulation）

从对象的表示模型里，可以看到对象的核心是由对象的成员变量所构成。对象的方法包围在核心之外，使核心对其他的对象是隐藏的，而将对象的变量包裹在其对象方法的保护性监护之下就称之为封装。封装用来将对其他对象不重要的细节隐藏起来，就好比使用遥控器转换电视频道，并不需要知道光电信号是如何运作的，只要知道将频道调换到哪里即可。同样在程序中，也不需要知道一个类的完整结构如何，只要知道要调用哪一个方法即可。面向对象程序设计是将数据成员（Data Member）和属于此数据的操作方法（Operating Method），放在同一个实体（Entity）或对象中，这就是所谓的封装。

封装的用意，是避免数据成员被不正当存取，以达到信息隐藏（Information Hiding）的目的。封装相关的变量及方法到一个软件包里，是一个简单但却很好的想法，此法为软件开发者提供了两个主要的好处：

（1）模块化（Modularity）：一个对象的原始文件可以独立地被编写及维护而不影响其他对象。而且对象可以轻易地在系统中来回地传递使用。就好像你借车给朋友，而它仍能正常地运作一样 。

（2）信息隐藏：一个对象有一个公开的接口可供其他的对象与之沟通，但对象仍然维持私有的信息及方法，这些信息及方法可以在任何时间被修改，而不影响那些依赖于此对象的其他对象。

2. 继承（Inheritance）

轿车、出租车、叉车都是汽车，故属汽车类，称其继承（Inherit）汽车类，而轿车、出租车、叉车也都可自成一种类。这样汽车类就称为超类（Superclass）、基类（Base class）或父类，而轿车、出租车、叉车就称为子类（Subclass）、继承类（Derived class）或次类。

从这里可发现"汽车类"是比较通用，概念性的类。故在汽车类中定义（Define）了一些通用的属性与行为。比如汽缸数、排气量、外观颜色，开大灯、开窗户、转向、加速等，但这些属性与行为在汽车类中可以不实现（Implement），而在子类（轿车、出租车、叉车）中实现。比如 "外观颜色"在汽车类中只定义有这样的属性，而到了出租车类中才实现为"红色"。这样在超类中只定义一些通用的状态和实现部分的行为，到了子类中才实现细节，称此基类为抽象类（Abstract Class）。在抽象类中只定义一些状态，并实现少部分行为，这样其他的程序设计人员就可按照他们所要的特定子类进行实现与定义，就像轿车、出租车、叉车都有它们特定的状态与行为，例如颜色、刹车等。

继承的好处：

（1）实现代码复用。利用已经存在的基类程序代码，在编写子类时，只要针对其所需的特别属性与行为进行编写即可，提高程序编写的效率。

（2）先写出定义好却尚未实现的抽象超类，可使得在设计子类时，简化设计过程，只要将定义好的方法填满即可。

通常认识一个对象是通过它的类。面向对象程序设计是用类来定义一个对象的。当要使用一个对象（的成员变量或方法）时，首先要想到它是属于哪一类的。

若一个类只从一个基类继承，则称为单继承，若一个类从多个基类继承，称多重继承（Multi-inheritance），Java 在定义类时，只允许单继承，即只能给出一个基类。

3．多态（Polymorphism）

在使用面向过程的程序设计语言时，主要工作是编写一个个过程和函数，来完成一定的功能，它们之间是不能重名的，否则就会出错。而在面向对象程序设计中，多态这个词是从希腊文而来，意思是"多种状态"。在同一个类中可有许多同名的方法，但其参数数量与数据类型不同，而且操作过程与返回值也可能会不同。在 Java 里，多态指的是在运行中，可决定使用哪一个多态方法的能力。

4.2 类（Class）

类是 Java 程序中最小的组成单位。Java 编译器无法处理比类更小的程序代码。当开始编写 Java 程序时，就是要建立一个类。这些类有可能是顶层的抽象类，也有可能是直接继承某一个类的子类。若要使用 Java 编写程序解决一个较大的项目时，需要先规划好类的层次关系，以及各个类的存取控制特性等。下面介绍类的定义以及类的组成部分。

4.2.1 类的定义

Java 中定义类的一般格式为：

```
[类修饰符] class 类名 [extends 基类][implements 接口]
{
      //成员变量声明（Member variable declaration）
      //成员方法声明（Member method declaration）
}
```

说明：

（1）类修饰符用来限定类的使用方式，可以为：public 表示为公有类，abstract 表示为抽象类，final 表示为终结类。

（2）class 是 Java 的关键字，表示其后声明的是一个类，类名是用户为该类起的名字，是 Java 的标识符。

（3）extends 是关键字，指明该类所继承的基类。

（4）implements 是关键字，指明该类所要实现的接口。

（5）用花括号括起来的部分为类体，在类体中声明了该类的所有的变量和方法，称为成员变量和成员方法。

例 4-1　用户自定义日期类，包括设定日期，判断该年是否为闰年，输出日期功能。

```
public class DateclassDemo{
```

```
                //成员变量
                int year,month,day;
                //成员方法
                void   setDate(int y,int m ,int d){year=y;   month=m;   day=d;}
                boolean IsLeapYear(){
                        if(year %400==0|| year %4==0&& year %100!=0)   return true;
                        else   return false;
                }
                public void showDate(){System.out.println(year +"-"+month +"-"+day);
                }
        }
```

4.2.2 成员变量

成员变量声明的一般格式：

<修饰符> <数据类型> <成员变量名称>(=<初始值>);

对于一个成员变量，可以使用以下修饰符：

- 默认访问修饰符：被默认访问修饰的限制的成员变量可以被定义在同一个包
  （package）中的任何类访问。
- public（公有成员）：public 修饰的成员变量可以被任何类的方法所访问，由于 public
  成员变量在使用时不受限制，因此容易引起不希望的修改，建议尽量不要使用 public
  修饰成员变量。
- protected（保护成员）：protected 修饰的成员变量可以被子类和同一包中的类访问。
- private（私有成员）： private 修饰的成员变量只能被同一个类中定义的方法使用，
  不能直接被其他类使用。这种方式最为安全。
- static（静态）：static 修饰的成员变量又称为类静态成员变量，也称类变量。类变量
  被该类所有对象所共有。如果一个对象修改了类变量值，就会影响到该类的所有对
  象此类变量的值。

例 4-2   使用类变量记录对象的个数。

```
        class Student{
                private String sNo;                  //实例变量
                private String sName;                //实例变量
                static int countOfStudent;           //类变量
                public Student(String num, String name) {
                        sNo=num;
                        sName= name;
                        countOfStudent+=1;           //记录创建对象的个数
                }
        }
```

没有用 static 修饰的变量是实例变量。实例变量属于该类某个具体实例，例如对象 stu1
的实例变量与 stu2 对应的实例变量是相互独立的，即两个对象实例变量位于不同的内存空间，
修改 stu1 的实例变量值不会影响 stu2 对应的实例变量值，反之亦然。

图 4-2 显示了实例变量与类变量的区别。

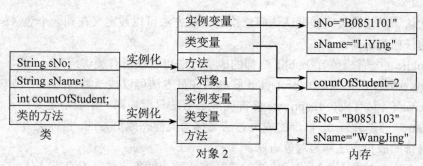

图 4-2 实例变量与类变量的区别

- final（终极）：final 可用来声明一个常量，在程序中不能改变它的值。通常用大写字母表示常量名。

- volatile（共享变量）：volatile 用来声明一个共享变量，在并发多线程共享变量时，可使用 volatile 修饰，使得各线程对此变量的访问能保持一致。

成员变量的类型可以是 Java 中任意的数据类型，可以是简单类型也可以是类、接口、数组等复合类型。在一个类中的成员变量是唯一的。

注意，成员变量与局部变量的区别：两者的声明格式不同，方法里的局部变量不能用修饰符修饰。若在一个方法体里声明变量用了修饰符，则编译会产生错误，局部变量不能被外界存取。

4.2.3 成员方法

成员方法描述对象所具有的功能或操作，反映对象的行为，是具有某种独立功能的程序模块。一个类或对象可以具有多个成员方法，对象通过执行它的成员方法对传来的消息做出响应，完成特定的功能。成员方法一旦定义，便可以在不同的程序段中多次调用，可增强程序结构的清晰度，提高编程效率。

从成员方法的来源看，可以将成员方法分为：

（1）类库成员方法。这是由 Java 类库提供的，编程人员只需按照相应的调用格式去使用这些成员方法即可。

Java 类库提供了丰富的类和方法，可以完成常见的算术运算、字符串运算、输入输出处理等操作。

（2）用户自定义的成员方法，是用户根据需要自己编写的成员方法，程序设计的主要工作就是编写用户自定义类、自定义方法。

1. 方法的定义

在一个类中，成员方法定义的形式如下：

<修饰符> <返回值类型> <成员方法名称>([形参列表]) [throws 异常列表]

    {

        方法体

    }

成员方法的修饰符包括以下几种：

- 默认访问修饰符：被默认访问修饰的成员方法可以被定义在同一个包（package）中的任何类访问。
- public（公有成员）：public 修饰的成员方法可以被所有类访问。
- protected（保护成员）：protected 修饰的成员方法可以被子类和同一个包中的类访问。
- private（私有成员）：private 修饰的成员方法只能被同一个类中定义的方法使用。
- static（静态）：static 修饰的成员方法又称为类静态成员方法，也称类方法。没有 static 修饰的成员方法称为对象方法。
- abstract（抽象）：abstract 修饰的成员方法称为抽象方法，没有方法体。
- final（终极）：final 修饰的方法为最终方法，不能被子类改变。
- synchronized（同步）：synchronized 修饰的方法执行之前给方法设置同步机制，实现线程同步。
- native（本地）：用 native 修饰的方法为本地方法，即方法实现与本机系统有关。

返回值类型可以是 Java 中的任意类型。如果方法没有返回值，则用 void 表示。

成员方法名称是 Java 中的标识符。按照命名约定，方法名应该是有意义的动词或动词短语，它的第一个字母一般要小写，其他有意义的单词的首字母要大写，其余字母小写。

形参列表是可选的。如果没有形式参数，用一对小括号"()"表示。注意括号不能丢。形式参数列表的形式如下：

　　　　类型　形参名, 类型　形参名, …

throws 异常列表规定了在方法执行中可能导致的异常。具体内容在异常章节中详细介绍。

方法体是实现这个方法功能的程序段，由"{}"括起来的语句序列，在方法体中可以定义局部变量和各种语句。

例如，定义一个求 3 个整数中最小数的方法 min3()。该方法需要设置 3 个整型参数，返回的是 3 个数中的最小整数，因此返回类型可设置为整型。具体定义如下：

```java
int min3(int x,int y,int z){
    int small;
    small=Math.min(x,y);            // Math.min(x,y)返回 x 和 y 中较小数
    small=Math.min(small,z);
    return(small);
}
```

又如，对给定的 3 个整数，方法 sort3()实现它们按从小到大顺序输出。该方法需要设置 3 个整型参数，只是在方法中进行输出，没有要求返回值，因此返回类型可设置为空类型。具体定义如下：

```java
void sort3(int x,int y,int z){
    int temple;
    if(x>y){temple=x;x=y;y=temple;}
    if(x>z){temple=x;x=z;z=temple;}
    if(y>z) {temple=y;y=z;z=temple;}
    System.out.println("Sorted : "+x+",  "+y+","+z);
    return;
}
```

2. 方法的调用

在程序中调用方法，有下列几种情况：

（1）若方法有返回值，则将方法的调用当作一个数值来处理（数值类型与返回值类型一致）。例如：

```
int x＝min3(a,b,c);
```

有时可直接使用此方法的调用，而不用再另行设置一个变量来存储回传值。例如：

```
System.out.println( min3 (a, b, c));
```

（2）若方法没有返回值，可直接调用。

例如，对给定的 3 个数进行排序输出。

```
int a=34,b=72,c=5;
sort3(a,b,c);
```

3. 方法调用时参数的传递

（1）方法的参数传递。

在前面方法的声明格式里，有一个<参数行>。方法声明时参数行中的参数称为形式参数。方法被调用时，由变量或其他数据所取代，而这些具体的变量或数据被称为实际参数。要调用一个方法，需提供实际参数，其类型与顺序，要完全与形式参数相对应。方法的参数传递，依参数的类型分为传值调用与传引用调用两种。

（2）传值调用与传引用调用。

若方法的参数类型为基本类型，称为传值调用。若方法的参数类型为复合类型，则称为传引用调用。传值调用并不会改变所传实际参数的数值，因为所传递的数值为实际参数的一个副本，所以在方法体中形式参数的改变不会影响实际参数的值。而传引用调用因所传的参数是一个参考值，复合类型变量中存储的是对象的引用，因此形式参数与实际参数为同一个数据，对任何形参的改变都会影响到对应的实参。

例 4-5 参数传值与传引用调用。

```
public class PassingParam{
    static class OneObject{
        public String Y="a";
    }
    static void changeParam(int X,OneObject object1){    // X 为基本类型，object1 为复合类型
        X=9;    object1.Y="H";
    }
    public static void main(String args[]){
        OneObject obj1=new OneObject();
        int a=10;
        System.out.println("Before:a="+a+" ,obj1.Y="+obj1.Y);
        changeParam(a,obj1);    //方法调用，a 为传值，obj1 为传引用
        System.out.println("After:    a="+a+" ,obj1.Y="+obj1.Y);
    }
}
```

程序运行结果为：

```
Before:a=10 ,obj1.Y=a
After:    a=10 ,obj1.Y=H
```

4. 方法的嵌套调用和递归调用

（1）嵌套调用。如果一个方法的方法体中调用了另外的方法，则称为方法的嵌套调用。

例4-6　计算 1! +2! +3! + … +10!。

```
int fact(int n){
    int fac=1;
    for(int i=n;i>0;i--)   fac*=i;
        return fac;
}
```

程序运行结果：

```
1!+2!+…+10!=4037913
```

（2）递归调用。如果一个方法的方法体中又调用自身，则称这种方法为直接递归方法。如果一个方法通过调用其他方法而间接地调用到自身，则被称为间接递归方法。

Java 中递归方法的编写与 C++中递归函数的编写是一样的。下面举例说明。

例4-7　用递归方法求 1+2+3+…+n。

程序分析：假设编写了一个成员方法 sum(n)用于求出 1+2+…+n，则调用 sum(n-1) 就可求出 1+2+3+…+(n-1)。于是，求 sum(n) 可用"求出 sum(n-1) 后再加上 n"的方法实现。即 sum(n)方法的方法体就是调用 sum(n-1)再加上 n。

程序如下：

```
public static int sum(int n){
    if (n<1) return 0;
        else return sum(n-1)+n;
    }
public static void main(String args[]) {
        int result=0,num=0;
        String str;
        System.out.print("Please input the number:");
        try { DataInputStream ln=new DataInputStream(System.in);
            str=ln.readLine();                    //从键盘读一个数字串保存于 str 中
            num=Integer.parseInt(str);            //数字串转换成整数
        } catch (Exception e) { }                 //catch 语句，Exception 为异常类
        result=sum(num);                          //调用 sum()求和
        System.out.println(result);
    }
```

程序执行结果为：

```
Please input the number:100
5050
```

例4-8　Fibonacci 数列的前两项为1，从第3项起每一项为前两项之和。用递归求 Fibonacci 数列的前 20 项。

```
static int fibo(int n){
        if(n<3) return 1;
        else return fibo(n-1)+fibo(n-2);
}
```

程序执行结果为：

1	1	2	3	5
8	13	21	34	55
89	144	233	377	610
987	1597	2584	4181	6765

从上面的两个递归例子可以看出，使用递归方法要注意两个问题：一是递归初始、结束条件；二是递归公式。

5. 方法的重载

方法重载用于解决在同一个类中几个不同方法完成同一任务的问题，这些方法仅仅是参数不同，比如要以文本形式输出参数 println()。但对于不同类型的参数，有不同的处理，就要使用 printInt()、printString()等多个方法。

Java 语言允许同一个方法名可以用于多个方法，只要能够确定到底调用的是哪一个方法即可，比如参数的类型和参数的个数不同。

- public void println(int i);
- public void println(long l);
- public void println(String s);
- public void println();

具体调用的时候，println(10L)、println("10")、println(10)根据匹配的参数确定调用的是哪一个方法。

对于重载的方法，方法名称相同，返回值的类型可以不同，但返回值不能仅作为区分不同方法的条件。重载的方法必须至少满足下列条件中的一项： 参数的类型不同、参数的个数不同或参数的排列顺序不同。

例 4-9 用方法重载计算不同图形的面积。

```
class Area{
    static double area(double r){return Math.PI*r*r;}
    static double area(double l,double w){return l*w;}
    public static void main(String args[]){
        double circle;
        circle=area(10);
        System.out.println("半径为 10 的圆面积是："+circle);
        double rectangle;
        rectangle=area(10,20);
        System.out.println("长为 10 宽为 20 的矩形面积是："+rectangle);
    }
}
```

程序运行结果为：

```
半径为 10 的圆面积是：314.1592653589793
长为 10 宽为 20 的矩形面积是：200.0
```

4.2.4 构造方法

在 Java 中，当一个对象被创建时，它的成员变量初始化可以由一个构造方法完成。构造方法是一种特殊的方法，其名称与类名相同，没有返回类型，一般将构造方法声明为 public 访问权限。如果声明为 private 型，就不能创建该类对象的实例，因为构造方法是在对象的外部被默认地调用。构造方法一般不能由编程人员显示地直接调用，在创建一个类的对象的同时，系统会自动地调用该类的构造方法将新对象初始化。构造方法可以带参数，也可以重载。

如果在一个类里没有定义构造方法，系统提供一个默认的构造方法。这个默认的构造方法没有形式参数，也没有任何具体语句，不能完成任何操作。但在创建一个新对象时，如果自定义类没有构造方法，则使用此默认构造方法对新对象进行初始化。构造方法通常用于设置初始值，为对象确定一个期望的属性值。

例如 java.lang 包中的 String 类里，有多种重载的构造方法：
- String();
- String(byte[] bytes);
- String(byte[] ascii, int hibyte);
- String(byte[] bytes, int offset, int length);
- String(byte[] ascii, int hibyte, int offset, int count);
- String(byte[] bytes, int offset, int length, String enc);
- String(byte[] bytes, String enc);
- String(char[] value);
- String(char[] value, int offset, int count);
- String(String value);
- String(StringBuffer buffer);

例 4-10　使用类的重载构造方法生成不同的箱子对象，计算各箱子的体积。

```
public class ConstructorDemo{
    int width,length,height;
    public ConstructorDemo(int a){width=a;length=a;height=a;}
    public ConstructorDemo(int a,int b){width=a;length=a;height=b;}
    public ConstructorDemo(int a,int b,int c){width=a;length=b;height=c;}
    public int volume(){return width*length*height;}
    public void display(){System.out.println("The box volume is : "+this.volume());}
    public static void main(String args[]){
        ConstructorDemo c1,c2,c3;
        c1=new ConstructorDemo(5);    c1.display();
        c2=new ConstructorDemo(5,6);    c2.display();
        c3=new ConstructorDemo(5,6,7);    c3.display();
    }
}
```

程序执行结果为：
```
The box volume is : 125
The box volume is : 150
The box volume is : 210
```

在上面的程序代码中，定义了一个代表箱子的类。如果向构造方法传递一个参数，那就是假定处理立方体。如果传递两个参数，处理的是以正方形为底的柱体，第二个参数指明柱体的高。传递三个参数时，每个参数都描述了箱子的一维大小。构造方法的重载使得可以用多种方式创建类的对象。

4.2.5　类的对象

在 Java 语言中，类只有实例化即生成对象才能被使用，对一个对象的使用可分为 3 个阶段：对象的创建、使用和销毁。

1. 对象的声明和创建

创建对象的语法格式：

```
类名    对象名;                      //声明对象
对象名= new    类名(参数);          //创建对象
```

例 4-11　用户自定义日期类，给定日期，判断该年是否为闰年。

```java
public class DateclassDemo{
    int year,month,day;
    void    setDate(int y,int m ,int d){year=y;   month=m;   day=d;}
    boolean IsLeapYear(){           //判断是否为闰年
        if(year %400==0|| year %4==0&& year %100!=0)    return true;
        else return false;
    }
}
```

程序运行结果为：

```
2008 is Leap year!
```

说明：程序中语句 DateclassDemo d1; 声明一个类型为 DateclassDemo 的对象。对象的声明并不为对象分配内存空间。new 运算符使系统为对象分配内存空间并且实例化一个对象。new 运算符调用类的构造方法，返回该对象的一个引用。用 new 运算符可以为一个类实例化多个不同的对象。这些对象占据不同的存储空间，改变其中的一个对象的属性值，不会影响其他对象的属性值。

2. 对象的使用

对象的使用包括使用对象的成员变量和成员方法，通过运算符 "." 可以实现对成员变量的访问和成员方法的调用，访问对象的成员变量的格式为：

```
对象名.成员变量名;
```

对象名表示是一个已经存在的对象，或能够生成对象的表达式。

访问对象的成员方法的格式为：

```
对象名.成员方法名(参数列表);
```

例 4-12　给定矩形的长和宽，计算面积。

```java
public class RecclassDemo{
    double length,width;
    void setLW(double l, double w){length=l;   width=w;}
    double area(){return length*width;}
}
```

程序运行结果为：

```
The Rectangle area is :    200
```

在这个程序中，类对象调用成员方法 setLW()方法为 length 和 width 进行赋值，然后调用 area()方法计算面积。

3．对象的销毁

Java 运行时，系统通过自动垃圾回收机制周期性地释放无用对象所使用的内存，完成对象的清除工作。当不存在一个对象的引用（程序执行到对象的作用域之外或把对象的引用赋值为 null）时，该对象成为一个无用的对象。Java 自动垃圾回收机制自动扫描对象的动态内存区，对被引用对象加以标记。当系统的内存空间用完或程序中调用 System.gc()要求进行垃圾处理时，垃圾回收线程在系统空闲时异步执行。Java 采用自动垃圾回收进内存管理，使程序员不需要跟踪每个生成的对象，避免了使用 C/C++错误释放内存带来系统崩溃的麻烦。在对象作为垃圾被回收前，Java 运行时系统会自动调用对象的 finalize()方法，使它可以清除自己所使用的资源。

4.2.6　this 关键字

在一些容易混淆的场合，例如，当成员方法的形参名与成员变量名相同，或者成员方法的局部变量名与成员变量名相同时，在方法内借助 this 来表明引用的是类的成员变量，而不是形参或局部变量，从而提高程序的可读性。简单地说，this 代表了当前对象的一个引用，可将其理解为对象的另一个名字，通过这个名字可以顺利地访问对象、修改对象的成员变量、调用对象的方法。归纳起来，this 的使用场合有以下几种：

- 访问当前对象的成员变量，其使用形式如下：
  this.成员变量
- 访问当前对象的成员方法，其使用形式如下：
  this.成员方法
- 当有重载的构造方法时，用来引用同类的其他构造方法，其使用形式如下：
  this(参数)

例 4-13　this 的使用。

```
class A{
    int a,b;
    public A(int a){ this.a=a; }
    public A(int a,int b){
        this(a);                                      //引用同类的其他构造方法
        this.b=b;                                     //访问当前对象的数据成员
    }
    public int add(){ return a+b; }
    public void display(){
        System.out.println("a="+a+",b="+b);
        System.out.println("a+b="+this.add());        //访问当前对象的成员方法
    }
}
```

程序运行结果为：

```
a=5,b=8
a+b=13
```

4.2.7　变量的作用域

在 Java 语言中，变量是有作用域的。定义变量的位置不同，作用域也不相同。下面将对变量的作用域进行讨论。

1. 局部变量

局部变量是指定义在语句块或方法内的变量。局部变量仅在定义该变量的语句块或方法内起作用，而且要先定义赋值，然后再使用，不允许超前使用。若某局部变量与类的实例变量或类变量名相同时，则该实例变量或类变量在方法中不起作用，暂时被"屏蔽"起来，只有同名的局部变量起作用，只有退出这个方法后，实例变量或类变量才起作用，此时局部变量不可见。

例如，局部变量与实例变量同名。

```
class A{
    int   x=100;       //实例变量
    void fun(){
        int x=10;       //局部变量与实例变量同名，局部变量起作用
        System.out.println("x="+x);      //x=10;
    }
}
```

每调用一次方法，都要动态的为方法的局部变量分配内存空间并初始化。方法体内不能定义静态变量。方法体的任何语句块内都可以定义新的变量，这些变量只在定义它的语句块内起作用。

2. 实例变量和类变量

定义在类内、方法外的变量是实例变量或类变量。实例变量和类变量的作用域为类。

例 4-14 说明局部变量与实例变量、类变量。

```
class variables{
    static    int a=10;              //类变量
    int b=100;                  //实例变量
    void fun(){
        System.out.println("a="+a);
        System.out.println("b="+b);
        int a=20;                //局部变量，与静态变量同名
        int b=200;               //局部变量，与实例变量同名
        int c=1000;              //局部变量
        System.out.println("a="+a);
        System.out.println("b="+b);
        System.out.println("c="+c);
    }
}
```

程序运行结果为：

```
a=10
b=100
a=20
b=200
c=1000
```

4.3　修饰符

前面已经叙述了修饰符对类、成员变量及成员方法的访问控制。现将 Java 修饰符汇总，如表 4-1 所示。

表 4-1　Java 修饰符

修饰符	类	变量	方法	接口	说明
(default)	√	√	√	√	可被同一 package 中的类存取
public	√	√	√	√	可被别的 package 中的类存取
final	√	√	√		类不能被其他类扩展方法不能被重写变量就等于是常量
abstract	√		√	√	类必须被扩展方法必须被覆盖
private		√	√		方法、变量只能在此类中被看见
protected		√	√		方法或变量能被同一 package 的类看见，以及被其他 package 中该类的子类看见
static		√	√		定义成类变量及类方法
synchronized			√		在同一时间内，只有一个此种的方法在执行

1.　类修饰符

类修饰符有 4 个：default、public、final 和 abstract。

（1）default：指的是在没有用任何修饰符的情况下，系统会对变量或方法所默认的访问权限，表示可被同一包中的其他类存取。

（2）public：提供给其他类完全的存取权限。也就是说在同一包中的类可自由访问此类，而别的包中的类可通过 import 关键词来引入此类所属的包而加以运用。用此修饰符修饰的类有以下几个特性：

- 一个程序里只能有一个类被修饰为 public，否则编译出错。
- 源文件的文件名，必须是用 public 修饰的类名。
- 若程序中没有任何 public 类，如果文件名是程序中的一个类名，则该类被视作 public，供别的类存取。

（3）final：表示此类为"最终"、"终极"类，别的类不能继承此类，其方法也不能被覆盖。

例如，java.lang.System 类即为 final 类：

```
public final class System extends Object
```

final 修饰的类可以被使用，但不能继承并覆盖其内容。若使用两个修饰符 public 和 final 修饰类，则含意是：此 final 类可被 import 来引用，但不能被继承。System 类关系到系统级控制，为了安全起见，使用 final 修饰，以避免被覆盖。

（4）abstract：此字的英文意思是"抽象的"。此修饰符可修饰类及方法。成员变量不能用这个修饰符修饰。用它修饰类，称为抽象类，表示此类具有相应的功能，但不提供具体实现的程序代码，而只是先定义一些方法规格。然后让继承此类的子类来覆盖此规格的内容。

final 与 abstract 不能复合来用，因为二者是相冲突的。

2. 成员变量修饰符

成员变量修饰符（Field Modifiers）分为两类：访问控制修饰符，如 default、public、protected、private 和存在修饰符，如 static、final。访问控制是指控制类间对成员变量的访问，存在指的是成员变量本身存在类中的特性。

（1）访问控制修饰符。

- default：指的是在没有用任何修饰符的情况下，系统会对成员变量默认的访问权限，表示可被同一包中的其他类存取。
- public：此修饰符使成员变量可被该类的实例或继承该类的子类所访问。
- protected：此修饰符使成员变量可被该类中的方法，或同一包中的类，或扩展此类的子类（可存于其他包中）访问。
- private：此修饰符使成员变量受限于该类里面的访问，与其他类无关，扩展的子类也不能访问。此类成员变量属于类内部数据，仅用于类内部处理。

（2）存在修饰符。

static：此修饰符使成员变量的存在与该类处于同等地位。此成员变量数据只有一份，不会因实例的产生而另外产生该变量的副本，故将此类字段称为类变量。该类变量具有如下特点：

- 它被保存在类的内存区的公共存储空间中，而不是保存在某个对象的内存区中。因此，一个类的任何对象访问时，可以存取到相同的数值。
- 一个类中的 static 变量，可直接用该类的名称，按下面的方法来访问：

  类名称.静态变量

例如：

  color=Color.blue;

- 可以使用 public、private 进行修饰。修饰符不同，可访问的层次也不相同。

final：此修饰符使成员变量的值只能被设置一次，不能被其他类或本类更改。此类字段就相当于 C/C++程序语言中的常量（constant）。但 const 这个关键词仍被保留着，尚未成为正式的 Java 语言一部分。

3. 方法修饰符

方法修饰符大部分的种类及意义与成员变量修饰符一样，但多了一种存在修饰符 abstract 以及多线程使用的操作性修饰符 synchronized。

访问控制修饰符：public、protected、private

存在修饰符：static、abstract、final

操作修饰符：synchronized

（1）方法存取修饰符。

与字段修饰符一样有 3 个。其功能与字段的完全一样，故不再赘述。

（2）方法存在修饰符。

static：此修饰符会使方法成为唯一的，与类同等的地位，不会因实例的产生而受影响。static 方法在使用上，注意以下事项：

- static 方法只能使用 static 变量。否则编译会出错。如在 main()里，方法通常是用 public static 来修饰，所以只能使用 static 修饰的成员变量。

- 可直接用该类的名称，按下面方法来访问一个类中的 static 方法：

类名称.静态方法

类名称.静态变量.静态方法

例如：

String password=System.getProperty("user.password");

System.out.println();

abstract：抽象方法存在于抽象类中，并不编写程序代码，留给继承的子类来覆盖。

final：被声明为 final 的方法不能被其他类变更方法里的程序内容。即使是继承的子类也不能。

（3）方法操作修饰符。

synchronized：此修饰符用于多线程同步处理。被 synchronized 修饰的方法，一次只能被一个线程来使用，只有该线程使用完毕，才可以被其他线程使用。

4.4　静态初始化

静态数据成员初始化可以由用户在定义时进行，也可以由静态初始化来完成。静态初始化（Static Initializer）是一种在类加载时，做一些起始动作的程序块，它是由 static 加上一组大括号所组成。

```
static{
    //程序块
}
```

它与构造方法不同，静态初始化不是类的方法，没有方法名、返回值和参数表。构造方法需要有该类的实例产生时，才会被调用到。但静态初始化则是在此类加载到内存时，由系统执行，构造方法是在系统使用 new 运算符产生新对象时自动执行。静态初始化也与构造方法一样，在同一个类中可有多个。静态初始化也与类方法一样，不能使用实例变量及方法，也不能使用 this 或 super 关键词。

例 4-15　类的构造方法、静态初始化应用。

```
//StaticInitDemo.java
public class StaticInitDemo{
    static int x=100;                    //初始化静态变量 x
    static double y;
    double z;
    static { y=3.1415926; }              //静态初始化器，初始化静态变量 y
    StaticInitDemo(){                    //构造方法
        z=y*x*x;                         //初始化实例变量 z
    }
    public static void main(String args[]){
        StaticInitDemo s1=new StaticInitDemo();
        System.out.println("x= "+x);
        System.out.println("y= "+y);
        System.out.println("z= "+s1.z);
    }
```

```
        }
```

程序运行结果为：

```
        x=100
        y= 3.1415926
        z= 31415.926000000003
```

4.5 内部类

Java 中允许在一个类中声明另一个类，这样的类称为内部类（Inner Class），也称为嵌套类（Nested Classes），而包含内部类的类称为外部类。内部类仍然是一个独立的类，在编译之后内部类会被编译成独立的.class 文件，但是前面冠以外部类的类命和$符号。内部类不能用普通的方式访问。内部类是外部类的一个成员，因此内部类可以自由地访问外部类的成员变量，无论是否是 private 的。内部类有 4 种形式：

4.5.1 成员类（Member Class）

不用 static 修饰的内部类，属于成员类，其地位就像是一个实例方法，可存取所在类的所有字段与方法。使用成员类的方法有：

（1）从外部类的非静态方法中实例化内部类对象，如：

```
        class MyOuterClass{
            private int i = 100;
            public void useInner(){
                MyInnerClass objinner = new MyInnerClass ();
                objinner.seeOuter();
            }
            class MyInnerClass{
                public void seeOuter(){System.out.print(i);}
            }
        }
```

（2）从外部类的静态方法中实例化内部类对象，如：

```
        class MyOuterClass{
            private int i = 100;
            class MyInnerClass{
                public void seeOuter(){System.out.print(i);}
            }
            public static void main(String[] args) {
                MyOuterClass objouter = new MyOuterClass ();
                MyOuterClass.MyInnerClass objinner = objouter. new MyInnerClass ();
                // MyOuterClass.MyInnerClass objinner = new MyOuterClass ().new MyInnerClass ();
                objinner.seeOuter();
            }
        }
```

被注释掉的那行是它上面两行的合并形式，一条简化语句。对比一下：在外部类的非静态方法中实例化内部类对象是普通的 new 方式：MyInnerClass objinner = new MyInnerClass ();，在外部类的静态方法中实例化内部类对象，必须先创建外部类对象：MyOuterClass. MyInnerClass objinner = new MyOuterClass ().new MyInnerClass ();。

（3）内部类的 this 引用。

普通类可通过 this 引用当前对象，内部类也是如此。内部类通过 this 引用外部类当前的对象的形式为："外部类名".this;，如下例的 MyOuterClass.this。

```
class MyOuterClass {
    class MyInnerClass {
        public void seeOuter(){
            System.out.println(this);
            System.out.println(MyOuterClass.this);
        }
    }
}
```

（4）成员内部类的修饰符。

对于普通的类，可用的修饰符有 final、abstract、public 和默认的包访问。但是成员内部类更像一个成员变量和方法。可用的修饰符有：final、abstract、public、private、protected 和 static。一旦用 static 修饰内部类，它就变成静态内部类了。

4.5.2　静态成员类（Static Member Class）

在内部类（也可是接口）前添加修饰符 static，这个内部类就变为静态内部类。因其地位存在于内部顶层的位置，故又称嵌套顶层类（Nested Top-level Classes）。接口只能被定义成类中的一种静态成员，而不能为非静态成员。一个静态内部类中可以定义任何静态和非静态的成员，但是在非静态内部类中不可以声明静态成员。静态内部类有一个最大的特点，就是不可以使用外部类的非静态成员，所以静态内部类在程序开发中较少使用。

可以这样认为，普通的内部类对象隐式地在外部保存了一个引用，指向创建它的外部类对象，但如果内部类被定义为 static 时，它应该具有更多的限制。静态内部类具有以下两个特点：

（1）如果创建静态内部类的对象，不需要其外部类的对象。

（2）不能从静态内部类的对象中访问非静态外部类的对象。

静态内部类里的静态方法中：可以直接访问该类和外部类中的静态成员，访问该类和外部类中成员通过创建对象访问，访问方法有：

- 访问外部类的成员方法：new 外部类. 成员;
- 访问外部类的非静态内部类成员的方法：new 外部类().new 非静态内部类(). 成员;
- 访问外部类的静态内部类成员的方法：new 静态内部类(). 成员;

静态内部类里的非静态方法中：可以直接访问该类中的所有的非静态、静态成员和直接访问外部类中的静态成员；访问外部类中成员通过创建类对象访问，访问方法有：

- 访问外部类的成员方法：new 外部类. 成员;
- 访问外部类的非静态内部类成员的方法：new 外部类().new 非静态内部类(). 成员;
- 访问外部类的静态内部类成员的方法：new 静态内部类(). 成员;

注：以上所说的"成员"包括"成员方法"、"成员变量"、"成员对象"，所说的"成员"可能是静态或是非静态的，如果这个类里的成员是静态的可以直接用"静态类. 静态成

员"，"非静态类.静态成员"方法引用.

例 4-16 静态成员类实例.

```java
class InnerClass{
        private static String nickName = "Huan-huan";
        private String name;
        private int age;
        public InnerClass(String name, int age){this.name=name;    this.age=age;}
        public String getName(){ return name; }
        public void setName(String name){ this.name =name; }
        public int getAge(){ return age; }
        public void setAge(int age){ this.age=age; }
        public static class Inner{
                private String height ="Strong";
                private String heart= "Warm";
                public String getHeart(){ return heart; }
                public void setHeart(String h){ this.heart = h; }
                public void print(){
                        System.out.println(InnerClass.nickName);
                        System.out.println(getHeart());
                }
        }
}
public class InnerClassTest{
        public static void main(String[] args){
                InnerClass.Inner inner = new InnerClass.Inner();
                inner.print();
                inner.setHeart("simple-simply");
                inner.print();
        }
}
```

程序运行结果为：

```
Huan-huan
Warm
Huan-huan
simple-simply
```

4.5.3 局部类（Local Class）

指存在于某一程序区块里的内部类。其地位就像局部变量一样，只在该区块内被使用。但接口不能被定义成局部类。

例 4-17 局部类实例。

```java
class MyOuterClass {
public void doSomething(){
        final int x =10;
        class MyInnerClass{
                public void seeOuter(){System.out.println(x);}
```

```
        }
    MyInnerClass objin = new MyInnerClass ();
        objin.seeOuter();
    }
    public static void main(String[] args) {
        MyOuterClass objout = new MyOuterClass ();
        objout.doSomething();}
    }
```

（1）局部类只能在定义该内部类的局部内实例化，不可以在此局部外对其实例化。

（2）局部类对象不能使用该局部类所在方法的非 final 局部变量。

因为方法的局部变量位于栈上，只存在于该方法的生命期内。当一个方法结束，其栈结构被删除，局部变量成为历史。但是该方法结束之后，在方法内创建的内部类对象可能仍然存在于堆中。例如，如果对它的引用被传递到其他某些代码，并存储在一个成员变量内。正因为不能保证局部变量的存活期和方法内部类对象的一样长，所以内部类对象不能使用它们。

（3）方法内部类的修饰符。与成员内部类不同，方法内部类更像一个局部变量。可以用于修饰方法内部类的只有 final 和 abstract。

（4）静态方法内的方法内部类。静态方法是没有 this 引用的，因此在静态方法内的内部类遭受同样的待遇，即：只能访问外部类的静态成员。

4.5.4　匿名类（Anonymous Class）

指没有名称的局部类。常用于事件处理时，简化事件倾听者及事件处理者的声明。接口不能被定义成这种类。

顾名思义，没有名字的内部类。表面上看起来它们似乎有名字，实际那不是它们的名字。

（1）继承式的匿名内部类。

```
class Car {
    public void drive(){ System.out.println("Driving a car!"); }
}
class Test{
    public static void main(String[] args) {
        Car car = new Car(){
            public void drive(){ System.out.println("Driving another car!"); }
        };
        car.drive();
    }
}
```

程序运行结果输出：Driving another car!

Car 引用变量不是引用 Car 对象，而是 Car 匿名子类的对象。建立匿名内部类的关键是要重写父类的一个或多个方法。因为父类的引用不可能调用父类本身没有的方法。

（2）接口式的匿名内部类。

```
interface Vehicle {
    public void drive();
```

```
        }
    class Test{
        public static void main(String[] args) {
            Vehicle v = new Vehicle(){
                public void drive(){System.out.println("Driving a car!");}
            };
            v.drive();
        }
    }
```

上面代码实现了一个接口的匿名类，而且只能实现一个接口。

（3）参数式的匿名内部类。

```
    class Bar{
        void doStuff(Foo f){}
    }
    interface Foo{
        void foo();
    }
    class Test{
        static void go(){
            Bar b = new Bar();
            b.doStuff(new Foo(){public void foo(){System.out.println("foofy");}});
        }
    }
```

例 4-18 匿名类应用。

```
    ...
    public class innerClassTest extends JApplet{
        JButton jButton1=new JButton();
        static int a=345;
        private char b='H';
        static interface staticInterface{};            //静态成员接口
        static class staticMemberClass{};              //静态成员类
        public class memberClass{};                    //成员类
        public void init() {
            String   c ="I love Java";
            this.getContentPane().add(jButton1, BorderLayout.CENTER);
            jButton1.addActionListener(new java.awt.event.ActionListener() {        //匿名类
                public void actionPerformed(ActionEvent e) {    jButton1_actionPerformed(e); }
            });
        }
        void jButton1_actionPerformed(ActionEvent e) {    }
    }
```

4.6　类的使用

类的使用仅从下面几个方面进行讨论。

1. 类对象作为类的成员

类的数据成员不仅可以为简单的数据类型，也可以是复合类型的数据。当一个类的成员为类的对象时，要用 new 运算符为这个对象分配存储空间。在包含类数据成员的类以及类的实例中可以访问类数据成员的值。

例 4-19 类对象作为类的数据成员。

```java
class Point{
    int x,y;
    public Point(int x,int y){ this.x=x;    this.y=y;}
}
class Circle{
    Point center=new Point(0,0);
    double radius;
    public Circle(int x,int y,double r){center.x=x; center.y=y; radius=r;}
    public double area(){ return Math.PI*radius*radius; }
}
```

程序运行结果为：

```
Circle center point:(100,100)
Circle radius=10.0
Circle area=314.1592653589793
```

2. 类对象作为方法的参数

Java 程序中，方法的参数类型除基本类型外，还可以是复合类型。因为类的对象存储的是对象的引用，因此在方法调用时，实参传递对象的引用。若在方法中改变了应用参数对象的值，则调用结束后实际参数的值也将发生相应的改变。

例 4-20 引用类型作为方法的参数。

```java
class Rectangle{
    int width,height;
    public Rectangle(int w,int h){ width=w; height=h; }
}
class Circle{
    double radius;
    public Circle(double r){ radius=r; }
}
public class ClassParameterDemo{
    public static void main(String args[]){
        ClassParameterDemo cp=new ClassParameterDemo();
        Rectangle r=new Rectangle(10,20);
        System.out.println("Before:Rectangle width="+r.width+",height="+r.height);
        System.out.println("Rectangle area="+cp.area(r));
        System.out.println("After:Rectangle width="+r.width+",height="+r.height);
        Circle c=new Circle(90);
        System.out.println("Before:Circle radius="+c.radius);
        System.out.println("Circle area="+cp.area(c));
        System.out.println("After:Circle radius="+c.radius);
    }
```

```java
        double area(Circle c){
            c.radius+=10;
            return Math.PI*c.radius*c.radius;
        }
        double area(Rectangle r){
            r.width+=1; r.height+=1;
            return r.width*r.height;
        }
    }
```

程序运行结果为：

```
Before:Rectangle width=10,height=20
Rectangle area=231.0
After:Rectangle width=11,height=21
Before:Circle radius=90.0
Circle area=31415.926535897932
After:Circle radius=100.0
```

3. 方法返回值为类对象

在 Java 程序中，方法的返回类型也可以为类对象。

例 4-21 方法的返回类型为类对象型。

```java
class Point{
    int x,y;
    public Point(int x,int y){ this.x=x;    this.y=y; }
    Point move(int hx,int hy){
        Point p=new Point(0,0);
        p.x+=hx;    p.y+=hy;
        return p;
    }
}
```

程序运行结果为：

```
point1:(0,0)
point2:(80,100)
```

本章小结

本章主要介绍了面向对象程序设计的基本概念和思想。类是创建对象的模板，所有对象都是类的实例。类包括成员变量和方法。成员变量保持对象的属性，而方法提供对象的行为。成员方法实现类的行为，掌握方法的定义与引用，方法的嵌套和递归，方法中参数的传递及方法的重载等。类成员的访问控制符有 public、private、protected 及默认修饰符，分别表示不同的访问权限。对象是类的实例，通过类的构造方法来初始化，当对象不再使用时，Java 的垃圾回收机制会自动回收。this 变量分别代表当前对象。内部类是 Java 中在一个类中声明的另一个类，有成员类、静态成员类、局部类、匿名类四种形式。

 习题4

一、选择题

1. 以下关于构造方法的描述错误的是（　　）。
   A. 构造方法的返回类型只能是 void 型
   B. 构造方法是类的一种特殊方法，它的方法名必须与类名相同
   C. 构造方法的主要作用是完成对类的对象的初始化工作
   D. 一般在创建新对象时，系统会自动调用构造方法

2. 假设类 A 定义如下，设 a 是 A 类的一个实例，下列语句调用错误的是（　　）。

   ```
   class  A{
        int   i;
        static String   s;
        void method1() { }
        static void method2() { }
   }
   ```

   A. System.out.println(a.i);　　　　　　B. a.method1();
   C. A.method1();　　　　　　　　　　　D. A.method2();

3. 以下关于对象的说法中不正确的是（　　）。
   A. 对象是一个具有封装性和信息隐藏的独立模块
   B. 对象能更好地模拟计算机工作方式，体现计算机运行规律，提高程序执行效率
   C. 组成客观世界的不同实体都可以看成是对象
   D. 对象可以分解和组合，还可以进行分类和抽象

4. 下列不是成员变量的非访问控制符的是（　　）。
   A. static　　　　　　B. final　　　　　　C. native　　　　　　D. public

5. 关于被保护访问控制符 protected 修饰的成员变量，以下说法正确的是（　　）。
   A. 可以被三种类所引用：该类自身、与它在同一个包中的其他类、在其他包中的该
      类的子类
   B. 可以被两种类访问和引用：该类本身、该类的所有子类
   C. 只能被该类自身所访问和修改
   D. 只能被同一个包中的类访问

6. 下列关于修饰符混用的说法，错误的是（　　）。
   A. abstract 不能与 final 并列修饰同一个类
   B. abstract 中不可以有 private 的成员
   C. abstract 方法必须在 abstract 类中
   D. static 方法中能处理非 static 的属性

7. 在 Java 中，一个类可同时定义许多同名的方法，这些方法的形式参数个数、类型或
顺序各不相同，传回的值也可以不相同。这种面向对象程序的特性称为（　　）。
   A. 隐藏　　　　　　B. 覆盖　　　　　　C. 重载　　　　　　D. Java 不支持此特性

8．在 Java 源代码中有如下声明对象的方法：

①A　a0=new　A();

②A　a1;

　　a1=new A();

③a2=new　A();

问以下说法正确的是（　　　）。

A．只有第 1 行能通过编译

B．第 1、2 行能通过编译，但第 3 行编译出错

C．第 1、2、3 行能通过编译，但第 2、3 行运行时出错

D．第 1 行、第 2 行和第 3 行的声明都是正确的

9．main 方法是 Java Application 程序执行的入口点，关于 main 方法的方法头，以下选项合法的是（　　　）。

A．public static void　main()

B．public static void main(String[ ] args)

C．public static int main(String[ ] arg)

D．public void main(String arg[ ])

10．有如下类：

```
public class Simple{
        public static int i;
}
```

若 s1，s2 均为 Simple 的对象，则（　　　）。

A．s1，s2 的 i 值　不一定相同

B．s1，s2 的 i 值一定不同

C．s1，s2 的值没有任何关系，但当赋值后均不可改变

D．s1，s2 的 i 值永远相同

11．下列描述正确的是（　　　）。

A．静态变量的值不能变化

B．静态变量就是常量，其值一旦被初始化就不能再改变

C．静态变量只能做一次赋值运算

D．一个类的所有对象共享静态变量

二、填空题

1．程序中定义类所使用的关键字是 class，每个类的定义由类头定义、类体定义两部分组成，其中类体部分包括_____、_____。

2．把对象实例化可以生成多个对象，使用_____运算符为对象分配内存空间。

3．定义类的构造方法不能有返回值类型，其名称与_____名相同。

4．在 Java 中有一种叫做_____特殊方法，在程序中用它来对类成员进行初始化。

5．Java 语言以_____为程序的基本单位，它是具有某些共同特性实体的集合，是一种抽象的概念。

6．new 是_____对象的操作符。

7．在 java 程序里，同一类中重载的多个方法具有相同的方法名和_____的参数列表。重载的方法可以有不同的返回值类型。

8．java 是面向对象的语言。对象是客观事物的_____，对象与之是一一对应的，它是很具体的概念。

9．java 语言通过接口支持_____继承，使类继承具有更灵活的扩展性。

10．创建一个类就是创建一个新的数据类型，而类在 java 中属于_____数据类型。

11．abstract 方法_____（不能或能）与 final 并列修饰同一个类。

12．如果一个类中定义了几个名为 method 的方法，这些方法的参数都是整数，则这些方法的_____必须是不同的，这种现象称为方法的重载。

三、简答题

1．什么是类？写出 Java 中类定义的格式？

2．请举例说明什么是数据成员？什么是成员方法？

四、编程题

1．编程：计算 n 的阶乘，用递归方法实现。

2．输入一个十进制数，输出相应的十六进制数。

3．编写程序，实现 Hanoi 塔游戏。Hanoi 塔游戏的具体规则：有 n 个直径不同的盘子套在第一个针上，要求将这些盘子借助第二个针，移动到第三个针上。在移动过程中，每次只能移动一个盘子，每个针上任意时刻保证小盘子在大盘子上面，并且只能在这三个针上移动，要求编程打印出移动的步骤。

4．创建一个具有 radius、area 和 diameter 等成员的类 Circle。添加一个把 radius 设置为 1 的构造方法，添加 setRadius()、getRadius()、computeDiameter()等方法用来计算圆周的直径，添加方法 computeArea()计算圆周的面积。把程序保存为 Circle.java。

另外，创建一个名称为 TestCircle 类，该类的 main()方法声明了 3 个 Circle 对象。使用 setRadius()方法，给一个 Circle 赋一个小的半径值，给另一个 Circle 赋一个较大的半径值，不要给第三个 Circle 的半径赋值，在程序中保留所赋值。调用每个圆的 computeDiameter()和 computeArea()，并显示计算结果。把程序保存为 TestCircle.java。

5．编写显示员工 ID 和员工姓名的程序。使用两个类：第一个类包括用来设置 ID 和姓名的员工数据和单独的方法；另一个类创建员工对象，并使用对象调用方法。创建若干员工并显示他们的数据。把程序保存为 Employee.java。

6．编写显示若干项货物发货单的程序。该程序应在对应于数量和物品价值的各行上包括物品名称、数量、价格和总价等项。使用两个类：第一个类包括物品数据及用来获得和设置物品名称、数量和价格的方法；另一个类创建物品的对象并使用对象调用设置和获取方法。

7．定义一个表示学生的类（Student）。Student 类包括表示学生的学号、姓名、性别、年龄和 3 门课程成绩的信息数据及用来获得和设置学号、姓名、性别、年龄和 3 门课程成绩的方法。创建 TestStudent 类，在 TestStudent 类中生成 5 个学生对象，计算 3 门课程的平均成绩，以及某门课程的最高分和最低分。

8．创建一个名称为 Pay 的类，该类包括工作小时、每小时工资、扣缴率、应得工资总额和实付工资等 5 个双精度变量。创建 3 个重载的 computeNetPay() 方法。应得工资是工时乘以每小时工资的计算结果。当 computeNetPay() 接收代表小时、工资率和扣缴率的数值时，计算出应得工资并从中扣除合理的扣缴金额得出实付工资。当 computeNetPay() 接收两个参数时，扣缴率假定为 15%，当 computeNetPay() 接收一个参数时，扣缴率假定为 15%，每小时工资率为 4.65%。编写一个测试所有 3 个重载方法的 main() 方法。

9．创建一个名为 Shirt 的类，该类具有表示衣领尺寸和袖子长度的数据成员。添加一个接收每个数据成员为参数的构造方法。添加一个命名为 material 的 String 类变量，将类变量初始值设定为"cotton"。编写一个命名为 TestShirt 的程序，用来生成具有衣领尺寸和袖子长度的 Shirt 的类对象。然后显示包括材料在内的所有衬衫的数据。

10．编写一个程序，用来根据租用汽车的大小来支付一天的租金：汽车的规格有：大、中、小及实际大小。添加一个需要汽车大小的构造方法。添加一个用于添加汽车电话选项的子类。编写一个使用这些类的程序。

11．编写一个程序，用来计算某项物品的价格。添加一个需要数量、物品名称和物品的构造方法。添加一个子类以便根据定购的数量提供折扣。编写一个使用这些类的程序。

第 5 章　继承和接口

本章主要讲解 Java 语言继承和多态的概念及其实现；介绍包和接口的概念及其使用。

- 继承和多态的概念及其实现
- super 的使用
- 包的使用
- 接口的使用

5.1　类的继承

继承性是面向对象程序设计语言的一个重要特征，通过继承可以实现代码的复用。Java 语言中，所有的类都是直接或间接地继承 java.lang.Object 类。子类继承父类的属性和方法，同时也可以增加属性和方法，在 Java 语言中不支持多继承，但可通过实现接口来实现多继承功能。

5.1.1　类继承的实现

1. 创建子类

Java 中的继承是通过 extends 关键字来实现的，在定义新类时使用 extends 关键字指明新类的父类，就在两个类之间建立了继承关系。

创建子类的一般格式为：

```
[修饰符] class 子类名 extends 　父类名 {
    //类体
}
```

子类名为 Java 标识符，子类是父类的直接子类。如果父类又继承某个类，则子类存在间接父类。如果默认 extends 子句，则该类的父类为 java.lang.Object。子类可以继承父类中访问控制为 public、protected、default 的成员变量和方法，但不能继承访问控制为 private 的成员变量和方法。

例 5-1　类的继承实例。

```
class Point{                        //定义父类
    int x,y;                        //表示位置
    void setXY(int a,int b){ x=a;y=b;}
    void showLocation(){            //显示位置
```

```
            System.out.println("Location:("+x+","+y+")");
        }
    }
    class Rectangle extends Point{           //定义子类
        int width,height;                    //定义矩形的宽和高
        int area(){return width*height; }    //计算矩形的面积
        void setWH(int w,int h){width=w; height=h;}
        void showLocArea(){                  //显示位置和面积
            showLocation();                  //继承父类成员
            System.out.println("Area:"+area());
        }
    }
```

程序运行结果为：

```
    Location:(100,200)
    Area:700
```

2. 成员变量的隐藏和方法的重写

在类的继承中，若子类定义了与父类相同名字的成员变量，则子类继承父类的成员变量被隐藏。这里所谓的隐藏是指子类拥有两个相同名字的变量，一个继承自父类，另一个是自己声明的。当子类执行继承自父类的方法时，处理的是继承自父类的成员变量；当子类执行它自己声明的方法时，操作的是它自己声明的变量，而把继承父类的相同名字的变量"隐藏"起来。

子类定义了与父类相同的成员方法，包括相同的名字，参数列表和相同返回值类型。这种情况称为方法重写。

一般出现下面情况需要使用方法重写：

（1）子类中实现与父类相同的功能，但采用的算法或计算公式不同。

（2）在子类的相同方法中，实现的功能比父类更多。

（3）在子类中需要取消从父类继承的方法。

子类通过成员变量的隐藏和方法的重写可以把父类的属性和行为改变为自身的属性和行为。

例 5-2 方法重写实例。

```
    import java.io.*;
    class Point{
        int x,y;
        void setXY(int a,int b){ x=a;y=b; }
        void show(){ System.out.println("Location:("+x+","+y+")"); }
    }
    class Rectangle extends Point{
        int y;
        int width,height;
        int area(){ return width*height; }
        void setWHY(int w,int h,int yy){width=w; height=h; y=yy; }
        void show(){
            System.out.println("Location:("+x+","+y+")");
```

```
        System.out.println("Area:"+area());
    }
}
```

程序运行结果为：

```
Location:(100,300)
Area:700
```

5.1.2　super 关键字

super 表示当前对象的直接父类对象，是当前对象的直接父类对象的引用。所谓直接父类是相对于当前对象的其他"父类"而言。super 代表的是直接父类。若子类的数据成员或成员方法名与父类的数据成员或成员方法名相同，当要调用父类的同名方法或使用父类的同名的数据成员时，则可以使用关键字 super 来指明父类的数据成员和方法。super 的使用方法有以下 3 种：

- 用来访问直接父类中被隐藏的数据成员，其使用形式如下：
  super.数据成员
- 用来调用直接父类中被重写的的成员方法，其使用形式如下：
  super.成员方法
- 用来调用直接父类的构造方法，其使用形式如下：
  super(参数)

例 5-3　super 的使用。

```
class A{                                    //定义父类
    int x,y;
    public A(int x,int y){ this.x=x;    this.y=y; }    //父类构造方法
     public void display(){ System.out.println("In class A: x="+x+" , y="+y);}
}
class B extends A{                          //子类
    int a,b;
    public B(int x,int y,int a,int b){             //子类构造方法
        super(x,y);this.a=a; this.b=b;
    }
    public void display(){                        //方法重写
        super.display();
        System.out.println("In class B: a="+a+" , b="+b);
    }
}
```

程序运行结果为：

```
In class A: x=1 , y=2
In class B: a=3 , b=4
```

5.1.3　抽象类和抽象方法

1．抽象类与抽象方法的声明

在 Java 中用 abstract 关键字修饰的类称为抽象类。用 abstract 关键字修饰的方法，称为抽

象方法。当一个类的定义完全表示抽象概念时，它不应该被实例化为一个对象，因此不能为抽象类实例化对象，也就是说 abstract 类必须被继承，abstract 方法必须被重写。抽象类体现数据抽象的思想，是实现程序多态性的一种手段。定义抽象类的目的是子类共享。子类可以根据自身需要扩展抽象类。

抽象类和抽象方法有以下特征：

- 抽象类不能实例化，即不能用 new 生成一个实例对象。
- 抽象方法只有方法名、参数列表及返回值类型，抽象方法没有方法体。
- 抽象方法必须在子类中给出具体实现。
- 一个抽象类里可以没有定义抽象方法。但只要类中有一个方法被声明为抽象方法，则该类必须为抽象类。
- 若一个子类继承一个抽象类，则子类需用覆盖的方式来实例化该抽象父类中的抽象方法。若没有完全实例化所有的抽象方法，则子类仍是抽象的。
- 抽象方法可与 public、protected 复合使用，但不能与 final、private 和 static 复合使用。

在以下情况中，某个类将被定义为抽象类：

- 当类的一个或多个方法为抽象方法时。
- 当类为一个抽象类的子类，并且没有为所有抽象方法提供实现细节或方法主体时。
- 当类实现一个接口，并且没有为所有抽象方法提供实现细节或方法主体时。

声明一个抽象类的格式为：

```
abstract   class 类名{
        …
}
```

抽象类中可以包含抽象方法，对抽象方法只需声明，而不需要具体的内容，格式如下：

```
abstract   数据类型   方法名([paramlist]);
```

对于抽象方法声明格式，abstract 保留字不能缺少，还需要注意如下内容：

（1）声明格式中没有{}。

（2）最后的“;”不能省略。

抽象类首先是一个类，因此具有类的一般属性。抽象类必须被其他类继承，抽象类中不一定要包含抽象方法。但是如果一个类中包含了抽象方法，也就是 abstract 关键字修饰的方法，那么该类就必须声明为抽象类。在类中的方法中除构造方法、静态方法、私有方法不能声明为抽象方法外，其他任何方法都可以被声明为抽象方法。

例如：

```
abstract class Employee {            //抽象类
        int basic = 2000;
        abstract void salary();        //抽象方法
    }
class Manager extends Employee{
        void salary() {
        System.out.println("工资等于 "+basic*5+8672);
    }
}
class Worker extends Employee    {
```

```
        void salary() {
    System.out.println("工资等于 "+basic*2+4567);
    }
    }
```

2. 抽象类与抽象方法的使用

由于抽象类只预先确定了总体结构，缺少实际内容或实现过程，又不能被实例化，所以要发挥它的作用，只能被继承，把它作为父类，在子类中创建对象，同时将抽象方法重写。

例 5-4　定义车类。

```
    import java.awt.Color;
    abstract class Car {
                //公用数据成员声明
                public Color color;                  //车辆颜色
                public int gearNum;                  //挡位数
                public String  tiretype;             //轮胎型号
                public float engine;                 //引擎排气量
                 //公共抽象方法声明
                public abstract void shiftgear();    //换挡
                public abstract void brake();        //刹车
                public abstract void aircon();       //开冷气
                public abstract void headlight();    //开大灯
    }
    class Audi extends Car{
        static int gearNum=5;                        //声明 gearNum 为类变量
         public Audi () {
            tiretype="GoodTire2085BT";               //轮胎型号
            engine=2400.0f;                          //排气量
        }
        public void   shiftgear(){                   //换挡
            System.out.println("轿车换挡方式："+ gearNum+"挡");
        }
        public void brake(){System.out.println("助力刹车系统");}    //刹车
            public void aircon(){};                  //开冷气
            public void headlight(){};               //开大灯
        }
        public class MyCar extends Audi{
            private Color color;
            public MyCar() {     color=Color.blue; }             //设置车辆颜色
            public void equipment(){
                System.out.println("我的车挡位数："+this.gearNum);
                System.out.println("我的车颜色："+this.color);
                System.out.println("我的车轮胎型号："+this.tiretype);
                System.out.println("我的车引擎排气量："+this.engine);
            }
            public void shiftgear(){                             //换挡-重写的新方法
                super.shiftgear();
                System.out.println("我的车换挡方式："+this.gearNum+"挡" );
```

```
            }
        }
```

程序的运行结果为：

>   我的车挡位数：5
>   我的车颜色：java.awt.Color[r=0,g=0,b=255]
>   我的车轮胎型号：GoodTire2085BT
>   我的车引擎排气量：2400.0
>   轿车换挡方式：5 挡
>   我的车换挡方式：5 挡
>   助力刹车系统

5.1.4　类对象之间的类型转换

类对象之间的类型转换，是指父类对象与子类对象之间在一定条件下的相互转换。父类对象与子类对象之间的相互转换规则如下：

（1）子类对象可以隐式，也可以显示转换为父类对象。

（2）处于相同类层次的类对象之间不能进行转换。

（3）父类对象在一定的条件下可以转换成子类对象，但必须使用强制类型转换。

例 5-5　类对象之间的类型转换的使用。

```java
class SuperClass{
    int a=5,b=8,c=85;
    void show(){System.out.println("a*b="+(a*b));}
}
class SubClass extends SuperClass{
    int b=26,d=32;
    void show() { System.out.println("b+d="+(b+d));}
}
public class ClassExchangeDemo{
    public static void main(String args[]){
        SuperClass super1,super2;             //声明父类对象
        SubClass sub1,sub2;                   //声明子类对象
        super1=new SuperClass();
        sub1=new SubClass();
        System.out.println("super1.a="+super1.a+"\tsuper1.b="+super1.b+"\tsuper1.c="+super1.c);
        super1.show();
        System.out.println("sub1.b="+sub1.b+"\tsub1.c="+sub1.c+"\tsub1.d="+sub1.d);
        sub1.show();
        super2=(SuperClass)sub1;              //子类对象转换为父类对象
        System.out.println("super2.a="+super2.a+"\tsuper2.b="+super2.b+"\tsuper2.c="+super2.c);
        System.out.println("super2.show():\t");
        super2.show();
        sub2=(SubClass)super2;                //父类对象转换为子类对象
        System.out.println("sub2.a="+sub2.a+"\tsub2.b="+sub2.b+"\tsub2.d="+sub2.d);
        System.out.println("sub2.show():\t");
        sub2.show();
    }
```

```
        }
```

程序运行结果为：

```
        super1.a=5          super1.b=8          super1.c=85
        a*b=40
        sub1.b=26           sub1.c=85           sub1.d=32
        b+d=58
        super2.a=5          super2.b=8          super2.c=85
        super2.show():
        b+d=58
        sub2.a=5            sub2.b=26           sub2.d=32
        sub2.show():
        b+d=58
```

　　子类对象可以被看作是其父类的对象，因此在程序中子类对象可以引用父类的数据成员。子类对象转换为父类对象时，可以使用强制类型转换，也可以使用默认转换方式，直接把子类对象引用赋值给父类对象引用。若父类对象引用指向的实际是一个子类对象的引用，则这个父类对象使用强制类型转换可转换为子类对象。

5.2　类的多态

　　多态是面向对象的又一个重要特性，与继承密切相关。在面向对象程序设计中，类的功能通过类的方法实现。多态是为类创建多个同名的方法，通过方法的重载或子类重写父类方法实现多态。

5.2.1　方法重载

　　在同一个类中定义了多个同名而内容不同的成员方法，称这些方法是重载的方法。重载的方法主要通过参数列表中参数的个数、参数的数据类型和参数的顺序来进行区分。在编译时，Java 编译器检查每个方法所用的参数数目和类型，然后调用正确的方法。

　　例 5-6　求加法重载的例子。

```
        public class AddOverridden{
            int add(int a,int b){ return (a+b);}
            int add(int a,int b,int c){ return (a+b+c);}
            double add(double a,double b){ return (a+b);}
            double add(double a,double b,double c){ return (a+b+c);}
        }
```

程序运行结果为：

```
        Sum(37,73)=110
        Sum(10,33,67)=110
        Sum(97.88,36.99)=134.87
        Sum(9.8,3.73,6.97)=20.5
```

　　该类中定义了 4 个名为 add 的方法：第一个方法是计算两个整数的和；第二个方法是计算三个整数的和。第三个方法是计算两个双精度浮点数的和；第四个方法是计算三个双精度浮点数的和。Java 编译器根据方法引用时提供的实际参数选择执行对应的重载方法。

5.2.2 方法重写

通过面向对象系统中的继承机制，子类可以继承父类的方法。但是，子类的某些特征可能与从父类中继承来的特征有所不同，为了体现子类的这类特性，Java 允许子类对父类的同名方法重新进行定义，即在子类中定义与父类中已定义的名称相同而内容不同的方法。这种多态称为方法重写，也称为方法覆盖。

由于重写的同名方法存在于子类对父类的关系中，所以只需要在方法引用时指明引用的是父类的方法还是子类的方法，就可以很容易把它们区分开来。对于重写的方法，Java 运行时系统根据调用该方法的实例的类型来决定选择哪个方法调用。对于子类的一个实例，如果子类重写了父类的方法，则运行时系统调用子类的方法。如果子类继承父类的方法，则运行时系统调用父类的方法。

例 5-7 重写方法的调用。

```java
class A{
    void display(){ System.out.println("A's method display() called!");}
    void print(){System.out.println("A's method print() called!");}
}
class B extends A{
    void display(){ System.out.println("B's method display() called!");}
}
public class OverRiddenDemo1{
    public static void main(String args[]){
        A a1=new A();
        a1.display();
        a1.print();
        A a2=new B();
        a2.display();
        a2.print();
    }
}
```

程序运行结果为：

```
A's method display() called!
A's method print() called!
B's method display() called!
A's method print() called!
```

在上例中，定义了类 A 和类 A 的子类 B。然后声明类 A 的变量 a1、a2，用 new 建立类 A 的一个实例和类 B 的一个实例，并使 a1、a2 分别存储 A 类实例引用和 B 类实例引用。Java 运行时系统分析该引用是类 A 的一个实例还是类 B 的一个实例，从而决定调用类 A 的方法 display()还是调用类 B 的方法 display()。

方法重写时要遵循两个原则：

（1）改写后的方法不能比被重写的方法有更严格的访问权限。

（2）改写后的方法不能比被重写的方法产生更多的例外。

进行方法重写时必须遵循这两个原则，否则编译器会指出程序出错。编译器加上这两个限定，是为了与 Java 语言的多态性特点一致而做出的。

例 5-8　方法重写注意的原则。

```
class SuperClass{
    public void fun(){}
}
class SubClass extends SuperClass{
    protected void fun(){}
}
public class OverRiddenDemo2{
    public static void main(String args[]){
        SuperClass a1=new SuperClass();
        SuperClass a2=new SubClass();
        a1.fun();
        a2.fun();
    }
}
```

上面程序编译时产生下列错误：

fun() in SubClass cannot override fun() in SuperClass;

attempting to assign weaker access privileges; was public

产生错误的原因在于：子类中重写的方法 fun()的访问权限比父类中被重写的方法有更严格的访问权限。

5.3　接口（interface）

在 Java 中通过 extends 实现单继承，从类的继承上来讲，Java 只支持单继承，这样可避免多继承中各父类含有同名成员时在子类中发生引用无法确定的问题。但是，为了某些时候的操作方便、增加 Java 的灵活性，达到多继承的效果，可利用 Java 提供的接口来实现。

一个接口允许从几个接口继承而来。Java 程序一次只能继承一个类但可以实现几个接口。接口不能有任何具体的方法。接口也可用来定义由类使用的一组常量。

5.3.1　接口的定义

Java 中的接口是特殊的抽象类，是一些抽象方法和常量的集合，其主要作用是使得处于不同层次上以至于互不相干的类能够执行相同的操作、引用相同的值，而且可以同时实现来自不同类的多个方法。

接口与抽象类的不同之处在于：接口的数据成员必须被初始化；接口中的方法必须全部都声明为抽象方法。

接口的一般定义格式为：

```
[public] interface  接口名{
//接口体
}
```

其中 interface 是接口的关键字，接口名是 Java 标识符。如果缺少 public 修饰符，则该接口只能被与它在同一个包中的类实现。接口体中可以含有下列形式的常量定义和方法声明：

```
[public] [static] [final] 类型    常量名=常量值;            //数据成员必须被初始化
[public] [abstract] 方法类型    方法名([参数列表]);        //方法必须声明为抽象方法
```

其中，常量名是 Java 标识符，通常用大写字母表示；常量值必须与声明的类型相一致；方法名是 Java 标识符，方法类型是指该方法的返回值类型。final 和 abstract 在 Java 中可以省略。

例如，下列程序段声明了一个接口：

```
//定义程序使用的常量和方法的接口
public interface myinterface {
    double price = 8750.00;
    final int counter = 555;
    public void add(int x, int y);
    public void volume(int x,int y, int z);
}
```

5.3.2　接口的实现

接口中只包含抽象方法，因此不能像一般类一样，使用 new 运算符直接产生对象。用户必须利用接口的特性来打造一个类，再用它来创建对象。利用接口打造新的类的过程，称为接口的实现。接口实现的一般语法格式为：

```
class 类名 implements 接口名称{              //接口的实现
        //类体
}
```

例 5-9　求给定圆的面积。

```
interface shape{
    double PI=3.14159;
    abstract double area();
}
class Circle implements shape{
    double radius;
    public Circle(double r){radius=r;}
    public double area(){return PI*radius*radius;}
}
```

程序运行结果为：

```
Circle area=314.159
```

在类实现一个接口时，如果存在接口中的抽象方法，在类中没有具体实现，则该类是一个抽象类，不能生成该类的对象。

5.3.3　接口的继承

接口也可以通过关键字 extends 继承其他接口。子接口将继承父接口中所有的常量和抽象方法。此时，子接口的非抽象实现类不仅要实现子接口的抽象方法，而且需要实现父接口的所有抽象方法。

例 5-10　接口的继承。

```
interface shape2D{
    double PI=3.14159;
```

```
        abstract double area();
    }
    interface shape3D extends shape2D{
        double volume();
    }
    class Circle implements shape3D{
        double radius;
        public Circle(double r)  {radius=r;}
        public double area(){return PI*radius*radius; }          //实现间接父接口的方法
        public double volume(){return 4*PI*radius*radius*radius/3; }    //实现直接父接口的方法
    }
```

程序运行结果为：

```
    Circle area=706.85775
    Circle vloume=14137.155
```

在 Java 中不允许有多个父类的继承，因为 Java 的设计是以简单、实用为导向，而利用类的多继承将使得问题复杂化，与 Java 设计意愿相背。虽然如此，但通过接口机制，可以实现多重继承的处理。通过将一个类实现多个接口，就可以达到多重继承的目的。

例 5-11 实现多个接口。

```
    interface shape{
        double PI=3.14159;
        double area();
        double volume();
    }
    interface color{void setcolor(String str); }
    class Circle implements shape,color{
        double radius;
        String color;
        public Circle(double r){ radius=r;}
        public double area(){return PI*radius*radius;}
        public double volume(){ return 4*PI*radius*radius*radius/3;}
        public void setcolor(String str){ color=str;}
        String getcolor(){ return color;}
    }
```

程序运行结果为：

```
    Circle area=706.85775
    Circle vloume=14137.155
    Circle color=Red
```

注意：在实现接口的类中，定义抽象方法的方法体时，一定要声明方法为 public，否则编译会出现如下的出错信息：

attempting to assign weaker access privileges;

中文含义为：试图缩小方法的访问权限。

5.3.4　接口的多态

接口的使用使得方法的描述和方法的功能实现分开处理，有助于降低程序的复杂性，使程序设计灵活，便于扩充和修改。

例 5-12　求给定图形的面积。

```
// InterfaceDemo4.java
//接口 shape
interface shape{
    double PI=3.14159;
    abstract double area();
}
//定义 Rectangle 类实现接口 shape
class Rectangle implements shape{
    double width,height;
    public Rectangle(double w,double h){width=w; height=h;}
    public double area(){ return width*height; }
}
//定义 Circle 类实现接口 shape
class Circle implements shape{
    double radius;
    public Circle(double r){radius=r;}
    public double area(){return PI*radius*radius;}
}
```

程序运行结果为：

```
Rectanle area=300.0
Circle area=314.159
```

在上面的例子中，定义了接口 shape，并在类 Rectangle 和 Circle 中实现了接口，但两个类对接口 shape 的抽象方法 area()的实现是不同的，实现了接口的多态。

5.4　包（package）

在 Java 中，把复用的代码组织到一起，称为"包"。包是一种将相关类、接口或其他包组织起来的集合体。目的是为了将包含类代码的文件组织起来，易于查找和使用。包不仅能包含类和接口，还能包含其他包，形成有层次的包空间。包有助于避免命名冲突。当使用很多类时，确保类和方法名称的唯一性是非常困难的。包形成层次命名空间，缩小了名称冲突的范围，易于管理名称。

5.4.1　包的创建

建立一个包的方法很简单，只要将 package 这个关键字放在一个程序中所有类或实现接口的类或接口声明前，并选定一个包名称，这样所有用到此包名称的类及接口就成了此包的成员。创建包的一般语法格式为：

```
package   PackageName;
```

　　关键字 package 后面的 PackageName 是包名。利用这个语句可以创建一个具有指定名字的包，当前.java 文件中的所有类都被放在这个包中。

　　在 Java 程序中，package 语句必须是程序的第一个非注释、非空白行、行首无空格的一行语句来说明类和接口所属的包。

　　例如：

```
package MyPackage;
package MyPackage1. MyPackage2;
```

　　创建包就是在当前文件夹下创建一个子文件夹，存放这个包中包含的所有类的.class 文件。在 package MyPackage1. MyPackage2;语句中的符号"."代表目录分隔符，说明这个语句创建两个文件夹：第一个是当前文件夹下的子文件夹 MyPackage1；第二个是 MyPackage1 文件夹下的 MyPackage2 文件夹，当前包中的所有类文件就存在这个文件夹下。

　　若源文件中未使用 package，则该源文件中的接口和类位于 Java 的默认包中。在默认包中，类之间可以相互使用 public、protected 或默认访问权限的数据成员和成员方法。默认包中的类不能被其他包中的类引用。

5.4.2　包的引用

　　将类组织成包的目的是为了更好地利用包中的类。一般情况下一个类只能引用与它在同一个包中的类。如果需要使用其他包中的 public 类，则可以通过 import 这个关键词来引入，例如：

```
import java.awt.Color;
```

就是把 java.awt 包里的 Color 类引用进来，如果需要引用整个包内所有的类及接口时，就使用*号：

```
import java.awt.*;
```

　　在一个类中引用一个包中的类时，可采用两种方式：

　　（1）类长名（Long Name），即加上包名称的类名，如：

```
javax.swing.JButton button1=new javax.swing.JButton ();
```

　　（2）类短名（Short Name），需要在类程序最前面引入包，然后使用该类名，如：

```
import java.awt.*;
…
Color color1=new Color();
```

例 5-13　包的应用实例。

```
//shapes.java
package shape;
public interface shapes{
    abstract double area();
    abstract double circulms();
}
//locate.java
package shape;
class locate{
    public int x,y;
```

```
        public locate(int x,int y){ this.x=x;this.y=y;}
    }
    //rectangle.java
    package shape;
    public class rectangle extends locate implements shapes{
        public int width,height;
        public double area(){return width*height;}
        public double circulms(){return 2*(width+height);}
        public rectangle(int x,int y,int w,int h){ super(x,y); width=w; height=h;}
    }
    //circle.java
    package shape;
    public class circle extends locate implements shapes{
        public double radius;
        public double area(){return Math.PI*radius*radius;}
        public double circulms(){return 2*Math.PI*radius;}
        public circle(int x,int y,double r){ super(x,y); radius=r;}
    }
    //PackageDemo.java
    package mypackage;
    import shape.*;
    public class PackageDemo{
        public static void main(String []args){
            …
        }
    }
```

分别编译程序 shapes.java、locate.java、rectangle.java、circle.java，则建立包 shape，包中包含接口 shapes 和类 locate、rectangle、circle。编译并运行 PackageDemo.java。

5.4.3　设置 CLASSPATH 环境变量

包是一种组织代码的有效手段，包名实际上就是指出了程序中需要使用的.class 文件的所在之处。另一个能指明.class 文件夹所在结构的是环境变量 CLASSPATH。当一个程序找不到它所需使用的其他类的.class 文件时，系统就会自动到 CLASSPATH 环境变量所指明的路径下去查找。

环境变量的设置在前面已经叙述过，不再赘述。

5.5　Java 类库及主要类的使用

Java 提供了强大的应用程序接口（Java API），即 Java 类库或 Java API 包。它包括大量已经设计好的工具类，帮助编程人员进行字符串处理、绘图、数学计算、网络应用等方面的工作。在程序中合理和充分利用 Java 类库提供的类和接口，可以大大提高编程的效率，写出短小精悍的程序，取得良好效果。

5.5.1 Java API 常用包

绝大多数 Java API 包都是以"java."开头，以区别用户创建的包。Java API 包含多种包，下面主要介绍常用的几种包：

1. java.lang 包

在所有的 Java API 类库中，java.lang 包是核心包，它提供 Java 语言中 Object、String 和 Thread 等核心类与接口。这些核心类与接口自动导入到每个 Java 程序中，没有必要显示地导入它们。java.lang 包中还包含基本类型包装类、访问系统资源的类、数值类和安全类等。

下面分别介绍 java.lang 包中的常用类库。

（1）java.lang.Object

Object 类处于 Java 层次结构的最上层，是所有类的父类。Java 语言中所有类都是直接或间接继承 Object 类得到的。

（2）java.lang.Object

　　└java.lang.Boolean

Boolean 与 Java 中的 boolean 布尔数据类型有所不同，该类将一个基本类型 boolean 的值封装在一个对象里。

（3）java.lang.Object

　　└java.lang.Character

该类封装了 Java 的基本字符类型数据及其对象的属性特征。

（4）java.lang.Object

　　└java.lang.Character.Subset

该类是 Unicode 字符集的一个特殊子集。

（5）java.lang.Object

　　└java.lang.Class

Class 类封装了类和对象的属性特征，包含解释一个 Java 类的信息。没有公共的构造方法，Class 对象由 Java 虚拟机在通过调用类装载器中的 defineClass 方法装载类时自动构造。

（6）java.lang.Object

　　└java.lang.ClassLoader

抽象字节码的文件装载类，定义将 Java 执行文件装载到 Java 执行环境内的规则。

（7）java.lang.Object

　　└java.lang.Compiler

用于支持 Java 本地码编译器以及相关的服务。

（8）java.lang.Object

　　└java.lang.Number

　　　└java.lang.Byte

字节类，该类为 byte 类型数值提供一个对象包装器，该类对象包含一个 byte 类型数据。主要数据成员：

- Static byte MAX_VALUE：代表 byte 类型整数最大值。
- Static byte MIN_VALUE：代表 byte 类型整数最小值。

主要成员方法：

- Static byte parse Byte (String s)：将字符串 s 转换为 byte 类型数据。
- Static byte parse Byte(String s, int radix)：将字符串 s 转换为 radix 进制 byte 类型数据。
- String toString()：将当前 byte 对象转换为字符串。
- static String toString(byte d)：将 double 类型数据 d 转换为字符串。
- static Byte valueOf(String s)：返回表示字符串 s 的 Byte 类型对象。
- static Byte valueOf(String s, int radix)：返回表示字符串 s 的 radix 进制 Byte 类型对象。

（9）java.lang.Object

  └ java.lang.Number

    └ java.lang.Double

浮点数类，该类为 double 数值提供一个对象包装器，同时还提供将双精度数转换或传递给 Java 对象作为参数接收的方法。

主要数据成员：

- static double MAX_VALUE：代表 double 类型整数最大值。
- static double MIN_VALUE：代表 double 类型整数最小值。

主要成员方法：

- static double parseDouble(String s)：将字符串 s 转换为 double 类型数据。
- String toString()：将当前 Double 对象转换为字符串。
- static String toString(double d)：将 double 类型数据 d 转换为字符串。
- static Double valueOf(String s)：返回表示字符串 s 的 Double 类型对象。

（10）java.lang.Object

  └ java.lang.Number

    └ java.lang.Float

单精度浮点数类，该类将 float 类型数据及其操作封装在对象中。

主要数据成员：

- static float MAX_VALUE：代表 float 类型整数最大值。
- static float MIN_VALUE：代表 float 类型整数最小值。

主要成员方法：

- static float parseFloat(String s)：将字符串转换为 float 类型数据。
- String toString()：将当前 Float 类对象转换为字符串。
- static String toString(float f)：将 float 类型数据转换为字符串。
- static Float valueOf(String s)：返回表示字符串 s 的 Float 类对象。

（11）java.lang.Object

  └ java.lang.Number

    └ java.lang.Interger

将 Java 的基本类型 interger 封装在一个对象中。

主要数据成员：

- public static final int MIN_VALUE：代表 int 类型整数最小值。

- public static final int MAX_VALUE：代表 int 类型整数最大值。

主要成员方法：

- public static String toString(int i)：将 i 转换成字符串。
- public static String toString(int i,int radix)：将 i 转换成 radix 进制整数字符串。
- public static String toHexString(int i)：将 i 转换成 16 进制整数字符串。
- public static String toOctalString(int i)：将 i 转换成 8 进制整数字符串。
- public static String toBinaryString(int i)：将 i 转换成 2 进制整数字符串。
- public static int parseInt(String s,int radix) throws NumberFormatException：将字符串 s 转换成 radix 进制整数。
- public static int parseInt(String s) throws NumberFormatException：将字符串 s 转换成整数。
- static Integer valueOf(String s)：将字符串 s 转换成 Integer 对象。
- static Integer valueOf(String s, int radix)：将字符串 s 转换成 radix 进制的 Integer 对象。

（12）java.lang.Object
　　　└java.lang.Number
　　　　　└java.lang. Long

将 Java 的基本类型 long 封装在一个对象中。

主要数据成员：

- public static final int MIN_VALUE：代表 long 类型整数最小值。
- public static final int MAX_VALUE：代表 long 类型整数最大值。

主要成员方法：

- public static String toString(long i)：将 i 转换成字符串。
- public static String toString(long i,int radix)：将 i 转换成 radix 进制整数字符串。
- public static String toHexString(long i)：将 i 转换成 16 进制整数字符串。
- public static String toOctalString(long i)：将 i 转换成 8 进制整数字符串。
- public static String toBinaryString(longt i)：将 i 转换成 2 进制整数字符串。
- public static long parseInt(String s,int radix) throws NumberFormatException：将字符串 s 转换成 radix 进制 long 型整数。
- public static long parseInt(String s) throws NumberFormatException：将字符串 s 转换成 long 型整数。
- static Long valueOf(String s)：返回表示字符串 s 的 Long 对象。
- static Long valueOf(String s, int radix)：返回表示字符串 s 的 radix 进制的 Long 对象。

（13）java.lang.Object
　　　└java.lang.Number
　　　　　└java.lang.Short

将 Java 的基本类型 short 封装在一个对象中。

主要数据成员：

- public static final short MIN_VALUE：代表最小 short 类型整数。
- public static final short MAX_VALUE：代表最大 short 类型整数。

主要成员方法：

- public static String toString(short i)：将 i 转换成字符串。
- public static String toString(short i,int radix)：将 i 转换成 radix 进制整数字符串。
- public static short parseInt(String s,int radix)throws NumberFormatException：将字符串 s 转换成 radix 进制 short 型整数。
- public static int parseInt(String s)throws NumberFormatException：将字符串 s 转换成 short 型整数。
- static Short valueOf(String s)：返回表示字符串 s 的 Short 对象。
- static Short valueOf(String s, int radix)：返回表示字符串 s 转换成 radix 进制的 Short 对象。

（14）java.lang.Object
   └java.lang.Math

数学类，封装了一个标准的数学库，包含一些完成基本算术运算的方法。前面讲述过，不再赘述。

（15）java.lang.Object
   └java.lang.Runtime

  运行类，封装了 Java 的执行环境，可以通过 getRunTime()方法获得该类的实例。

（16）java.lang.Object
   └java.lang.System

提供与平台有关的系统功能，包括输入、输出、加载动态库等。

（17）java.lang.Object
   └java.lang.String

字符串类，用于常量字符串。Java 程序中的所有字符串都是通过该类的实例来实现的。

（18）java.lang.Object
   └java.lang.StringBuffer

字符串缓冲区类，用于可变长度的字符串。

（19）java.lang.Object
   └java.lang. Throwable

是 Java 程序中的所有错误类与异常类的父类。

（20）java.lang.Object
   └java.lang.Thread

线程类，该类用于线程的创建以及线程控制。

（21）java.lang.Object
   └java.lang.ThreadGroup

线程组类，用于将多个线程放在一个线程组中进行操作控制。

（22）java.lang.Object
   └java.lang.Error

Java 应用程序发生的严重错误，不会被捕捉。

（23）java.lang.Object

└java.lang.Exception

Java 应用程序发生的异常，能够被捕捉。

2．java.io 包

该包提供一系列用来读/写文件或其他输入/输出源的输入/输出流。其中有基本输入/输出类、缓冲流类、比特数组与字符串流类、数据流类、文件流类、管道类、流连接类和异常类等。

3．java.util 包

包含一些低级的实用工具类。这些工具类实用方便，而且很重要。主要有：日期类、堆栈类、随机数类、向量类。

4．java.net 包

包含一些与网络相关的类和接口，以方便应用程序在网络上传输信息，分为：主机名解析类、Socket 类、统一资源定位器类、异常类和接口。

5．java.awt 包

提供了 Java 语言中的图形类、组成类、容器类、排列类、几何类、事件类和工具类。

6．java.applet 包

java.applet 是所有小应用程序的父类。它只包含一个 Applet 类，所有小应用程序都是从该类继承的。

7．java.security 包

包含 java.security.acl 和 java.security.interfaces 子类库，利用这些类可对 Java 程序进行加密，设定相应的安全权限等。

8．javax.swing 包

该类库提供一个"轻量级"控件集。所有 swing 控件都是由 Java 程序写成，并且尽可能地实现平台的无关性。该类库中具有完全的用户界面组件集合，是在 AWT 基础上的扩展，因此，对于图形方面的 java.awt 组件，大多数都可以在 javax.swing 类库中找到对应的组件。

想要了解更详细的 Java 类库中的内容，参考 JDK 帮助文档，其中包含 Java API 的所有包、类和接口。

5.5.2　Math 类

Math 类是 java.lang 包的一部分。在 Math 类中提供一些方法以完成常见的数学运算，Math 类常用的方法如表 5-1 所示。

表 5-1　Math 类一些常用方法

方法	功能
public static int abs(int x)	取绝对值
public static long abs(long x)	取绝对值
public static float abs(float x)	取绝对值
public static double abs(double x)	取绝对值

方法	功能
public static double sin(double x)	求正弦
public static double cos(double x)	求余弦
public static double tan(double x)	求正切
public static double asin(double x)	求反正弦
public static double acos(double x)	求反余弦
public static double atan(double x)	求反正切
public static double exp(double x)	求指数
public static double log(double x)	取自然对数
public static double sqrt(double x)	求平方根
public static double toRadius(double x)	将角度值转为弧度值
public static double toDegrees(double x)	将弧度值转为角度值
public static double pow(double x, double y)	x 的 y 次方
public static int max(int x, int y)	x、y 中较大值
public static long max(long x, long y)	x、y 中较大值
public static float max(float x, float y)	x、y 中较大值
public static double max(double x, double y)	x、y 中较大值
public static int min(int x, int y)	x、y 中较小值
public static long min(long x, long y)	x、y 中较小值
public static float min(float x, float y)	x、y 中较小值
public static double min(double x, double y)	x、y 中较小值

5.5.3 Date 类

Date 类在包 java.util 中，表示时间。从 JDK 1.1 开始大多数功能，由 Calendar 类的方法替代，这里仅介绍没有过时的一些方法。

1. 构造方法与创建 Date 类对象

public Date()：分配 Date 对象并初始化此对象，以表示分配它的时间（精确到毫秒）。

public Date(long date)：分配 Date 对象并初始化此对象，以表示自从标准基准时间（称为"新纪元（epoch）"，即 1970 年 1 月 1 日 00:00:00 GMT）以来的指定毫秒数。

2. Date 类常用方法

（1）比较两个日期。

public boolean before(Date when)：测试此日期是否在指定日期之前。当且仅当此 Date 对象表示的瞬间比 when 表示的瞬间早，才返回 true；否则返回 false。

public boolean after(Date when)：测试此日期是否在指定日期之后。当且仅当此 Date 对象表示的瞬间比 when 表示的瞬间晚，才返回 true；否则返回 false。

public boolean equals(Object obj)：比较两个日期的相等性。当且仅当参数不为 null，并且是一个表示与此对象相同的时间点（到毫秒）的 Date 对象时，结果才为 true。当且仅当 getTime 方法对于两个 Date 对象返回相同的 long 值时，这两个对象才是相等的。

public int compareTo(Date anotherDate)：比较两个日期的顺序。如果参数 Date 等于此 Date，则返回值 0；如果此 Date 在 Date 参数之前，则返回小于 0 的值；如果此 Date 在 Date 参数之后，则返回大于 0 的值。

（2）复制日期。

public Object clone()：返回此对象的副本。

（3）获取时间。

public long getTime()：返回自 1970 年 1 月 1 日 00:00:00 GMT 以来此 Date 对象表示的毫秒数。

（4）设置时间。

public void setTime(long time)：设置此 Date 对象，以表示 1970 年 1 月 1 日 00:00:00 GMT 以后 time 毫秒的时间点。

（5）转换为字符串。

public String toString()：把此 Date 对象转换为以下形式的 String：

　　　dow mon dd hh:mm:ss zzz yyyy

其中：

- dow 是一周中的某一天（Sun，Mon，Tue，Wed，Thu，Fri，Sat）。
- mon 是月份（Jan，Feb，Mar，Apr，May，Jun，Jul，Aug，Sep，Oct，Nov，Dec）。
- dd 是一月中的某一天（01～31），显示为两位十进制数。
- hh 是一天中的小时（00～23），显示为两位十进制数。
- mm 是小时中的分钟（00～59），显示为两位十进制数。
- ss 是分钟中的秒数（00～61），显示为两位十进制数。
- 如果不提供时区信息，则 zzz 为空，即根本不包括任何字符。
- yyyy 是年份，显示为 4 位十进制数。

Date 对象表示时间的默认顺序是星期、月、日、小时、分、秒、年，若要按照希望的格式输入，可以使用 DateFormat 的子类 SimpleDateFormat 来实现日期的格式化。

5.5.4　Calendar 类

Calendar 类在 java.util 包中，它是一个抽象类，它为特定瞬间与一组诸如 YEAR、MONTH、DAY_OF_MONTH、HOUR 等日历字段之间的转换提供了一些方法，并为操作日历字段（例如获得下星期的日期）提供了一些方法。瞬间可用毫秒值来表示，它是距历元（即格林威治标准时间 1970 年 1 月 1 日的 00:00:00.000）的偏移量。

（1）初始化日历对象。Calendar 提供了一个类方法 getInstance，以获得此类型的一个通用的日历对象。

public static Calendar getInstance()：使用默认时区和语言环境获得一个日历。返回的 Calendar 基于当前时间，使用了默认时区和默认语言环境。例如：

Calendar rightNow = Calendar.getInstance();

初始化一个 Calendar 对象，其日历字段已由当前日期和时间值进行初始化。

（2）获得并设置日历字段值。可以通过调用 set 方法来设置日历字段值。在需要计算时间值（距历元所经过的毫秒）或日历字段值之前，不会解释 Calendar 中的所有字段值设置。调用 get、getTimeInMillis、getTime、add 和 roll 涉及此类计算。

该类为具体日历系统提供了一些常用的字段，有：

- public static final int YEAR：指示特定日历的年。

- public static final int MONTH：指示特定日历的月份，一年中的第一个月是 JANUARY，它为 0；最后一个月取决于一年中的月份数。

- public static final int DAY_OF_MONTH：指示一个月中的某天。它与 DATE 是同义词。一个月中第一天的值为 1。

- public static final int HOUR：指示上午或下午的小时。HOUR 用于 12 小时制时钟 (0 - 11)。中午和午夜用 0 表示，不用 12 表示。例如，在 10:04:15.250 PM 这一时刻，HOUR 为 10。

- public static final int MINUTE：指示一小时中的分钟。例如，在 10:04:15.250 PM 这一时刻，MINUTE 为 4。

- public static final int SECOND：指示一分钟中的秒。例如，在 10:04:15.250 PM 这一时刻，SECOND 为 15。

- public static final int DAY_OF_WEEK：指示一个星期中的某天。该字段可取的值为 SUNDAY、MONDAY、TUESDAY、WEDNESDAY、THURSDAY、FRIDAY 和 SATURDAY。

常用的 set 方法有：

- public void set(int field, int value)：将给定的日历字段设置为给定值。其中参数 field 表示给定的日历字段，value 为给定日历字段所要设置的值。

- public final void set(int year,int month,int date)：设置日历字段 YEAR、MONTH 和 DAY_OF_MONTH 的值。保留其他日历字段以前的值。如果不需要这样做，则先调用clear()。参数 year 用来设置 YEAR 日历字段的值；month 用来设置 MONTH 日历字段的值。Month 值是基于 0 的。例如，0 表示 January；Date 用来设置 DAY_OF_MONTH 日历字段的值。

- public final void set(int year,int month, int date, int hourOfDay, int minute)：设置日历字段 YEAR、MONTH、DAY_OF_MONTH、HOUR_OF_DAY 和 MINUTE 的值。保留其他字段以前的值。参数 year 用来设置 YEAR 日历字段的值；month 用来设置 MONTH 日历字段的值。Month 值是基于 0 的。例如，0 表示 January；date 用来设置 DAY_OF_MONTH 日历字段的值；hourOfDay 用来设置 HOUR_OF_DAY 日历字段的值；minute 用来设置 MINUTE 日历字段的值。

- public final void set(int year,int month,int date,int hourOfDay, int minute, int second)：设置字段 YEAR、MONTH、DAY_OF_MONTH、HOUR、MINUTE 和 SECOND 的值。保留其他字段以前的值。参数 year 用来设置 YEAR 日历字段的值；month 用来设置 MONTH 日历字段的值。Month 值是基于 0 的。例如，0 表示 January；date 用来设

置 DAY_OF_MONTH 日历字段的值；hourOfDay 用来设置 HOUR_OF_DAY 日历字段的值；minute 用来设置 MINUTE 日历字段的值；second 用来设置 SECOND 日历字段的值。

常用的 get 方法有：

- public long getTimeInMillis()：返回此 Calendar 的时间值，以毫秒为单位。
- public int get(int field)：返回给定日历字段的值。

（3）修改日历字段方法。

- public abstract void add(int field,int amount)：根据日历的规则，为给定的日历字段添加或减去指定的时间量。参数 field 为日历字段；amount 表示为字段添加的日期或时间量。

例如，要从当前日历时间减去 5 天，可以通过调用以下方法做到这一点：

add(Calendar.DAY_OF_MONTH, -5)。

- public void roll(int field,int amount)：向指定日历字段添加指定（有符号的）时间量，不更改更大的字段。负的时间量意味着向下滚动。

例 5-14　输出当前日期和时间，并计算 1969 年 11 月 6 日到今天 2009 年 4 月 6 日之间共有多少天？

```java
import java.io.*;
import java.util.*;
public class CalendarTest{
    public static void main(String args[]){
        Calendar calendar=Calendar.getInstance();
        calendar.setTime(new Date());
        int year=calendar.get(Calendar.YEAR),
        month=calendar.get(Calendar.MONTH)+1,
        day=calendar.get(Calendar.DAY_OF_MONTH),
        week=calendar.get(Calendar.DAY_OF_WEEK)-1,
        hour=calendar.get(Calendar.HOUR),
        minute=calendar.get(Calendar.MINUTE),
        second=calendar.get(Calendar.SECOND);
        System.out.println("现在日期是："+year+"年"+month+"月"+day+"日 星期"+week);
        System.out.println("    时间为："+hour+"时"+minute+"分"+second+"秒");
        calendar.set(1969,11,6);
        long time69116=calendar.getTimeInMillis();
        calendar.set(2009,4,6);
        long time0946=calendar.getTimeInMillis();
        System.out.println("1969 年 11 月 6 日 到 2009 年 4 月 6 日相隔：
        "+(time0946-time69116)/1000/60/60/24+"天");
    }
}
```

程序运行结果为：

现在日期是：2009 年 4 月 6 日 星期 1

　　时间为：10 时 46 分 44 秒

1969 年 11 月 6 日 到 2009 年 4 月 6 日 相隔：14396 天

例 5-15　输出 2009 年 4 月日历。

```
import java.io.*;
import java.util.*;
public class CalendarTest{
    public static void main(String args[]){
        Calendar calendar=Calendar.getInstance();
        System.out.println("------"+calendar.get(Calendar.YEAR)+"年"+
                calendar.get(Calendar.MONTH)+"月------");
        System.out.println("");
        System.out.println(" 日 一 二 三 四 五 六");
        calendar.set(2009,4,6,9,50,22);
        int weekday=calendar.get(Calendar.DAY_OF_WEEK)-1;
        String days[]=new String[weekday+30];
        for(int i=0;i<weekday;i++)
            days[i]=String.valueOf(32-weekday+i);
        for(int i=1;i<=30;i++){
            if(i<10)   days[weekday+i-1]=" "+String.valueOf(i);
            else   days[weekday+i-1]=String.valueOf(i);
        }
        for(int i=0;i<days.length;i++) {
            if(i%7==0) System.out.println("");
            System.out.print(" "+days[i]);
        }
    }
}
```

本章小结

　　本章主要介绍了 Java 的重要特性：继承、接口以及多态机制。继承是类之间的一般与特殊关系，子类继承父类，子类获得父类的全部属性和行为，然后在此基础上，可以新增特性。接口是面向对象的一个重要机制，使用接口可以实现多继承的功能。接口中的所有方法都是抽象的，这些抽象方法由实现这一接口的不同类来具体实现。多态性是指不同类型的对象可以响应相同的消息。包是一种将相关类、接口或其他包组织起来的集合体。目的是为了将包含类代码的文件组织起来，易于查找和使用。最后介绍了 Java 的类库、常见的包和主要的类。

习题 5

一、选择题

1. Java 语言的类间的继承关系是（　　）。

　　A．多继承　　　　B．单继承　　　　C．线程的　　　　D．不能继承

2. 定义包使用的关键字是（　　）。

　　A．import　　　　B．implements　　　C．package　　　　D．extends

3．以下（　　）是接口的正确定义。

A．interface　B1{
　　void print(){} ;
　　}

B．abstract　interface　B1{
　　void print() ;
　　}

C．abstract interface B1 extends　A1,A2 {
　　/A1、A2 为已定义的接口
　　abstract　void　print(){　};
　　}

D．interface　B1 {
　　void　print();
　　}

4．下列叙述中，错误的是（　　）。

A．父类不能替代子类
B．子类能够替代父类
C．子类继承父类
D．父类包含子类

5．下列类定义中（　　）是合法的抽象类定义。

A．class A{abstract void fun1();}

B．abstract A{ abstract void fun1();}

C．class abstract A{abstract void fun1();}

D．abstract class A{ abstract void fun1();}

E．abstract class A{ abstract void fun1(){};}

F．abstract class A{void fun1(){};}

6．定义接口使用的关键字是（　　）。

A．public　　　　　B．implements　　　C．package　　　　　D．interface

7．如果在子类中需要调用父类带参数的构造方法，可通过 super 调用所需的父类构造方法，且该语句必须作为父类构造方法中的（　　）。

A．第一条语句
B．第二条语句
C．倒数第二条语句
D．最后一条语句

8．在子类中重写父类的方法的过程称为（　　）。

A．方法重载
B．方法重用
C．方法覆盖
D．方法继承

二、填空题

1．_____是一种软件重用形式，在这种形式中，新类获得现有类的数据和方法，并可增加新的功能。

2．Java 程序中定义接口所使用的关键字是_____，接口中的属性都是_____，接口中的方法都是_____。

3．_____是 Java 程序中所有类的直接或间接父类，也是类库中所有类的父类。

4．Java 程序引入接口的概念，是为了弥补只允许类的_____的缺憾。

5．在 Java 程序中，把关键字_____加到方法名称的前面，来实现子类调用父类的方法。

6．Java 语言通过接口支持_____继承，使类继承具有更灵活的扩展性。

7．接口是一种只含有抽象方法或_____的一种特殊抽象类。

8．接口中的成员只有静态常量和_____。

三、简答题

1．什么是继承？什么是基类和子类？

2．什么是数据成员的隐藏？什么是方法的重写？

3．基类对象与子类对象相互转换的条件是什么？如何实现它们之间的相互转换？

4．什么是接口？接口的功能是什么？接口与类有何异同？

5．如何定义接口？使用什么关键字？

6．一个类如何实现接口？实现接口的类是否一定要重写该接口中的所有抽象方法？

7．什么是包？如何创建包？如何引用包中的类？

四、编程题

1．编写一个完整的 Java Application 程序，包括 ShapeArea 接口、MyTriangle 类、Test 类，具体要求如下：

（1）接口 ShapeArea：

double getArea()：求一个形状的面积。

double getPerimeter ()：求一个形状的周长。

（2）类 MyTriangle：实现 ShapeArea 接口，另有以下属性和方法：

1）属性。

x,y,z：double 型，表示三角形的三条边。

s：周长的 1/2（注：求三角形面积公式为 $\sqrt{s(s-x)(s-y)(s-z)}$，s=(x+y+z)/2，开方可用 Math.sqrt(double)方法）。

2）方法。

MyTriangle(double x, double y, double z)：构造函数，给三条边和 s 赋初值。

toString()：输出矩形的描述信息，如 "three sides:6.0,8.0,10.0,perimeter=24.0,area=24.0"。

（3）Test 类作为主类要完成测试功能：

1）生成 MyTriangle 对象。

2）调用对象的 toString 方法，输出对象的描述信息。

2．定义接口 Shape 及其抽象方法 getArea()和 getPerimeter()用于计算图形的面积和周长。定义类 Rectangle（矩形）、类 Circle（圆形）和类 Triangle（三角形）继承类 Coordinates（点）并实现接口的抽象方法。

3．编写一个程序，用来根据租用汽车的大小来支付一天的租金：汽车的规格有：大、中、小及实际大小。添加一个需要汽车大小的构造方法。添加一个用于添加汽车电话选项的子类。编写一个使用这些类的程序。

4．编写一个程序，用来计算某项物品的价格。添加一个需要数量、物品名称和物品的构造方法。添加一个子类以便根据定购的数量提供折扣。编写一个使用这些类的程序。

5．编写一个命名为 UserLoan 的程序，该程序使用命名为 Loan 的抽象类和多个子类，用来显示不同类型的贷款和每月的花费（家庭、汽车等项）。在每个具有合适参数的类中使用构造方法。添加获取和设置方法，其中至少有一个方法是抽象的。提示用户输入显示的类型，然后创建合适的对象。还要创建一个接口，该接口至少有一个用于子类的方法。

6．设计程序要求实现：

（1）抽象类的定义。

（2）定义子类并继承抽象类，实现其抽象方法。

（3）终极类的使用。

（4）静态成员的使用。

第 6 章　数组和集合

本章主要讲解 Java 语言中数组的应用。数组是具有相同数据类型的一系列数据元素的集合，按顺序组成线性表。数组元素可以通过数组名和元素在数组中的相对位置即下标来引用。数组按照维数可以分为一维数组和多维数组。向量元素的个数可以动态地发生变化。利用哈希表可以提高访问和查找元素的效率。

- 一维数组的定义和使用
- 二维数组的定义和使用
- 数组常用方法的使用
- 向量和哈希表的使用

6.1　数组

数组是具有相同数据类型的元素按顺序组成的一种集合，在 Java 中是把它当作对象来实现的。数组元素在内存中连续存储，存储示意图如图 6-1 所示。数组对象所包含元素的个数称作数组的长度，使用 length 属性表示。当数组对象被创建以后，数组的长度就固定不再发生变化了。数组元素的类型可以是任何数据类型，当数组元素类型仍然为数组类型时，此时就构成了多维数组。下面分别介绍一维数组和多维数组的声明、初始化和使用。

length 属性	数组元素个数:n
0	元素 0
1	元素 1
…	
n-1	元素 n-1

图 6-1　数组元素内存分配示意图

6.2　一维数组

6.2.1　一维数组的声明

同其他类型的变量一样，在使用数组之前必须先进行声明。一维数组的声明格式为：

　　　　数组类型　　数组名[]
或
　　　　数组类型　　[]数组名

　　其中，数组类型为数组元素的数据类型，可以为 Java 中的任何数据类型，包括简单类型和复合类型。数组名必须为 Java 的合法标识符。"[]" 指明该变量是一个数组类型的变量，而不是简单类型变量。它既可以放到数组名的后面，也可以放到数组名的前面。例如：

```
int  a[];
```
或
```
int []a;
```

　　以上两种定义方式效果完全一样，即声明了一个数组 a，数组中的每个元素都为整型。

　　从上面的定义可以看出，数组定义时没有指定数组的长度，系统没有为数组元素分配内存空间，因此数组元素不能立即被访问。如果此时调用数组中的任意一个元素，例如：

```
a[0]=3;
```

编译器将提示如下错误信息：

```
variable a might not have been initialized
```

所以，在数组声明之后要为数组分配空间，格式为：

　　　　数组名=new 数组类型[数组长度];

　　其中，数组长度为数组元素的个数。例如：

```
a=new int[10];
```

为整型数组 a 分配 10 个整型数据所占的内存空间。也可以将数组定义和分配数组空间的语句合并在一起，例如：

```
int a[]=new int[10] ;
```

6.2.2　一维数组的初始化

　　数组使用 new 分配空间时，数组中的每个元素会自动赋一个默认值，如整型为 0，实数型为 0.0，布尔型为 false，字符型为 '\0' 等。

　　但实际操作中，并不使用这些默认值，需要对数组重新进行初始化。例如：

```
a[0]=1;
a[1]=2;
…
```

也可以在数组声明的时候为数组初始化，例如：

```
int a[]={10,20,30};
```

上面代码等同于：

```
int a[]=new int[3];
a[0]=10;
a[1]=20;
a[2]=30;
```

6.2.3　一维数组的引用

　　为数组分配空间后，就可以访问数组中的每一个元素了，数组的引用格式为：

　　　　数组名[下标]

　　其中，数组下标可以为整型常量或表达式，例如 a[2]，a[i]，a[i+1]（i 为整型）。数组下标从 0 开始，例如前面定义的数组 a：

```
int a[]=new int[10];
```

数组下标为从 0 到 9。如果调用了 a[10]，程序运行时将提示错误：

```
java.lang.ArrayIndexOutOfBoundsException
```

创建数组之后不能改变数组的长度。使用数组的 length 属性可以获取数组长度，它的使用方法如下：

```
数组名.length
```

例如，上面定义的数组：

```
int a[]=new int[10];
```

可以使用

```
a.length
```

表示数组 a 的长度 10。

例 6-1 对一维数组进行求最大值、求和、排序操作。

```
//   一维数组应用程序举例：求最大值、求和、排序
class UseArray{
    public static void main(String args[]){
        int i,j,max,sum,temp;
        int a[]={3,5,2,1,4};            //定义数组，为其初始化
        //求数组最大值，初始值为 a[0]
                max=a[0];
        for(i=1;i<a.length;i++)
                        if(a[i]>max)   max=a[i];
        System.out.println("数组最大值为"+max);
        //求数组的和
        sum=0;
        for(i=0;i<a.length;i++)     sum+=a[i];
        System.out.println("数组的和为"+sum);
        //对数组排序（升序）
        for(i=0;i<a.length-1;i++)
                for(j=i+1;j<a.length;j++)
                    if(a[i]>a[j]){
                            temp=a[i];   a[i]=a[j];   a[j]=temp;
                    }
        //输出排序之后的数组
        …
        }
    }
```

程序运行结果为：

```
数组最大值为 5
数组的和为 15
数组排序之后的结果为
a[0]=1
a[1]=2
a[2]=3
a[3]=4
a[4]=5
```

例 6-2 求 Fibonacci 数列的前 20 个数字存入数组中，并以每行 5 个的形式输出。

```
//  一维数组应用程序举例：输出 Fibonacci 数列
class useFib{
    public static void main(String args[]){
        int[] fib=new int[20];      int i;
        fib[0]=1;     fib[1]=1;
        for(i=2;i<20;i++)     fib[i]=fib[i-1]+fib[i-2];
        System.out.print("Fibonacci 数列的前 20 个数为：");
        for(i=0;i<20;i++){
            if(i%5==0)System.out.println();
                System.out.print(fib[i]+"\t");
        }
    }
}
```

程序运行结果为：

Fibonacci 数列的前 20 个数为：

1	1	2	3	5
8	13	21	34	55
89	144	233	377	610
987	1597	2584	4181	6765

6.3　多维数组

和其他很多语言一样，Java 也支持多维数组。在 Java 语言中，多维数组被看作数组的数组。例如，二维数组为一个特殊的一维数组，其每个元素又是一个一维数组。以下主要以二维数组为例进行介绍，其他更高维的数组的情况都是类似的。

6.3.1　二维数组的声明

二维数组的声明格式为：

　　数组类型　　数组名[][]

或

　　数组类型[][]　　数组名

或

　　数组类型[]　　数组名[]

其中，数组类型为数组元素的数据类型，数组名为 Java 标识符。

例如：

　　　　int a[][];

　　　　或 int [][] a;

　　　　或 int [] a[];

与一维数组的定义一样，这时并没有为数组元素分配内存空间，还不能调用数组元素。需要使用 new 运算符来为数组分配空间。

对于二维数组，分配内存空间有下面两种方法：

（1）直接为每一维分配空间，例如：

　　int a[][]=new int[3][2];

这条语句创建了一个 3 行 2 列的二维数组 a，图 6-2 为数组存储的示意图。

a[0][0]	a[0][1]
a[1][0]	a[1][1]
a[2][0]	a[2][0]

图 6-2　直接为每一维分配空间示意图

（2）高维开始，分别为每一维分配空间，例如：

```
int a[ ][ ]=new int[3][];
a[0]=new int[2];
a[1]=new int[3];
a[2]=new int[4];
```

上面的语句，先为二维数组指定最高维的长度为 3，然后分别为每一维分配空间。图 6-3 为该数组存储的示意图。

a[0][0]	a[0][1]		
a[1][0]	a[1][1]	a[1][2]	
a[2][0]	a[2][1]	a[2][2]	a[2][3]

图 6-3　分别为每一维分配空间示意图

6.3.2　二维数组的初始化

为数组分配完空间后，需要对数组进行初始化，可以直接为数组元素赋值，例如：

```
int a[][]=new int[2][2];
a[0][0]=1;
a[0][1]=2;
a[1][0]=3;
a[1][1]=4;
```

也可以在数组声明的时候为数组初始化，例如上面的语句也可以写成：

```
int a[][]={{1,2},{3,4}};
```

又例如：

```
int a[][]={{1},{2,3},{4,5,6}};
```

数组初始化的结果如图 6-4 所示。

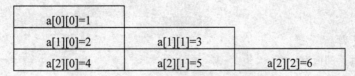

a[0][0]=1		
a[1][0]=2	a[1][1]=3	
a[2][0]=4	a[2][1]=5	a[2][2]=6

图 6-4　二维数组初始化结果

例 6-3　初始化二维数组，输出数组长度和每个元素的值。

```
// 输出二维数组长度和每个元素的值
class ArrayInit{
    public static void main(String args[]){
        int a[][]={{12,34},{-5},{3,5,7}};
        int i,j;
```

```
System.out.println("二维数组 a 的长度为："+a.length);
for(i=0;i<a.length;i++){
        System.out.println("a["+i+"]的长度为："+a[i].length);
        for(j=0;j<a[i].length;j++)
                System.out.print("a["+i+"]["+j+"]="+a[i][j]+"\t");
        System.out.println();
    }
  }
}
```

6.3.3　二维数组的引用

对于二维数组中的元素，其引用格式为：

数组名[下标 2][下标 1]

其中，下标 1，下标 2 分别表示二维数组的第一、二维下标，同一维数组一样，可以为整型常量和表达式，并且数组下标都从 0 开始。

例 6-4　二维数组转置。

```
// 对二维数组进行转置
class ArrayReverse {
    public static void main(String args[]){
        int a[][]={{1,2,3},{4,5,6},{7,8,9},{10,11,12}};
        int b[][]=new int[3][4];
        int i,j;
        //输出数组 a 的值
        …
        for(i=0;i<4;i++)
                for(j=0;j<3;j++)
                        b[j][i]=a[i][j];
        System.out.println("数组 b 各元素的值为：");
        //输出数组 b 的值
        …
    }
  }
}
```

程序运行结果为：

数组 a 各元素的值为：

1	2	3
4	5	6
7	8	9
10	11	12

数组 b 各元素的值为：

1	4	7	10
2	5	8	11
3	6	9	12

6.4 数组的常用方法

Java 语言提供了一些对数组进行操作的类和方法。使用这些系统定义的方法，可以很方便地对数组进行操作。

1. System 类中的静态方法 arraycopy()

系统类 System 中的静态方法 arraycopy()可以用来复制数组，其格式为：

```
public static void arraycopy(Object src,int src_pos, Object dst,int dst_pos,int length)
```

其中，src 为源数组名，src_pos 为源数组的起始位置，dst 为目标数组名，dst_pos 为目标数组的起始位置，length 为复制的长度。

例 6-5　使用 arraycopy()方法复制数组。

```
//  使用 arraycopy()方法复制数组
class UseArrayCopy{
    public static void main(String args[]){
        int a[]={1,2,3,4,5,6,7};
        int b[]=new int[6];
        System.arraycopy(a,1,b,2,3);
        …         //输出数组值
    }
}
```

程序运行结果为：

```
0   0   2   3   4   0
```

2. Arrays 类中的方法

在 java.util.Arrays 类中提供了一系列数组操作的方法，下面介绍其中的最常用的两个，其他方法请参阅 J2SDK 的说明文档。

（1）排序方法 sort。

sort 方法实现对数组的递增排序，其格式为：

```
public static void sort(Object[] arrayname)
```

其中 arrayname 为要排序的数组名。

例 6-6　使用 sort 方法排序。

```
//  使用 sort ()方法对数组元素排序
import java.util.*;
class ArraySort{
    public static void main(String args[]){
        int a[]={7,5,2,6,3};
        Arrays.sort(a);
        …         //输出数组值
    }
}
```

程序运行结果为：

```
2   3   5   6   7
```

sort 方法存在重载，其格式为：

```
public static void sort(Object[] arrayname,int fromindex,int toindex)
```
其中，fromindex 和 toindex 为进行排序的起始位置和结束位置。

注意：排序范围为从 fromindex 到 toindex-1。

例如，把上面例题中的 Arrays.sort(a);改为：Arrays.sort(a,1,4);程序运行结果为：

   7   2   5   6   3

（2）查找方法 binarySearch()。

该方法的作用是对已排序的数组进行二分法查找，其格式为：

```
public static int binarySearch(Object[] a,Object key)
```
其中，a 为已排序好的数组，key 为要查找的数据。如果找到，返回值为该元素在数组中的位置；如没有找到，返回一个负数。

例 6-7　使用 binarySearch()方法在数组中查找元素。

```
//使用 binarySearch()方法查找数组元素
import java.util.*;
class ArraySearch{
    public static void main(String args[]){
        int a[]={2,4,5,7,9};
        int key,pos;
        key=5;
        pos=Arrays.binarySearch(a,key);
        if(pos<0)    System.out.println("元素"+key+"在数组中不存在。");
        else    System.out.println("元素"+key+"在数组中的位置为"+pos);
    }
}
```
程序运行结果为：

   元素 5 在数组中的位置为 2

如果把例 6-7 中的

   key=5;

改为：

   key=6

程序运行结果为：

   元素 6 在数组中不存在。

在 Java 中还定义了其他数组操作的类和方法，这里不再赘述。

6.5　集合

6.5.1　集合概述

集合表示一组对象，这些对象也称为集合的元素。在 Java 2 中有很多与集合有关的接口和类，它们被组织在以 Collection 接口为根的层次结构中，如图 6-5 所示。

Collection 接口及其类层次，包括四个接口、四个抽象类及六个具体类。这些接口及类都在 java.util 包中。

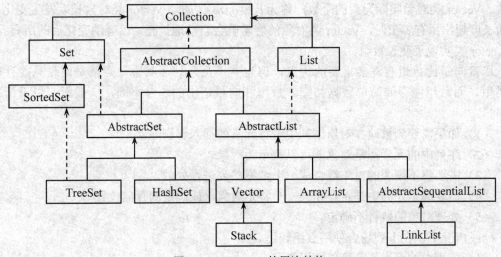

图 6-5　Collection 的层次结构

在 Collection 接口中声明了很多的抽象方法，其所有可用的子类都可以使用。这些方法有：

- int size()：返回此集合中的元素数。如果此集合中包含多个 Integer.MAX_VALUE 元素，则返回 Integer.MAX_VALUE。
- boolean isEmpty()：如果此集合中不包含元素，则返回 true。
- boolean contains(Object obj)：如果此集合中包含指定的元素，则返回 true。
- boolean containsAll(Collection c)：如果此集合包含指定参数集合中的所有元素，则返回 true。
- Object[] toArray()：返回包含此 collection 中所有元素的数组。
- boolean add(E obj)：将给定的参数对象增加到集合对象中，返回 true。如果此集合不允许有重复元素，并且已经包含了指定的元素，则返回 false。
- boolean addAll(Collection c)：将指定集合中的所有元素都添加到此接受的集合中。
- boolean remove(Object obj)：从此集合中移除指定元素，如果此集合包含一个或多个元素，则移除所有这样的元素，返回 true。
- removeAll(Collection c)：移除此集合中那些也包含在指定参数集合中的所有元素。
- boolean retainAll(Collection c)：仅保留此集合中那些也包含在指定参数集合中的元素。换句话说，移除此集合中未包含在指定参数中的所有元素。
- void clear()：移除此集合中的所有元素。此方法返回后，除非抛出一个异常，否则集合将为空。

6.5.2　向量（Vector 类）

1．向量和数组

向量（Vector 类）是 java.util 包中的一个工具，它对应于类似数组的顺序存储的数据结构，但比数组的功能更强大。向量（Vector 类）实现的基本原理是预先分配一定的存储空间，然后再添加或设置元素值。Vector 类对象的存储空间的大小称为容量（capacity），单位为元素的个数。Vector 类对象实际元素的个数，称为长度(size)。如果 Vector 类对象长度发生变化，当新的长度超出原有容量时，Vector 类对象的容量就会自动地扩充，以容纳变化后的所有元素，即 Vector 类实现了变长数组。

尽管向量比数组有许多重要的优点，但也有不足之处，其中一点就是向量只能存储引用类型，而数组能存储简单数据类型。数组和向量适用的场合不同，一般而言以下情况适用向量：

（1）如果需要频繁地在对象序列中进行元素的插入和删除。

（2）序列中的元素都是对象或可以表示为对象。

（3）需要将不同类的对象组合成一个数据序列进行处理。

（4）需要确定序列中是否存在某一个特定对象，或确定的存储位置。

（5）处理对象的数目不确定。

一般情况下，在下列场合使用数组较适合：

（1）序列中的元素都是简单数据类型。

（2）所需处理元素的数目较固定，插入、删除和查找操作较少。

2．创建 Vector 类对象

要使用向量，必须创建 Vector 类实例，通过构造方法实现。Vector 类有三个构造方法：

（1）public Vector()：创建一个空向量，初始容量为 10，增量为 0。

（2）public Vector(int capacity)：用给定的容量参数，创建一个空向量，增量为 0。

（3）public Vector(int capacity, int capacityIncrement)：用给定的容量和增量参数，创建一个空向量。如果增量参数为 0，则每次容量扩充时，都将增加一倍大小。

例如：

```
Vector myVector=new Vector(0, 10);
```

这个语句创建 myVector 向量序列，初始空间为 50 个元素。一旦空间用尽，则以 10 为单位递增。在创建 Vector 序列时不需要指明元素的类型，可以在使用时再确定。

除构造方法外，向量类还提供了 3 个属性变量：

（1）protected int capacityIncrement：当向量容量不足时，所用的增量大小。

（2）protected int elementCount：向量中元素的个数，即向量长度。

（3）protected Object elementData[ ]：向量数据序列所用的缓冲区。

3．增加元素

向向量中增加元素常用的方法有：

- public void add(Object obj)：将给定的参数对象 obj 加入到对象序列中的最后。
- public void addElement(Object obj)：将给定的参数对象 obj 加入到对象序列中的最后，功能完全等同于 add 方法。
- public void insertElementAt(Object obj, int index)：将给定的参数对象 obj 加入到对象序列中的 index 位置（0 为第一个位置）。把 index 位置之后的所有元素向后移动。

例如：

```
Vector nameVector=new Vector(10);        //创建初始容量为 10 的向量对象 nameVector
nameVector.add("Jack");                  //将字符串"Jack"添加到 nameVector 下标为 0 的位置
nameVector.addElement("Tom");            //将字符串"Tom"添加到 nameVector 下标为 1 的位置
```

| nameVector.add("Rose"); | //将字符串"Rose"添加到 nameVector 下标为 2 的位置 |
| nameVector. insertElementAt("Smith", 3); | //将字符串"Smith"添加到 nameVector 下标为 3 的位置 |

4．查找元素

Vector 类提供了多个查找元素的方法，常用的方法有：

- public Object elementAt(int index)：返回位置为 index 的元素。返回值类型为 Object 类型，可以将该类型转换为其他类型的对象。
- public Object firstElement()：返回向量中下标为 0 的元素。
- public Object lastElement()：返回向量中最后位置的元素。
- public boolean contains(Object obj)：查找向量中是否包含内容为 obj 的元素，如果包含，则返回 true，否则，返回 false。
- public int indexof(Object obj)：查找向量中是否包含内容为 obj 的元素，如果包含，则返回其位置，否则，返回一个负数。
- public int indexof(Object obj, int index)：从 index 位置开始查找向量中是否包含内容为 obj 的元素，如果包含，则返回其位置，否则，返回一个负数。

例如：对于上面创建的 nameVector。

String n1=(String)nameVector.elementAt(0);	//查找 0 位置元素内容，存于 n1 中
String n2=(String)nameVector.elementAt(1);	//查找 1 位置元素内容，存于 n2 中
String n3=(String)nameVector.firstElement();	//查找 0 位置元素内容，存于 n3 中
String n4=(String)nameVector lastElement();	//查找最后一个元素内容，存于 n4 中
boolean b= nameVector. contains("Rose");	//查找内容为"Rose"的元素，存在返回 true
int m= nameVector. Indexof("Smith");	//查找内容为" Smith "的元素，返回其位置 3

5．修改或删除元素

修改或删除向量中元素常用的方法有：

- public void setElementAt(Object obj, int index)：将对象序列中的 index 位置（0 为第一个位置）的元素设置为对象 obj，如果原来位置有元素则被覆盖。
- public void removeElementAt(int index)：将对象序列中的 index 位置（0 为第一个位置）的元素删除，同时后面的元素前移。
- public void removeElement(Object obj)：删除对象序列中内容为 obj 的对象元素，同时后面的元素前移。
- public void removeAllElements()：删除对象序列中所有对象元素。

例如：对于前面创建的 nameVector。

nameVector. setElementAt("Charlie"，2);	//把"Rose"改为"Charlie"
nameVector. removeElementAt(0);	//把"Jack"删除
nameVector. removeElement("Charlie");	//把 Charlie 删除
nameVector. removeAllElements();	//删除所有元素，清空向量

6．其他相关操作

下面介绍向量常用的其他相关操作和对应的方法：

- public int size()：该方法用于确定向量的长度。
- public int capacity()：该方法用于确定向量的容量。
- public void setSize(int newsize)：该方法用于设置向量的长度。如果原来向量的长度等于所要设置的长度 newsize，则向量对象不发生变化。如果原来向量的长度小于

newsize，则在向量对象的末尾添加上 null 元素，使得向量对象的新长度为 newsize。当新长度超出原有容量时，向量对象的容量将自动扩充。如果原来向量对象的长度大于 newsize，则删除在向量对象末尾的一些元素，使得向量的长度变为 newsize。

- public boolean isEmpty()：如果向量为空，则返回 true，否则，返回 false。
- public void copyInto(Object array[ ])：该方法用于把向量元素拷贝到数组 array 中。
- public void trimToSize()：该方法用于减少向量容量方式使得对象的容量与长度相等。

例如：

```
Vector nameVector=new Vector(10);     //创建初始容量为 10 的向量对象 nameVector
nameVector.setSize(20);               //将 nameVector 的长度改为 20
int c= nameVector. capacity();        //获取 nameVector 的容量，c 为 20
int sz= nameVector. size();           //获取 nameVector 的长度，sz 为 20
int b= nameVector. isEmpty();         //判断是否为空，此处返回 false
nameVector.add("Jack");               //将字符创"Jack"添加到 nameVector 下标为 20 的位置，
                                      //此时容量为 40，长度为 21
nameVector. trimToSize();             //收缩容量与长度相等，此时都为 21
String s[];                           //定义字符串数组
s=new String(21);
nameVector. copyInto(s);              //将向量拷贝到字符串数组 s 中
```

6.5.3　哈希表

1．哈希表概述

哈希表也称为散列表，它的基本思想是在数列中元素的关键字与该元素的存储位置之间建立一种对应关系，这种对应关系称为哈希函数或散列函数。由哈希函数计算出来的数值称为哈希码。

哈希表的存储空间的大小称为哈希表的容量（capacity）。如果需要在同一个哈希表中存放对应同一个哈希码的不同元素，这种现象称为冲突。对于具有冲突元素的查找一般采用顺序查找的方法。为了减少冲突现象的产生，一种方法是在构造哈希函数时尽量使得元素在哈希表中分布均匀，另一种方法是增加哈希表的容量。

一般情况下，在增加哈希表容量的同时会降低哈希表的空间利用率。哈希表的空间利用率以哈希表的加载因子（load factor）来衡量。哈希表的加载因子是哈希表的元素个数与哈希表容量的比。通常，默认加载因子（0.75）在时间和空间成本上寻求一种折衷。加载因子过高虽然减少了空间开销，但同时也增加了查找某个条目的时间。

2．创建 Hashtable 类对象

Java 语言中的 Hashtable 类实现了哈希表。主要的构造方法有：

- public Hashtable(int initialCapacity,float loadFactor)：用指定初始容量和指定加载因子构造一个新的空哈希表。
- public Hashtable(int initialCapacity)：用指定初始容量和默认的加载因子（0.75）构造一个新的空哈希表。
- public Hashtable()：用默认的初始容量（11）和加载因子（0.75）构造一个新的空哈希表。
- public　Hashtable(Map<? extends K,? extends V> t)：构造一个与给定的映射具有相同映射关系的新哈希表。

例：Hashtable<String, Integer> ht=new Hashtable<String, Integer>( );

其中，<String, Integer>用来指定哈希表元素的关键字及其值的类型。

2. Hashtable 类的主要方法

- public int size()：返回此哈希表中的键的数量。

- public boolean isEmpty()：测试此哈希表是否没有键映射到值。如果此哈希表没有将任何键映射到值，则返回 true；否则返回 false。

- public boolean contains(Object value)：测试此映射表中是否存在与指定值关联的键。此操作比 containsKey 方法的开销更大。

- public boolean containsKey(Object key)：测试指定对象是否为此哈希表中的键。当且仅当指定对象(由 equals 方法确定)是此哈希表中的键时，才返回 true；否则返回 false。

- public Enumeration <V> elements()：返回此哈希表中的值的枚举。对返回的对象使用 Enumeration 方法，以便按顺序获取这些元素。V 为哈希表中的类型参数。

- public Enumeration <K> keys()：返回此哈希表中的键的枚举。

- public V get(Object key)：返回此哈希表中指定键所映射到的值。与此哈希表中该键所映射到的值；如果该键没有映射到此哈希表中的任何值，则返回 null。

- protected void rehash()：增加此哈希表的容量并在内部对其进行重组，以便更有效地容纳和访问其元素。当哈希表中的键的数量超出哈希表的容量和加载因子时，自动调用此方法。

- public V put(K key, V value)：将指定 key 映射到此哈希表中的指定 value。键和值都不可以为 null。通过使用与原来的键相同的键调用 get 方法，可以检索相应的值。

- public V remove(Object key)：从哈希表中移除该键及其相应的值。如果该键不在哈希表中，则此方法不执行任何操作。此哈希表中与该键存在映射关系的值；如果该键没有映射关系，则返回 null。

- public void putAll(Map<? extends K,? extends V> t)：将指定 Map 的所有映射关系复制到此 Hashtable 中，这些映射关系将替换此 Hashtable 拥有的、针对当前指定 Map 中所有键的所有映射关系。

- public void clear()：将此哈希表清空，使其不包含任何键。

- public Object clone()：创建此哈希表的浅表复制。复制哈希表自身的所有结构，但不克隆它的键和值。这是一个开销相对较大的操作。

- public String toString()：返回此 Hashtable 对象的字符串表示形式，其形式为 ASCII 字符"，"（逗号加空格）分隔开的、括在括号中的一组条目。每个条目都按以下方式呈现：键，一个等号 = 和相关元素，其中 toString 方法用于将键和元素转换为字符串。

3. Hashtable 类应用

下面这个示例创建了一个数字的哈希表。它将数字的名称用作键：

```
Hashtable numbers = new Hashtable();        //创建哈希表
```

为了把对象存储到哈希表中，必须为每个对象分配一个关键字。关键字可以为任意对象，但必须实现了 hashCode()和 equal()方法。几乎 Java 提供的类都具有这两个方法。在创建好哈希表后，可以利用 put()方法把数据存放到哈希表中。

例如：

```
numbers.put("one", new Integer(1));        //通过关键字"one"，存放数字 1
numbers.put("two", new Integer(2));        //通过关键字"two"，存放数字 2
numbers.put("three", new Integer(3));      //通过关键字"three"，存放数字 3
```

要检索一个数字，可以使用以下代码：

```
Integer n = (Integer)numbers.get("two");
if (n != null) {
        System.out.println("two = " + n);
}
```

为了删除哈希表中的对象，可使用 Remove()方法。例如：

```
Numbers. Remove("two");
```

此时，对象 Integer(2)将从哈希表中删除，同时返回被删除的对象。如果指定的关键字不存在，则返回 null。

本章小结

数组是具有相同数据类型的一系列数据元素的集合，按顺序组成线性表。数组元素可以通过数组名和元素在数组中的相对位置即下标来引用。数组按照维数可以分为一维数组和多维数组。

掌握 Java 语言中对数组进行操作的一些常用类和方法。如 System 类中的静态方法 arraycopy()，Arrays 类中的排序方法 sort()和查找方法 binarySearch()等。

数组对象长度在数组创建以后就不能被改变了，如果要频繁地改动元素个数，可以使用向量类 java.util.Vector。向量提供一种内存的管理机制，可以比较有效地处理频繁修改元素个数的情形。通过哈希表可以查找元素的效率。

一、选择题

1. 执行完代码 int[] x=new int[25];后，以下说明正确的是（　　　）。

　　A．x[24]为 0　　　　　　　　　　　　B．x[24]未定义

　　C．x[25]为 0　　　　　　　　　　　　D．x[0]为空

2. 下面程序执行完毕后，a[2][3]=（　　　）。

```
int[][]a=new int[3][4];
for(int i=0;i <a.length;i++){
      for(int j=0;j <a[i].length;j++){
            a[i][j]=i+j;}
}
```

　　A．3　　　　　　　B．4　　　　　　　C．5　　　　　　　D．2

3. 应用程序的 main 方法中有以下语句，则输出的结果是（　　　）。

```
int[] x={122,33,55,678,-987};
int max=x[0];
for(int i=1;i<x.length;i++){
        if(x[i]>max)
        max=x[i];
}
System.out.println(max);
```

　　A．678　　　　　　B．122　　　　　　C．-98　　　　　　D．33

4．应用程序的 main 方法中有以下语句，则输出的结果是（　　）。

```
int b[][]={{1, 2, 3}, {4,5}, {6,7}};
int sum=0;
for(int i=0;i<b.length;i++) {
    for(int j=0;j<b[i].length;j++) {
        sum+=b[i][j];}
}
System.out.println("sum="+sum);
```

　　A．28　　　　　　B．6　　　　　　C．9　　　　　　D．13

5．有整型数组：int[] x={12,35,8,7,2}，则调用方法 Arrays.sort(x)后，数组 x 中的元素值依次是（　　）。

　　A．2　7　8　12　35　　　　　　B．12　35　8　7　2
　　C．35　12　8　7　2　　　　　　D．8　7　12　35　2

6．指出下列程序运行的结果是（　　）。

```
public class Example{
    String str=new String("good");
    char[]ch={'a','b','c'};
    public static void main(String args[]){
        Example ex=new Example();
        ex.change(ex.str,ex.ch);
        System.out.print(ex.str+" and ");
        System.out.print(ex.ch); }
    public void change(String str,char ch[]){
        str="test ok";
        h[0]='g';}
}
```

　　A．good and abc　　　　　　B．good and gbc
　　C．test ok and abc　　　　　D．test ok and gbc

7．用户可以通过（　　）类将数据作为一组键值对来存储，这些数据是根据键值进行组织的。

　　A．ArrayList　　B．Array　　　　C．HashTable　　D．List

二、填空题

1．Java 中数组的下标从_____开始。如果访问最后一个数组元素可以使用数组的_____属性来实现。

2．Java 的类_____提供了类似于数组数据结构的功能，可以动态调整自身大小。

3．如不指定容量的增加值，每次需要增加容量时，系统自动将 Vector 的大小_____。

4．向量中存放元素的类型必须是_____。

5．使用_____方法可以对数组进行排序。

三、编程题

1．从键盘上读入 10 个整数存入数组，输出最大值，最小值以及它们在数组中的位置。

2．定义一个数组，实现数组的逆序排列。

3．定义一个 2×3 的数组 a 和一个 3×4 的数组 b，再定义数组 c，使其存放矩阵 a 和 b 的乘积。

4．将下面图形的值存入数组：

```
            a
           bbb
          ccccc
         ddddddd
          ……
```

5．定义三角形数组，存放乘法表的结果。

```
        1
        2    4
        3    6    9
          ……
```

6．定义一个 2×3 的数组，使数组中的每个元素值为两个下标之积。

7．编写程序，计算输入一行文本中的元音个数。

8．编写程序，从键盘读入一系列字符串，排序后进行输出。

第 7 章　字符串处理

本章导读

本章主要讲解 String 类字符串和 StringBuffer 类字符串的表示及其基本的操作。

本章要点

- String 类字符串的定义及其基本操作
- StringBuffer 类字符串的定义及其基本操作

7.1　字符串常量

字符串在程序设计中经常用到，很多编程语言将字符串定义为基本数据类型。所谓的字符串就是指字符的序列，它是组织字符的基本数据结构，对于绝大多数的程序设计来讲都是十分重要的，尤其是与网络相关的编程。

在 C 语言中，字符串通常被作为字符数组来处理，并规定字符'\0'为字符串的结束标志（它仅是 printf()函数的识别标志，并非真正的字符数组结束）。但是在 Java 语言当中由于没有 C 语言的指针类型，对数组的处理没有 C 语言那样灵活，所以 Java 把字符串当作对象来处理，并提供了一系列的方法对字符串进行操作，使得字符串的处理更为容易，也符合面向对象编程的规范。

单个字符和常量字符串的表示方法与 C 和 C++相同，用单引号和双引号表示，例如：

'J'、'A'、'V'、'A'：分别表示字符 J、A、V、A。

"JAVA"、"Language"：分别表示字符串 JAVA、Language。

字符串是一个字符序列，可以包含字母、数字和其他符号。字符串常量可以赋给任何一个 String 对象引用，这样处理从表面上看起来和其他编程语言没有太大的差别，但是实际上存在着较大的差异。Java 中的字符串常量始终都是以对象的形式出现的，也就是说，每个字符串常量对应一个 String 类的对象。

那么在 Java 中，为什么将字符串定义为类呢？

首先，为了保证在任何系统平台上字符串本身以及对字符串的操作是一致的，尤其是对于网络环境，这一点是至关重要的。其次，String 和 StringBuffer 经过了精心的设计，其功能是可以预见的。为此，二者都被说明为最终类，不能派生子类，以防用户修改其功能。最后，String 和 StringBuffer 对象在运行时要经历严格的边界条件检验，它们可以自动捕获异常，提高了程序的健壮性。

下面就对 String 和 StringBuffer 类分别进行介绍。

7.2 String 类字符串

7.2.1 String 类字符串的定义

String 类是用来表示字符串常量的，用它创建的每个对象都是字符串常量，一经建立便不能修改。以前创建对象通常使用的格式为：

    类型名　　对象名=new　类型名([初始化值]);

Java 编译器自动为每个字符串常量生成一个 String 类的实例，所以可以用字符串常量直接初始化一个 String 对象，格式如下：

    String　字符串常量名=初始化值;

例如：

    String　str="Hello Java! ";<=>String　str=new　String("Hello Java! ");

String 类提供了很多方法，每个字符串常量对应一个 String 类的对象，所以一个字符串常量可以直接调用 String 类中提供的方法，例如：

    int　len;
    len="Java Applet! ".length();

将返回字符串中字符的个数 12，即字符串的长度。

创建 String 类对象的构造方法列举如下：

- String str=new String()：生成一个空串（这是一个无参数的构造方法）。
- String(String value)：用已知串 value 创建一个字符串对象。
- String(char chars[])：用字符数组 chars 创建一个字符串对象。
- String(char chars[],int startIndex,int numchars)：从字符数组 chars 中的位置 startIndex 起，numchars 个字符组成的字符串对象。
- String(byte ascii[],int hiByte)：用字符数组 ASCII 创建一个字符串对象，hiByte 为 Unicode 字符的高位字节。对于 ASCII 码来说为 0，其他非拉丁字符集为非 0。
- String(byte ascii[],int hiByte,int startIndex,int numchars)：其作用和参数意义同上。

注意：上述后两种构造方法不推荐使用，因为它们不能完全把字节数组转化为字符串。关于这一点读者可以自己在实践中加以体会。

例 7-1 类 String 构造方法的使用举例。

    char　chars1[]={'a', 'b', 'c'};
    char　chars2[]={'a', 'b', 'c', 'd', 'e'};
    String　s1=new　String();
    String　s2=new　String(chars1);
    String　s3=new　String(chars2,0,3);
    byte　ascii1[]={97,98,99};
    byte　ascii2[]={97,98,99,100,101};
    String　s4=new　String(ascii1,0);
    String　s5=new　String(ascii2,0,0,3);

7.2.2 String 类字符串的基本操作

访问字符串要得到字符串中的某些信息，包括长度、指定位置字符或子串等，都要用类中提供的方法实现。类 String 中提供的访问 String 字符串的方法很多，大体上分为求长度、比较、获取子字符串、修改、类转换等几类。

1. String 类字符串的长度

public int length()可返回 String 类字符串对象的长度。例如：

```
String s="欢迎使用 Java 语言！";
int len=s.length();          //len 的值为 11
```

注意：Java 采用 Unicode 编码，每个字符为 16 位，因此汉字和其他符号一样占用两个字节。另外，字符串的 length()方法和表示一个数组长度的 length 是不一样的，后者是一个实例变量。

2. String 类字符串的比较

（1）boolean equals(Object obj)和 equalsIgnoreCase(String str)。

这两个方法都用来比较两个字符串的值是否相等，不同之处在于后者是忽略大小写的。例如：

```
System.out.println("Java".equals("Java"));          //输出的值应为 true
System.out.println("Java".equalsIgnoreCase("JAVA"));  //输出的值应为 true
```

注意该方法与运算符"=="区别：运算符"=="比较两个字符串对象是否引用同一个实例；而 equals()和 equalsIgnoreCase()则比较两个字符串中对应的每个字符值是否相同。在简单情况下，运算符"=="对 String 的处理与对原语言的处理一样。但是这种用法并非是语言规格的一部分，而是与编译器相关的，在有些时候可能不起作用。为了避免出现令人烦恼而又难查的错误，请使用方法 equals()和 equalsIgnoreCase()。下面看一个具体实例：

```
String  s1="abc";
String  s2="abc";
String  s3=new String("abc");
String  s4=new String("abc");
System.out.println(s1==s2);              //输出为 true
System.out.println(s3==s4);              //输出为 false
System.out.println("abc"=="abc");        //输出为 true
```

请读者自行思考得出此结果的原因。

（2）int compareTo(String str)。

比较两个字符串的大小，若调用方法的串比参数串大，则返回正整数；反之则返回负整数；若两串相等则返回 0。

注意：若比较的两个串各个位置的字符都相同，仅长度不同，则方法的返回值为二者长度之差。例如：

```
System.out.println("Java".compareTo("JavaApplet"));     //输出为-6
```

若比较的两个字符串有不同的字符，则从左边起的第一个不同字符的 Unicode 码值之差即两个字符串比较大小的结果。例如：

```
System.out.println("those".compareTo("these"));         //输出为 10
```

（3）boolean startWith(String prefix)和 boolean endWith(String suffix)。

判断当前字符串是否以某些前缀开头或者以某些后缀结尾。比如知道每一地区的电话号码都是以一些特定数字串开始，如果想要区分不同地区的电话号码，则可用如下的语句：

```
String   phone=User.getPhone();              //假设 User 为用户对象
if(phone.startWith(specialNum)) {            //specialNum 为一特定的号码串
  …                                          //相关的操作
}
```

这两个方法均有重载：

```
boolean startWith(String prefix,int offset)
boolean endWith(String suffix,int offset)
```

在重载的方法中可以指定比较的开始位置 offset。

（4）boolean regionMatches(int toffset,String other,int ooffset,int len)和 boolean regionMatches (boolean ignoreCase,int toffset,String other,int ooffset, int len)。

这两个方法都是用来比较两个字符串中指定区域的子串是否相同。不同之处在于后者是区分大小写的，而前者则不然。

toffset 和 ooffset 指当前调用串与参数串要比较的子串的起始位置，len 指明要比较的长度。

3. String 类字符串的检索和子串

（1）char charAt(int index)。

该方法的功能是返回给定位置的字符。index 的取值范围从 0 到串长度减 1。例如：

```
System.out.println("JavaApplet".charAt(4));              //输出为 A
```

（2）int indexOf(int ch)和 lastIndexOf(int ch)。

方法 indexOf()有重载，如下：

```
int indexOf(int ch,int fromIndex)
int indexOf(String str)
int indexOf(String str,int fromIndex)
```

该方法的功能是返回字符串对象中指定位置的字符或子串首次出现的位置，从串对象开始处或从 fromIndex 处开始查找，若未找到，则返回-1。

方法 lastIndexOf()有重载，如下：

```
int lastIndexOf(int ch, int fromIndex)
int lastIndexOf(String str)
int lastIndexOf(String str,int fromIndex)
```

该方法的功能是返回字符串对象中指定位置的字符或子串最后一次出现的位置。也可以说是从右端开始查找的首次出现的位置。

（3）String substring(int beginIndex)和 substring(int beginIndex, int endIndex)。

该方法的功能是返回子字符串。前者是从 beginIndex 处开始到串尾；后者从 beginIndex 处开始到 endIndex-1 处为止的子字符串，子串长度为 endIndex-beginIndex。

例 7-2   类 String 方法 indexOf()、lastIndexOf()和 substring()的应用举例。

```
String   str="I like Java Programming!";
int i1=str.indexOf('J');
String s1=str.substring(i1);
String s2=str.substring(i1,i1+4);
int i2=str.lastIndexOf('J');
String s3=str.substring(i2+5);
System.out.println("s1="+s1);
```

```
System.out.println("s2="+s2);
System.out.println("s3="+s3);
```

程序结果运行结果如下：

```
s1=Java Programming!
s2=Java
s3=Programming!
```

4. String 类字符串的修改

字符串常量一旦赋值就不能改变，只能经过一些处理把生成的新字符串赋给其他常量，从而达到修改的效果。这里修改的含义是将修改后的字符串对象赋给新的对象或直接输出。

（1）String toLowerCase()和 String toUpperCase()。

该方法的功能是将当前字符串的所有字符转换小写或大写。例如：

```
System.out.println("java".toUpperCase());          //输出为 JAVA
System.out.println("JAVA".toLowerCase());          //输出为 java
```

（2）replace(char oldChar, char newChar)。

该方法的功能是用字符 newChar 替换当前字符串中所有的字符 oldChar，并返回一个新的字符串。例如：

```
System.out.println("javax".replace('x ', 'c '));          //输出为 javac
```

为了实现字符串中字符的替换，String 类还提供了两个方法：

- replaceFirst(String regex,String replacement)：该方法用字符串 replacement 的内容替换当前字符串中遇到的第一个和字符串 regex 相一致的子串，并将产生的新字符串返回。
- replaceAll(String regex,String replacement)：该方法用字符串 replacement 的内容替换当前字符串中遇到的所有和字符串 regex 相一致的子串，并将产生的新字符串返回。

  如以下语句：

  ```
  String s="Java!Java!Java!";
  String a=s.replaceFirst("Java","Hello");
  String b=s.replaceAll("Java","Hello");
  ```

  则字符串 a 的值为"Hello!Java!Java!"，字符串 b 的值为"Hello!Hello!Hello!"。

（3）String trim()。

该方法的功能是去掉当前字符串首尾的空串（即空白字符）。例如：

```
String s1=" java    ";
String s2="很受欢迎！ ";
System.out.println(s1.trim()+s2);                    //输出为：java 很受欢迎！
```

（4）String concat(String str)。

用来将当前调用的字符串对象与给定参数字符串 str 连接起来，当前字符串在前，参数字符串 str 在后。例如：

```
System.out.println("java".concat(" programming! "));     //输出为 java programming!
```

注意：在 Java 语言中，重载运算符"+"也可用来实现字符串的连接。例如：

```
String str="java";
str=str+"programming! ";
```

除了该运算符进行重载之外，Java 不支持其他运算符的重载，因为考虑到滥用运算符的重载会大大降低程序的可读性。

5. String 类与其他类的转换

（1）static String valueOf(Object obj)。在类 String 中提供了一组 valueOf()方法，用来把不同类型的对象转换为字符串对象，其参数可以是任何类型（byte 类型除外）。它们都是静态的，也就是说不必创建实例化对象即可直接调用这些方法。其重载方法主要有：

- static String valueOf(char data[])
- static String valueOf(char data[], int offset, int count)
- static String valueOf(boolean b)
- static String valueOf(char c)
- static String valueOf(int i)
- static String valueOf(long l)
- static String valueOf(float f)
- static String valueOf(double d)

例如：

```
char data[]={'a ', 'b ', 'c ', 'd ', 'e ', 'f '};
System.out.println(String valueOf(12D));
System.out.println(String valueOf(2<3));
System.out.println(String valueOf(data,0,3));
```

输出的结果为：

```
12.0
true
abcd
```

同时，Integer、Double、Float、Long 类中也提供了方法 valueOf()把一个字符串转换为对应的数字类型。

（2）toString()。有些方法只接收 String 类型的参数，这就需要把一个对象转化为 String 类型。为此，java.lang.Object 中提供了该方法把对象转化为字符串。这种方法通常被重写以适合子类的需要。

例 7-3　String 类字符串的常用操作实例。

```
String s1="Hello Java!";
String s2="el";
System.out.println("字符串 s1 为："+s1);
System.out.println("字符串 s1 的长度为："+s1.length());
System.out.println("字符串 s1 的大写形式为："+s1.toUpperCase());
System.out.println("字符串 s2 的小写形式为："+s2.toLowerCase());
for(int i=0;i<s1.length();i++)
        System.out.println("s1 中的第"+i+"个字符是："+s1.charAt(i));
System.out.println("s1+s2="+s1+s2);
if(s1.compareTo(s2)==0) System.out.println("字符串 s1 与 s2 相等");
else System.out.println("字符串 s1 与 s2 不相等");
if(s1.indexOf(s2)!=-1){
    System.out.println("字符串 s2 是 s1 的子串");
    System.out.println("字符串 s2 在 s1 中的位置是："+s1.indexOf(s2));
```

```
        }
    else System.out.println("字符串 s2 不是 s1 的子串");
    System.out.println("经过上述操作：");
    System.out.println("字符串 s1 仍然为："+s1);
    System.out.println("字符串 s2 仍然为："+s2);
```

程序的输出结果为：

```
    字符串 s1 为：Hello  Java!
    字符串 s1 的长度为：11
    字符串 s1 的大写形式为：HELLO  JAVA!
    字符串 s2 的小写形式为：el
    s1 中的第 0 个字符是：H
    s1 中的第 1 个字符是：e
    s1 中的第 2 个字符是：l
    s1 中的第 3 个字符是：l
    s1 中的第 4 个字符是：0
    s1 中的第 5 个字符是：
    s1 中的第 6 个字符是：J
    s1 中的第 7 个字符是：a
    s1 中的第 8 个字符是：v
    s1 中的第 9 个字符是：a
    s1 中的第 10 个字符是：!
    s1+s2=Hello Java!el
    字符串 s1 与 s2 不相等
    字符串 s2 是 s1 的子串
    字符串 s2 在 s1 中的位置是：1
    经过上述操作：
    字符串 s1 仍然为：Hello Java!
    字符串 s2 仍然为：el
```

7.3　StringBuffer 类字符串

7.3.1　StringBuffer 类字符串的定义

Java 语言中用来实现字符串的另一个类是 StringBuffer 类，与实现字符串常量的 String 类不同，StringBuffer 类的每个对象都是可以扩充和修改的字符串变量。在 Java 语言中支持字符串的加运算，其实就是运用了 StringBuffer 类。

为了对一个可变的字符串对象进行初始化，StringBuffer 类提供了如下几种构造方法：

- StringBuffer()：建立一个空的字符串对象。
- StringBuffer(int len)：建立长度为 len 的字符串对象。
- StringBuffer(String str)：根据一个已经存在的字符串常量 str 来创建一个新的 StringBuffer 对象，该 StringBuffer 对象的内容和已经存在的字符串常量 str 相一致。

注意：在第一个构造方法中，由此创建的字符串对象没有相应的内存单元，需要扩充之后才能使用。

例如：

```
StringBuffer strBuff1=new StringBuffer();
StringBuffer strBuff2=new StringBuffer(10);
StringBuffer strBuff3=new StringBuffer("Hello Java! ");
```

在默认的构造方法中（即不给任何参数），系统自动为字符串分配 16 个字符大小的缓冲区；若有参数 len 则指明字符串缓冲区的初始长度；若参数 str 给出了特定字符串的初始值，除了它本身的大小之外，系统还要再为该串分配 16 个字符大小的空间。

7.3.2　StringBuffer 类字符串的基本操作

StringBuffer 类提供的方法有一些与 String 类相同，有一些不同，下面加以详细介绍。

1. 分配/获取 StringBuffer 类字符串的长度

（1）void setLength(int newLength)：指明字符串的长度，这时字符串缓冲区中指定长度以后的字符值均为零。例如：

```
StringBuffer strBuff=new StringBuffer("JavaApplet");
StrBuff.setLength(4);                                //输出为 Java
```

（2）int length()：获取字符串的长度，与 String 类中的相同。

2. 分配/获取 StringBuffer 类字符串的容量

（1）void ensureCapacity(int minCapacity)：分配字符串缓冲区的大小，需要注意的是分配的缓冲区容量至少为指定的值 minCapacity。若当前缓冲区容量小于参数值，则分配新的较大的缓冲区。新的容量取下列两种情况中较大的值：

● 参数 minCapacity 的值。

● 原有缓冲区大小的两倍加 2。

例如：

```
StringBuffer strBuff=new StringBuffer("Java");
strBuff.ensureCapacity(30);
System.out.println(strBuff.capacity());
```

此时的输出结果为 42（原有缓冲区大小（20）的两倍再加上 2 得到的）。

（2）int capacity()：获取缓冲区的大小。

注意：这里的长度 length 和容量 capacity 是两个不同的概念，前者是 StringBuffer 类对象中包含字符的个数，而后者是指缓冲区的大小。例如，在上述初始化的 strBuff 中，它的 length 为 4，而它的 capacity 为 20。

例 7-4　capacity()方法和 length()方法的区别。

```
StringBuffer subStr=new StringBuffer("Hello");
int strLength=subStr.length();
int strCapacity=subStr.capacity();
```

运行结果如下：

```
Length of subStr:5
Capacity of subStr:21
```

3. StringBuffer 类字符串的检索和子串

（1）void getChars(int srcBegin,int srcEnd,char[] dst, int dstBegin)：将 StringBuffer 对象字符串中的字符复制到目标字符数组中去。复制的字符从 srcBegin 开始，到 srcEnd-1 处结束。

字符被复制到目标数组的 dstBegin 至 dstBegin+(srcEnd-srcBegin)-1 处。复制的字符的数目为
srcEnd-srcBegin。例如：

```
char a[]={'*','*','*','*','*','*','*','*','*','*'};
StringBuffer strBuff=new StringBuffer("Java");
strBuff.getChars(0,4,a,3);
System.out.println(a);
```

输出结果为字符串：***Java***。

（2）String substring(int beginindex)和 substring(int beginindex,int endindex)：返回子字符
串。前者是从 beginindex 处开始到串尾；后者从 beginindex 处开始到 endindex-1 处为止的子
字符串，子串长度为 endindex-beginindex。这与 String 类中的相同。

4．StringBuffer 类字符串的修改

常用的 StringBuffer 类字符串的修改方法很多，主要有 append()、insert()、delete()、
reverse()等。

（1）StringBuffer append()：把各种数据类型（byte 类型除外）转换成字符串后添加到串缓
冲区的字符串末尾。参数当中数据类型不同，构成了该方法的多个重载，主要有：

- StringBuffer append(boolean b)
- StringBuffer append(int i)
- StringBuffer append(long l)
- StringBuffer append(float f)
- StringBuffer append(double d)

例 7-5　类 StringBuffer 中字符串连接操作的使用举例。

```
StringBuffer strBuff=new StringBuffer();
strBuff.append(10);
strBuff.append('*');
strBuff.append(2.5F);
strBuff.append(" is equal to ");
strBuff.append(25.0D);
strBuff.append(' ');
strBuff.append(" is right ");
strBuff.append('? ');
System.out.println(strBuff);
```

程序运行的结果如下：

```
10*2.5 is equal to 25.0 is right ?
```

（2）StringBuffer insert()：与 append()方法在使用上非常类似，唯一的不同是多了一个位
置参数 index，该参数必须大于等于 0。它重载的方法主要有：

- StringBuffer insert(int index, int i)
- StringBuffer insert(int index, long l)
- StringBuffer insert(int index, float f)
- StringBuffer insert(int index, double d)

例 7-6　类 StringBuffer 中字符串插入操作的使用举例。

```
StringBuffer strBuff=new StringBuffer("Java Language!");
```

```
strBuff.insert(0,1);
strBuff.insert(1,'、');
strBuff.insert(2, " I like ");
System.out.println(strBuff);
```

程序运行的结果如下：

1、I like Java Language!

（3）StringBuffer delete(int start, int end)和 StringBuffer deleteCharAt(int index)：方法 delete()用来将 StringBuffer 类字符串对象中从 start 开始到 end-1 处结束的子字符串（长度为 end-start）删去。例如：

```
StringBuffer strBuff=new StringBuffer("Java Language!");
System.out.println(strBuff.delete(0,5));                    //输出为 Language!
```

而方法 deleteCharAt()用来删除指定位置 index 处的字符。例如：

```
StringBuffer strBuff=new StringBuffer("aaabccc");
System.out.println(strBuff.deleteCharAt(3));                //输出为 aaaccc
```

（4）StringBuffer reverse()：将 StringBuffer 类字符串对象进行翻转，并将翻转后的值存储在原字符串对象中。例如：

```
StringBuffer strBuff=new StringBuffer("ABCDEF");
System.out.println(strBuff.reverse());                      //输出为 FEDCBA
```

（5）下面几个方法也经常用到：

- StringBuffer replace(int start,int end,String str)：进行子字符串的替换。
- void setCharAt(int index,char ch)：设置指定位置 index 处的字符值 ch。

例如：

```
StringBuffer strBuff=new StringBuffer("我酷爱 Java! ");
System.out.println(strBuff.replace(1,3,"喜欢"));
strBuff.setCharAt(0,'你');
System.out.println(strBuff);
```

运行的结果为：

我喜欢 Java!
你喜欢 Java!

5. StringBuffer 类的类型转换

与 Character、Integer、Boolean 等类一样，StringBuffer 类也重写了方法 toString()，可以将 StringBuffer 类的对象转换为 String 类的对象。例如：

```
StringBuffer strBuff=new StringBuffer("Java Programming! ");
String s=strBuff.toString();
System.out.println(s);                                      //输出为 Java Programming!
```

7.4　main()方法的参数

每个 Java 应用程序中必须包含 public static void main(String args[])方法。main()方法中有一个 String 类型的数组参数 args，用来接收 Java 命令行传送给 Java 应用程序的数据。args 就是命令行参数。所谓命令行参数，是指执行字节码文件时，在命令行上字节码文件名后给出的内容。一般形式为：

　　　　java 类文件名 字符串 1　字符串 2 … 字符串 n

　　例如：

　　　　java Greetings How do you do?

　　这里"How do you do?"就是命令行参数，在 Java 应用程序中通过 args 来得到并处理这些内容。命令行参数有多个时，用空格来分隔，如上述的命令行参数有 4 个。Java 应用程序会将这些参数按顺序存入数组 args，第一个参数存入 args[0]，第二个参数存入 args[1]中等等。上例将"How"存入 args[0]，"do"存入 args[1]中，"you"存入 args[2]中，"do?"存入 args[3]。注意它们都是 String 类的对象。

　　若要将包含多个空格的单词作为一个字符串，可用引号括起来。

　　例如：

　　　　java Greetings　"How do you do?"

例 7-7　运行时需要输入参数的 main()方法。

```
public class example{
    public static void main(String args[]){
        for(int i=0;i<args.length;i++)
            System.out.println(args[i]);
    }
}
```

运行时输入"java example Hello World Let's Java!"，则有如下的结果：

Hello
World
Let's
Java!

本章小结

　　本章主要讲解了 Java 语言中字符串的处理。重点是 Sting 类字符串的定义及其基本操作和 StringBuffer 类字符串的定义及其基本操作。通过本章的学习，掌握 Sting 类字符串和 StringBuffer 类字符串常用的操作方法，特别要注意比较它们二者的异同。

一、选择题

1. 下列说法正确的是（　　）。
   A. 在用"=="来比较 String 对象时，如果两个字符串包含相同的值，则结果为真
   B. String 对象是不可变的
   C. String 和 StringBuffer()的 replace()方法完成相同的工作
   D. 上面的选项都正确
2. 编译并运行如下代码时将会出现的结果是（　　）。
   ```
   public class Converse{
   ```

```
        public static void main(String args[]){
            Converse c=new Converse();
            String s=new String("ello");
            c.method(s);
        }
        public void method(String s){
            char c='H';c+=s;
            System.out.println(c);
        }
    }
```

A．编译并输出字符串"Hello"　　　　　B．编译并输出字符串"ello"

C．编译并输出字符串"elloH"　　　　　D．编译时出现错误

3．给出如下初始化语句：

String s1=new String("Hello");

String s2=new String("there");

String s3=new String();

以下操作合法的是（　　　）。

A．s3=s1+s2;　　　B．s3=s1-s2;　　　C．s3=s1&s2;　　　D．s3=s1&&s2;

二、填空题

1．顺序执行以下两个语句的输出结果是：＿＿＿＿＿＿。

String s="我喜欢学习 Java！"；

System.out.println(s.length());

2．StringBuffer 字符串求长度的方法是＿＿＿＿＿，求容量的方法是＿＿＿＿＿。

3．语句"javax".replace("javax".charAt(4), 'c')执行后生成的新串是＿＿＿＿＿。

三、简答题

1．简述 String 类字符串和 StringBuffer 类字符串的区别。

2．简述 String 类字符串常用的方法有哪些。

3．简述 StringBuffer 类字符串常用的方法有哪些。

四、编程题

1．设定 5 个字符串并只打印那些以字母"b"开头的串。

2．设定 5 个字符串并只打印那些以字母"CH"结尾的串。

3．编程：从命令行方式输入的字符串中删去所有重复的字符（即每种字符只保留一个）。

比如：输入"school"，则删除后的字符串为"schol"。

第 8 章　异常处理

本章主要讲解 Java 语言中异常的基本概念及其处理。

- 理解异常和错误控制
- 能够熟练对异常进行处理
- 理解异常类的层次结构
- 能够创建自己的异常

8.1　异常概述

在 Java 语言中，提供了强大的错误处理功能。Java 程序中的错误有不同的性质，按照错误的性质可以将程序错误分成三类：

（1）语法错（syntax error），指违反语法规范的错误。这类错误通常是在编译的时候发现的，所以又可以称为编译错误。引起语法错误的主要有：标识符未声明，表达式中的运算符与操作数类型不兼容，变量赋值时的类型与声明的类型不匹配，括号不匹配，语句末尾缺少分号等。

（2）语义错（semantic error），指程序在语法上正确，但是在语义上存在错误，语义错误是不被系统发现的，只有在运行时才能被发现，所以存在语义错误的程序是可以通过程序编译的，语义错误又称为运行错误(run-time error)，Java 解释器在运行时能够发现语义错，一旦发现语义错 Java 将停止程序运行，并给出错误的位置和性质。引起语义错误的主要有：除数为零、数组下标越界、在指定的磁盘上打开不存在的文件、无效的方法参数、输入数据的格式错，给变量赋予超出其范围的值等。

（3）逻辑错（logic error），指程序通过编译，可以运行，但是运行的结果不是我们所期望的，这类错误就被称为逻辑错误。引起这类错误的主要是：循环条件不正确，循环次数不对等。由于系统无法找到逻辑错，所以逻辑错误是很难以确定和排除的。

程序运行时出现的错误被称为“异常”或“例外”。Java 语言使用面向对象的方法通过异常来处理这种错误。掌握异常处理的方法，将使程序更加清晰、健壮、容错能力强。本章讨论如何进行异常处理。

8.1.1　异常基本概念

在程序执行期间，可能会有许多意外的事件发生。Java 把这些意外的事件称为“异常”。

异常处理使得程序从产生错误的状态中恢复过来，这个使之恢复的过程称作异常处理。异常处理被定义在一个方法的内部，或者是出现在对一个方法的调用程序中。

对于一个实用的程序来说，处理异常的能力是一个程序不可缺少的组成部分，它的目的是保证程序健壮、容错能力强，在出现异常时依然继续执行下去。

如果程序中没有进行异常处理的语句，或者没有捕获这种异常的语句，则出现异常后由系统自动处理，下面给出几个系统自动处理异常的例子。

例 8-1　Java 系统对除数为 0 异常的处理。

```
int a=0;
System.out.println(8/a);                    //除数为 0
```

程序运行时产生下列错误信息：

```
Exception in thread "main" java.lang.ArithmeticException: / by zero
        at ExceptionDemo1.main(ExceptionDemo1.java:4)
```

错误的原因在于用 0 除。由于程序中未对异常进行处理，因此 Java 发现这个错误之后，由系统抛出 ArithmeticException 这个类的异常，用来表明错误的原因，并终止程序运行。

例 8-2　Java 系统对数组下标越界异常的处理。

```
int []arr=new int[5];
arr[5]=10;                                  //数组下标越界
System.out.println("Exception Demo");
```

程序运行时产生下列错误信息：

```
Exception in thread "main" java.lang.ArrayIndexOutOfBoundsException: 5
        at ExceptionDemo2.main(ExceptionDemo2.java:4)
```

错误的原因在于数组的下标超出了最大容许的范围。Java 发现这个错误之后，由系统抛出“ArrayIndexOutOfBoundsException”这个种类的异常，用来表明出错的原因，并终止程序的执行。如果把这个长串的英文按单词拆开，变为“Array Index Out Of Bounds Exception”，正是“数组的下标值超出范围的异常”之意。其他依次类推。

8.1.2　异常处理机制

程序在运行过程中产生异常，会中断程序的正常执行。异常处理使得程序能够捕获错误并进行错误处理，而不是放任错误的产生并接受这个错误的结果。Java 异常处理能够捕获程序中出现的所有异常，这里说的“所有异常”是指某种类型的所有异常或相关类型的所有异常。这种灵活性使得程序更加健壮，减少了程序运行时不能进行错误处理的可能性。

Java 语言的异常处理机制：首先将各种错误对应地划分成若干个异常类，它们都是 Exception 类的子类。在执行某个 Java 程序的过程中，运行时系统随时对它进行监控，若出现了不正常的情况，就会生成一个异常对象，并且会传递给运行时系统。这个产生和提交异常的过程称为抛出异常。每个异常对象对应一个异常类，它既可能由正在执行的方法生成，也可能由 Java 虚拟机生成，其中包含异常的类型以及异常发生时程序的运行状态等信息。当 Java 运行时系统得到一个异常对象时，它会寻找处理这一异常的代码。寻的过程从生成异常对象的代码开始，沿着方法的调用栈逐层回溯，直到找到一个方法能够处理这种类型的异常为止。然后运行时系统把当前异常对象交给这个方法进行处理。这一过程称为捕获异常。处理异常的代码可以是当前运行的源程序中由程序员自编的一段程序，通常是一个方法，执行后使程序正常结束，也可以跳出该程序寻找。当 Java 运行时系统找不到适当的处理方法时，即终止程序运行。

　　Java 的异常处理机制就是由抛出异常和捕获异常两部分组成，并通过 try、catch、finally、throw、throws 这 5 个关键字完成，减轻了编程人员的负担，减少了运行时系统的负担，使程序能够较安全地运行。

8.2　异常处理

　　在 Java 语言中，异常的处理有以下几种方式：

　　（1）由系统自动进行处理，在前面已经介绍。

　　（2）使用 try-catch-finally 语句。

　　（3）使用 throw 语句直接抛出异常或使用 throws 语句间接抛出异常。

8.2.1　try-catch-finally 语句

　　在 Java 语言中，用户异常处理的方式之一是用 try-catch 将可能发生异常的程序块包起来。若发生了异常，程序会依照所发生异常的种类，跳到该异常种类的 catch 区去作异常处理。

　　try-catch-finally 语句的一般语法格式：

```
try{
    //可能会发生异常的程序块;
}catch(异常类 1    异常 1){
    //异常处理程序  1
}catch(异常类 2    异常 2){
    //异常处理程序  2
}…
[finally{
    //最终处理程序
}]
```

　　说明：

　　（1）若 try 块中没有发生异常。在这种情况下，首先执行 try 块中的所有语句，然后执行 finally 子句中的所有语句，最后执行 try-catch-finally 语句后面的语句。

　　（2）若 try 块中发生了异常，而且此异常在方法内被捕获。在这种情况下，Java 首先执行 try 块中的语句，直到产生异常处；当产生的异常找到了第一个与之相匹配的 catch 子句，就跳过 try 块中剩余的语句，执行捕获此异常的 catch 子句中的代码，若此 catch 子句中的代码没有产生异常，则执行完相应的 catch 语句后，程序恢复执行，但不会回到异常发生处继续执行，而是执行 finally 子句中的代码。

　　（3）若在 catch 子句中又重新抛出异常，那么 Java 将这个异常抛出给方法的调用者。

　　（4）若 try 块中发生了异常，而此异常在方法内没有被捕获。在这种情况下，Java 将执行 try 块中的语句，直到产生异常处，然后跳过 try 块中剩余的语句，而去执行 finally 子句中的代码，最后将这个异常抛出给方法的调用者。

　　（5）finally 子句为异常处理提供一个清理机制，一般用来释放使用的系统资源，防止发生资源泄漏，即程序被取消后，它所占有的资源不释放，不能被其他程序使用，称作资源泄漏。

（6）若 try 块中发生异常，try-catch-finally 语句就会自动在 try 块后面的各个 catch 块中找出与该异常类相匹配的参数。当参数符合下列条件之一时，就认为这个参数与产生的异常相匹配。

● 参数与产生的异常属于一个类。
● 参数是产生异常的父类。
● 参数是一个接口时，产生的异常实现这一接口。

例 8-3 处理除数为 0 的异常。

```java
public class UserExceptionDemo1{
    public static void main(String args[]){
        int a,b;
        try{ a=10;b=0;
            int c=Divide(a,b);           //除 0 方法
            System.out.println(a+"/"+b+"="+c);
        }catch(ArithmeticException e){
            System.out.println("Divided by zero error!");
        }
        System.out.println("After try-catch.");
    }
}
```

程序运行结果为：
```
Divided by zero error!
After try-catch.
```

在某些情况下，同一段程序可能产生不止一种异常。可以放置多个 catch 子句，其中每一种异常类型都将被检查，第一个类型匹配的就会被执行。如果一个类和其子类都有的话，应把子类放在前面，否则子类将永远不会到达。

例 8-4 使用多个 catch 子句。

```java
a[0]=10;
try{ for(int i=0;i<=n;i++){
        x=100/a[i];
        System.out.println("100/a["+i+"]="+x);}
}catch(ArithmeticException e){ System.out.println("Divided by zero!");
}catch(ArrayIndexOutOfBoundsException e){
        System.out.println("Array Index Out Of Bounds Exception!");}
```

程序运行结果为：
```
100/a[0]=10
Divided by zero!
```

程序中 n 的值为 2 ，a[0]=10，a[1]=0。当循环变量 i=1 时，除数为 0，发生一个被 0 除的异常。

如果将数组 a 的长度定义为 1 ，当循环变量 i=1 时，数组元素 a[1]的下标越界，发生一个数组下标越界的异常。程序的运行结果为：
```
100/a[0]=10
Array Index Out Of Bounds Exception!
```

在 Java 语言中，try 语句是可以嵌套使用的，一个 try 语句的代码块中可以包含另外一个 try 语句。每当产生一个异常，将会先检查直接包含抛出该异常的代码的 try 语句块，如果该 try 语句块没有对该异常进行处理，异常将会被送到上一级的 try 语句块中进行处理，直到该异常被处理为止。

例 8-5 try 语句的嵌套使用。

```
try{
    try{
        n=24/n;                    //产生 ArithmeticException 异常
    }catch(NumberFormatException e){
        System.out.println("Divided by zero!");
        System.out.println("异常在内层捕获!");
    }
}catch(ArithmeticException e){
    System.out.println("Divided by zero!");
    System.out.println("异常在外层被捕获!");
}
```

程序运行结果为：

```
Divided by zero!
异常在外层被捕获!
```

finally 块可以和 break、continue 以及 return 等流程控制语句一起使用。当 try 语句块中出现了上述这些语句时，程序必须先执行 finally 块，才能最终离开 try 语句块。

例 8-6 finally 块与 break 语句一起使用。

```
try{ for(i=1;i<10;i++){
        System.out.println(i);
        if(i==2)break;
    }
}finally{
    System.out.println("finally 块被执行!");
}
```

程序运行结果为：

```
1
2
finally 块被执行!
```

8.2.2 throw 语句和 throws 子句

1. throw 语句

throw 语句用来明确地抛出一个异常。只有异常发生时，才会被执行，这称作抛出异常。throw 语句指定了一个抛出的对象，该对象是 Throwable 类（在 java.lang 包中）的某一子类对象。Throwable 类有两个直接子类 Exception 和 Error。Error 类及其子类表明系统发生严重错误，一般不被捕获。Exception 类及其子类表示的异常发生时，应该被捕获和处理，这使得程序更加健壮。

throw 子句的一般语法格式：

```
        throw   异常对象;
```

程序由 throw 语句抛出异常，然后在包含它的所有 try 块中从内向外寻找与其匹配的 catch 子句块，然后控制流程从 try 块中转到相应的 catch 子句块中。

例 8-7　throw 语句应用。

```
        try{        for(i=1;i<10;i++){
                    System.out.println(i);
                    if(i==1)throw new NumberFormatException("Throw Exception1");
                    if(i==2)throw new ArithmeticException("Throw Exception2");
                    if(i==3)break;}
        }catch(NumberFormatException e){
            System.out.println("捕捉到 NumberFormatException");
        }catch(ArithmeticException e){
            System.out.println("捕捉到 NumberFormatException");
        }finally{
            System.out.println("finally 块被执行!");
        }
```

程序运行结果为：

```
        1
        捕捉到 NumberFormatException
        finally 块被执行!
```

由于方法的参数传递时可能发生错误，因此异常处理的另一种方式是在方法的声明中使用 throws 异常类。然后在方法中遇到异常发生条件成立时，用 throw 将异常抛出。

2．throws 语句

throws 语句，放在方法参数表之后方法体之前，用来声明一个方法中可能抛出的各类异常，各个异常之间用逗号分隔。throws 子句的一般语法格式：

```
        <方法名称>([<参数行>])throws <异常类 1>, <异常类 2 >,...
        {
            if(异常条件 1 成立)
                throw new   异常类 1();
            if(异常条件 2 成立)
                throw   new 异常类 2();
            …
        }
```

在程序运行时，程序中的任意位置都可能产生一些异常（RuntimeException 类子类异常），大多数这类异常在编程时可以避免。例如，在程序中访问越界下标的数组元素，产生 ArrayIndexOutOfBoundsException 异常（从 RuntimeException 类继承）。在程序中可以避免数组下标越界问题，在运行时出现异常，因此属于运行时异常。

若运行时异常发生在程序中已经声明了一个对象的引用，但是并没有创建对象并引用对象，在使用这个 null 引用时，导致 NullPointerException 异常发生。显然，在编程时也可以避免这种情况，它也属于运行时异常。还有一种情况是类的无效映射，将产生 ClassCastException 异常。

有许多异常不属于运行时异常，最常见的两类异常是 InterruptionedException 类异常和 IOException 类异常。

　　并不是所有抛出的异常都需要使用 throws 语句列在方法中。Error 和运行时异常（程序中可以避免）不需要列出。Error 属于系统出现严重问题，大多数程序不能从错误中恢复。运行时异常能够在方法体中直接处理，不需要传递到程序的另外一个单元中完成处理。如果方法抛出非运行时异常，必须在 throws 语句中指出。

　　Java 区分检查异常类和不检查的运行时异常类及错误类。一个方法中需要对检查异常类使用 throws 语句列出。运行时异常类及错误类在每一个方法中都可能发生，在每一个方法中使用 throws 语句列出，对于编程人员来说是一件麻烦的事情，因此 Java 编译器不检查这类异常和错误，不需要在方法中使用 throws 语句列出。所有在方法中使用 throw 语句抛出的非运行时异常类，都需要使用 throws 语句在方法中列出。如果一个非运行时异常没有列在方法的 throws 语句中，则 Java 编译器将产生错误信息，指明异常必须被捕获（在方法使用 try-catch 语句）或声明抛出（使用 throws 语句）。

　　例 8-8　throw、throws 语句应用。

```java
import java.io.*;
public class ThrowsDemo{
    static double c;
    public static   void main(String []args){
        BufferedReader readin=new BufferedReader(new InputStreamReader(System.in));
        try{
                System.out.println("请任意输入一个被除数（数字）：");
                String   input1=readin.readLine();          //会产生 IOException
                float a=Float.parseFloat(input1);           //会产生 NumberFormatException
                System.out.println("请任意输入一个非零的除数：");
                String   input2=readin.readLine();          //会产生 IOException
                float b=Float.parseFloat(input2);           //会产生 NumberFormatException
                c=division(a,b);
        }catch(IOException ioe){
                System.out.println("系统输出入有问题 ");
                System.out.println(ioe.getMessage());
                System.out.println("程序无法处理即将中断 ");
                System.exit(0);
        }catch(NumberFormatException nfe){
                System.out.println("所输入的数值是：");
                System.out.println(nfe.getMessage());
                System.out.println("程序无法处理即将中断 ");
                System.exit(0);
        }catch(ArithmeticException ae){
                System.out.println(ae.getMessage());
                System.exit(0);
        }finally{
                System.out.println("两数相除的结果是："+'\n'+c);
                System.exit(0);
        }
    }
    static double division(double x, double y)throws ArithmeticException{
```

```
                if(y==0) throw new ArithmeticException("除数不能为 0，否则结果是无限大 ");
                     double result;
            result=x/y;
            return result;
        }
    }
```

例 8-9　不能处理的异常。

```
// Ex8_9: MyExceptions.java
// 出现不能处理的异常.
public class MyExceptions {
    public static void main( String args[] ) {
        // 调用 throwException 方法演示不能被处理的异常
        try {        throwException();        }
        // 在 throwException 中捕获 Exception 异常
        catch ( Exception exception ) {
            System.err.println("Exception  异常处理在  main 函数中" );
        }
    }
    // throwException 方法抛出异常，但在方法体中没有被捕获
    public static void throwException() throws Exception    {
        try {
            System.out.println("在 throwException 方法中" );
            throw new Exception();        // 产生异常
        }
        // 由于不匹配的类型，所以异常不会捕获
        catch( RuntimeException runtimeException ) {
            System.err.println(
                "Exception 异常处理在 throwException 方法中" );
        }
        // finally  块
        finally { System.err.println("在 throwException 方法中 Finally  块中" ); }
    }
} // 类 MyExceptions 结束
```

程序运行结果：

```
在 throwException 方法中
在 throwException 方法中 Finally  块中
Exception  异常处理在  main 函数中
```

在主函数执行时，try 块中调用 throwException 方法，在执行 throwException 方法的 try 块中抛出一个 Exception 异常，throwException 方法的 catch 能够捕获 RuntimeException 类的异常，但与 Exception 类不匹配，因此在 throwException 方法中不能被捕获。这个异常必须在程序继续执行前被处理，所以方法 throwException 终止，把流程转到调用该方法的 main 函数的 try 块中，当然之前要把方法 throwException 中的 fainlly 块执行。在 main 函数中捕获 Exception 异常，并进行处理。如果在 main 函数中不能捕获和处理，则整个应用程序结束，

并给出异常信息。

8.2.3　创建自己的异常

Java 语言允许用户定义自己的异常类，从而实现用户自己的异常处理机制，使用异常处理使得自己的程序足够健壮。定义自己的异常类要继承 Throwable 类或它的子类，通常是继承 Exception 类。

有人把错误类和运行时异常类的子类统称为隐式异常。其他异常称为显式异常。显示异常是必须处理的异常，隐式异常或者是无法控制的错误，或者是一开始就可以避免发生的异常（运行时异常）。

一个方法必须说明它可能抛出的所有显示异常，这是 Java 异常的说明规范。如果某个类声明抛出某个特殊类的异常，例如，它可能抛出该类或者该类子类的异常，如果子类的方法覆盖父类的方法，则子类的同名方法不能比父类的方法抛出更多的显示异常。特别是父类方法不抛出异常时，子类的方法也不允许抛出异常。

例 8-10　用户自定义异常及其应用。

```java
import javax.swing.JOptionPane;
class DivideByZeroException extends ArithmeticException{
        // 默认错误信息的构造函数
        public DivideByZeroException() { super( " Attempted to divide by zero." ); }
        //指定错误信息的构造函数
        public DivideByZeroException( String message ) { super( message );}
}
public class DivideByZeroTest {
    public static void main(String []args){
        String firstnumber1,secondnumber2;
        int number1, number2;double result;
        firstnumber1=JOptionPane.showInputDialog("Enter first integer");
        secondnumber2=JOptionPane.showInputDialog("Enter second integer");
        try{   number1 = Integer.parseInt(firstnumber1);
                number2 = Integer.parseInt(secondnumber2);
                result = quotient( number1, number2 );
                JOptionPane.showMessageDialog(null,
                        "The    result is "+ result,
                        "Results ",JOptionPane.PLAIN_MESSAGE);
        } catch ( NumberFormatException numberFormatException ) {
                JOptionPane.showMessageDialog( null,
                        "You must enter two integers",
                        "Invalid Number Format",
                        JOptionPane.ERROR_MESSAGE );
        } catch ( ArithmeticException arithmeticException ) {
                JOptionPane.showMessageDialog( null,
                        arithmeticException.toString(),
```

```
                                    "Arithmetic Exception",
                                    JOptionPane.ERROR_MESSAGE );
                        }
            }
            public static double quotient( int numerator, int denominator )throws DivideByZeroException {
                    if ( denominator == 0 )
                            throw new DivideByZeroException();
                    return ( double ) numerator / denominator;
            }
    }
```

程序运行结果如图 8-1 所示。

图 8-1　程序运行结果

8.3　异常类的层次结构及主要方法

8.3.1　异常类的层次和主要子类

前面已经提到，Java 采用面向对象的方法处理异常。一个 Java 异常指的是一个继承 Throwable 类的子类实例。Throwable 类位于这一类层次的最顶层，Throwable 类的基类是 Java 的基类（Object）。Throwable 类它有两个直接子类：Exception 类与 Error 类，Exception 类包括 IOException 子类和 RuntimeException 子类。图 8-2 表示了异常处理的类简明层次结构。缩进和连线表示该类是上一层的子类。

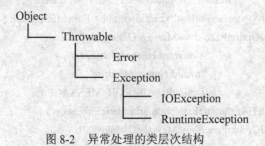

图 8-2　异常处理的类层次结构

Java 语言的各种错误类和异常类被组织到了不同的包中，图 8-3 至图 8-8 列出了 Java 中各种错误类和异常类在包 java.lang、java.util、java.io、java.awt 中的层次结构，其他包中的错误类和异常类可以参照 Java 语言提供的文档。

图 8-3 给出了 java.lang 包中的部分 Error 类。Error 类是描述内部错误和 Java 运行时系统中的资源耗尽情况。用户不能抛出该类型的对象，如果出现这种内部错误，除通知用户试图适当地结束程序外，别无选择。大多数的 Error 都被编程人员忽略，虽然出现错误的后果很严重，但是发生的机会很小。

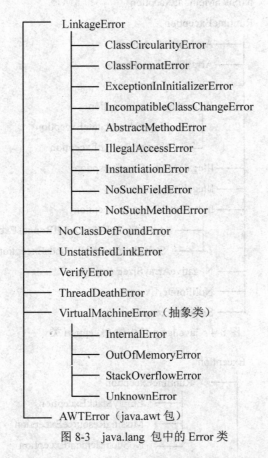

图 8-3　java.lang 包中的 Error 类

Error 除错误 AWTError 类在 java.awt 包外，所有的错误类都在 java.lang 包中。

在图 8-4 中列出了非常重要的一些异常类。用户编程时主要考虑异常类，异常类被分为两部分：运行时异常类和其他异常类。总的原则是：程序设计错误引起运行时异常，其他异常由一些比较严重的错误引起，如良好的程序中发生的异常错误。它们大多数都是运行时异常，尽管没有要求 Java 编程人员在 throws 子句中声明这些异常，这些异常通常能够在 Java 程序运行时被捕获和控制。

在图 8-5 中列出了 Java 另外 3 种运行时异常类型，在前面的章节中学习 Vector 类时已遇到过这样的异常。

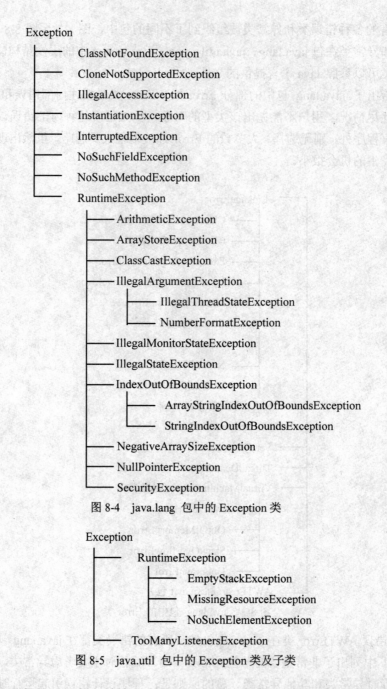

图 8-4 java.lang 包中的 Exception 类

Exception
├── RuntimeException
│   ├── EmptyStackException
│   ├── MissingResourceException
│   └── NoSuchElementException
└── TooManyListenersException

图 8-5 java.util 包中的 Exception 类及子类

在图 8-6 中列出了 Java 的各种输入/输出异常。在进行输入/输出及文件处理时，需要对进行异常控制。

在图 8-7 中列出了 java.awt 包中唯一用于检查异常的异常类 AWTException，它用于各种抽象窗口工具方法抛出的异常。

在图 8-8 中列出了 java.net 包中的 IOException 异常类的各种子类，在各种网络问题中都需要对各种下述异常进行控制。

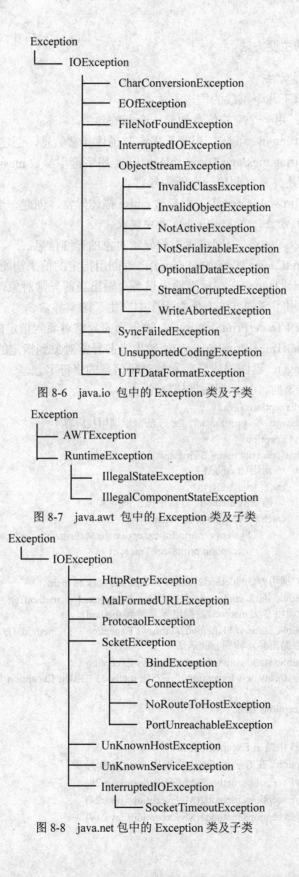

图 8-6 java.io 包中的 Exception 类及子类

图 8-7 java.awt 包中的 Exception 类及子类

图 8-8 java.net 包中的 Exception 类及子类

8.3.2　异常类的主要方法

1. 异常类的构造方法

Exception 类有以下几个重载的构造方法：

- Exception()：用一个空的信息创建一个新的异常。
- Exception(String message)：用字符串参数描述异常信息，创建一个新的异常。
- Exception(String message,Throwable cause)：用字符串参数 message 描述异常信息、参数 cause 描述异常，创建一个新的异常。
- Exception(Throwable cause)：用参数 cause 描述异常，创建一个新的异常。

2. 异常类的常用方法，在 Throwable 类中定义

- String getMessage()：返回描述当前异常对象的详细信息。
- Throwable initCause(Throwable cause)：返回用指定的值来初始化的异常。
- void printStackTrace()：在标准输出设备上输出当前异常对象使用堆栈的轨迹，即程序中先后调用了哪些方法，使得程序中产生了这个异常。
- void printStackTrace(PrintStream s)：输出当前异常对象到指定的输出字节流。
- void printStackTrace(PrintWriter s)：输出当前异常对象到指定的输出字符流。
- String toString()：返回描述当前异常对象信息的字符串。

例 8-11　产生异常时，显示调用堆栈轨迹。

```java
// Ex8-11 : MyExceptions.java
// 调用 getMessage 和 printStackTrace 方法显示调用栈内容
public class MyExceptions {
        public static void main( String args[] ) {
                // 调用  method1
                try {   method1(); }
                // 捕获从 method1 方法中抛出的异常
                catch ( Exception exception ) {
                        System.err.println( exception.getMessage() + "\n" );
                        exception.printStackTrace();}
        }
        // 调用方法  method2; throw exceptions back to main
        public static void method1() throws Exception {     method2();       }
        //调用方法 method3，抛出异常转到 method1
        public static void method2() throws Exception   {    method3();       }
        // 抛出异常转到 method2
        public static void method3() throws Exception    {
            throw new Exception( "在方法 method3 中抛出 Exception 异常  " );
        }
}  //类 MyExceptions 结束
```

程序运行结果：

```
在方法 method3 中抛出 Exception 异常
java.lang.Exception: 在方法 method3 中抛出 Exception 异常
        at MyExceptions.method3(MyExceptions.java:29)
        at MyExceptions.method2(MyExceptions.java:24)
        at MyExceptions.method1(MyExceptions.java:19)
```

at MyExceptions.main(MyExceptions.java:8)
在方法 method3 中抛出 Exception 异常

在这个程序中，main 方法调用方法 method1，方法 method1 调用方法 method2，方法 method2 调用方法 method3。此时，调用栈的最底端是 main 方法，最上端是方法 method3。当方法 method3 抛出异常时，调用堆栈轨迹信息产生，并存储在 Exception 异常对象中，调用堆栈反映了当前程序中的异常抛出位置。当堆栈回溯到第一个调用方法时，该异常被捕获。异常处理可以使用抛出的异常对象调用 getMessage()和 printStackTrace()方法产生输出。

例 8-12　Java 系统对数值格式异常的处理。

```java
public class NumberFormatExceptionDemo{
        public static void main(String args[]){
                String str="222.34 a 56 ";
                Double i=new Double(str);
                System.out.println(i);
        }
}
```

程序运行时输出下列信息：

Exception in thread "main" java.lang.NumberFormatException: For input string: "222.3456a"
        at java.lang.NumberFormatException.forInputString(NumberFormatException.java:48)
        at java.lang.FloatingDecimal.readJavaFormatString(FloatingDecimal.java:1207)
        at java.lang.Double.valueOf(Double.java:202)
        at java.lang.Double.<init>(Double.java:277)
        at NumberFormatExceptionDemo.main(NumberFormatExceptionDemo.java:4)

本程序运行结果说明，程序运行时产生一个 NumberFormatException 数值格式异常。在用 Double 的构造方法将一个字符串转换为 Double 数据时，参数字符串格式错误，所以产生这个运行时异常，Java 系统把调用堆栈的轨迹打印出来。

本章小结

异常处理分离了错误处理代码和常规代码，增强了程序的可读性和可维护性。本章介绍了 Java 程序中异常处理的基本概念、异常处理的类层次和异常处理机制，并说明了如何进行异常处理。本章的重点是理解异常处理机制、掌握异常处理的方法以及常见的异常。

一、选择题

1．如要抛出异常，应用下列子句（　　）。
　　A．catch　　　　　　B．throw　　　　　　C．try　　　　　　　D．finally
2．在编写异常处理的 Java 程序中，每个 catch 语句块都应该与（　　）语句块对应，使得用该语句块来启动 Java 的异常处理机制。

A．if-else　　　　　B．switch　　　　　C．try　　　　　　　D．throw

3．当方法遇到异常又不知如何处理时，下列做法正确的是（　　　）。

A．捕获异常　　　　B．抛出异常　　　　C．声明异常　　　　D．嵌套异常

4．catch 子句的形式参数，指明所捕获的异常类型，该类型必须是（　　　）的子类。

A．Throwable　　　　　　　　　　　B．aWTError

C．VirtualMachineError　　　　　　　D．Exception 及其子集

5．对于 catch 子句的排列，下列正确的是（　　　）。

A．父类在先，子类在后

B．子类在先，父类在后

C．只能使用子类异常

D．有继承关系的异常不能在同一个 try 程序段内

6．自定义的异常类可从下列（　　　）类继承。

A．Error 类　　　　　　　　　　　　B．aWTError

C．VirtualMachineError　　　　　　　D．Exception 及其子集

7．下列（　　　）是异常的含义。

A．程序的语法错　　　　　　　　　　B．程序编译或运行中所发生的异常事件

C．程序预先定义好的异常事件　　　　D．程序编译错误

8．下列说法正确的有（　　　）。

A．当一个方法在运行过程中产生一个异常，则这个方法会终止，但整个程序不一定终止运行

B．每个 try 代码块都必须至少有一个 catch 块和它对应，如果一个 try 代码块有多个 catch 块与之对应，应该将参数为基类异常对象的 catch 块放在后面

C．如果 catch 块后面还有一个 finally 块，程序在运行时，一旦进入 catch 块后，就不会再进入 finally 块，只有不产生异常时才跳出 catch 块进入 finally 块中进行

D．一个 catch 块也可以区分处理多个不同类型的异常，只要它们都是该 catch 块异常参数的子类或其本身

E．如果程序运行到 try 块中时，某个语句产生了异常，则程序流程将跳过 try 块后面的语句，直接进入 catch 块中。若 try 块中没有语句产生异常，则程序流程在执行完 try 块中的全部语句后，再进入 try 块后面的 finally 块

9．对下面的代码段：

```
try{run();
}catch(IOException e1){
    System.out.println("Exception1");
    return;
} catch(Exception e2){
    System.out.println("Exception2");
    return;
}finally{
    System.out.println("Finally");
}
```

若 run()方法抛出一个空指针异常 NullPointerException，屏幕上将显示（　　　）。

A．无输出
B．Exception1
Finally

C．Exception1
D．Exception 2

Finally

10．下面的程序输出（　　　）。

```
public class Qustion2{
    public static void main(String args[]){
        try{throw new MyException();
        }catch(Exception e){
            System.out.println("It's caught! ");
        }finally{ System.out.println("It's finally caught! ");}
}}
class MyException extends Exception{}
```

A．It's finally caught!

B．It's caught!

C．It's caught!

It's finally caught!

D．无输出

二、填空题

1．Java 中的异常对象分为＿＿＿＿＿或＿＿＿＿＿两类，这两类对象中＿＿＿＿＿类的对象不会被 Java 应用程序捕获和抛出。

2．异常不处理，而是在方法的声明之中声明抛出，用＿＿＿＿＿子句来完成。

3．抛出异常对象用＿＿＿＿＿子句来完成。

三、简答题

1．什么是异常？为什么要进行异常处理？

2．Java 中异常处理的机制是什么？

3．如何创建一个自定义异常？

4．如何抛出系统异常？如何抛出自定义异常？

5．try-catch-finally 语句执行顺序是怎样的？

6．下面程序有何错误？

```
public class Qustion1{
    public static void main(String args[]){
        myMethod(){throw new MyException();
    }
}
class MyException{
    public String toString(){return "MyException."}
}
```

第 9 章　输入/输出处理

本章导读

本章主要介绍如何在 Java 中进行输入/输出操作，比如从键盘读取数据、从文件读或向文件中写数据等。

本章要点

- 输入/输出流的概念及类层次结构
- 主要字节流的定义和使用
- 主要字符流的定义和使用
- 文件管理及文件操作
- 对象串行化的概念和实现方法
- 了解其他常用流的定义和使用

9.1　输入/输出流概述

9.1.1　输入/输出流的概念

许多程序都需要与外界进行信息交换，比如从键盘读取数据、从文件中读取数据或向文件中写数据、将数据输出到打印机以及在一个网络连接上进行数据读/写操作等。Java 语言提供了特有的输入/输出的功能，即以流（Stream）的方式来处理输入/输出数据。

所谓的"数据流"指的是所有数据通信通道中数据的起点和终点。例如，从键盘读取数据到程序中，这样就形成了一个数据通道，数据的源（起点）就是键盘，数据的终点就是正在执行的程序，而在通道中流动的就是程序所需要的数据。又如，将程序的执行结果写入到文件中，数据的源就是程序，终点就是打开的文件，在程序和文件之间的通道中流动的是要保存的数据。总之，只要是数据从一个地方"流"向另一个地方，这种数据流动的通道都可以称为是数据流。

使用流的方式进行输入/输出的好处是：编写的程序简单并且可增强程序的安全性。当数据流建立好以后，如果程序是数据流的源，不用管数据的目的地是哪里（可能是显示器、打印机、远程网络客户端），把接收方看成是一个"黑匣子"，只要提供数据就可以了。如果程序是数据流的终点，同样不用关心数据流的起点是哪里，只要在数据流中提取自己需要的数据就可以了。

所谓的输入/输出都是相对于程序来说的。程序在使用数据时，一种角色是数据的提供者，即数据源,另一种角色是数据的使用者,即数据的目的地。如果程序是数据的提供者,它需要向外界提供数据,这种流称为"输出流",例如,要将程序的执行结果输出到显示器上显示需要使用输出流(数据从程序流出)。如果程序是数据的使用者,需要从外界读取数据,这种流称为"输入流",例如,从键盘读取数据到程序中进行处理,则在键盘和程序之间建立的就是输入流(数据从外界流入程序)。

9.1.2　输入/输出类

Java 提供了 java.io 包,它包括了一系列的类来实现输入/输出处理。Java 语言中的流从功能上分为两大类:输入流和输出流,前面已经做过介绍。从流结构上也可分为两大类:字节流(以字节为处理单位)和字符流(以字符为处理单位)。在 JDK1.1 版本之前,java.io 包中的流只有普通的字节流,使用这种流来处理 16 位的 Unicode 字符很不方便,所以从 JDK1.1 版本之后,java.io 包中又加入了专门用来处理字符流的类。在 java.io 包中,字节流的输入流和输出流的基础类是 InputStream 和 OutputStream 两个抽象类,具体的输入/输出操作由这两个类的子类完成。字符流的输入流和输出流的基础类是 Reader 和 Writer 两个抽象类。另外还有一个特殊的类,文件随机访问类 RandomAccessFile,它允许对文件进行随机访问,而且可以同时使用这个类的对象对文件进行输入(读)和输出(写)操作。下面介绍常用的输入/输出类的层次结构。

1. 字节流 InputStream 和 OutputStream 类

(1) InputStream 类。InputStream 类是一个抽象类,可以完成最基本的从输入流读取数据的功能,是所有字节输入流的父类,它的多个子类如图 9-1 所示。根据输入数据的不同形式,可创建适当的 InputStream 的子类对象来完成输入。

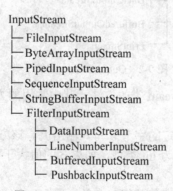

图 9-1　InputStream 类的子类

这些子类也继承了 InputStream 类的方法。其中常用的方法有:

1) 读数据的方法。

- int read():从输入流中读取一个字节,返回此字节的 ASCII 码值,范围在 0~255 之间,该方法的属性为 abstract,必须被子类实现。
- int read(byte[] b):从输入流中读取长度为 b.length 的数据,写入字节数组 b 中,并返回实际读取的字节数。
- int read(byte[] b,int off,int len):从输入流中读取长度为 len 的数据,写入字节数组 b

中，从索引 off 位置开始放置，并返回实际读取的字节数。

- int available()：返回从输入流中可以读取的字节数。
- long skip(long n)：从输入流当前读取位置向前移动 n 个字节，并返回实际跳过的字节数。

2）标记和关闭流的方法。

- void mark(int readlimite)：在输入流的当前读取位置作标记。从该位置开始读取由 readlimit 所指定的数据后，标记失效。
- void reset()：重置输入流的读取位置为方法 mark() 所标记的位置。
- boolean markSupported()：判断输入流是否支持方法 mark() 和 reset()。
- void close()：关闭并且释放与该流相关的系统资源。

（2）OutputStream 类。OutputStream 类是一个抽象类，可以完成最基本的输出数据的功能，是所有字节输出流的父类，它的多个子类如图 9-2 所示。根据输出数据的不同形式，可创建适当的 OutputStream 的子类对象来完成输出。

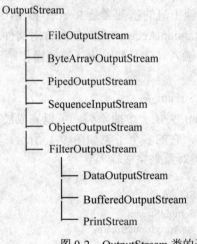

图 9-2   OutputStream 类的子类

这些子类也继承了 OutputStream 类的方法。其中常用的方法有：

1）输出数据方法。

- void write(int b)：将指定的字节 b 写入输出流。该方法的属性为 abstract，必须被子类所实现。参数中的 b 为 int 类型，如果 b 的值大于 255，则只输出它的低位字节所表示的值。
- void write(byte[] b)：把字节数组 b 中的 b.length 个字节写入输出流。
- void write(byte[] b,int off,int len)：把字节数组 b 中从索引 off 开始的 len 个字节写入输出流。

2）刷新和关闭流。

- flush()：刷空输出流，并输出所有被缓存的字节。
- close()：关闭输出流，也可以由运行时系统在对流对象进行垃圾收集时隐式关闭输出流。

2. 字符流 Reader 和 Writer 类

（1）Reader 类。Reader 类中包含了许多字符输入流的常用方法，是所有字符输入流的父类，根据需要输入的数据类型的不同，可以创建适当的 Reader 类的子类对象来完成输入操作。

Reader 类的类层次结构如图 9-3 所示。

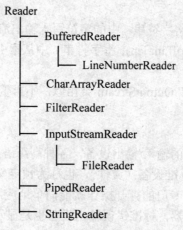

图 9-3 Reader 类的类层次结构

这些子类继承了 Reader 类的常用方法，这些方法有：

1）读取数据的方法。

- int read()：读取一个字符。
- int read(char[] ch)：读取一串字符放到数组 ch[]中。
- int read(char[] ch,int off,int len)：读取 len 个字符到数组 ch[]的索引 off 处，该方法必须被子类实现。

2）标记和关闭流的方法与 InputStream 类相同，不再赘述。

（2）Writer 类。Writer 类包含了一系列字符输出流需要的方法，可以完成最基本的输出数据到输出流的功能，是所有字符输出流的父类。根据输出数据类型的不同，可以创建适当的 Writer 子类对象来完成数据的输出。Writer 类的类层次结构如图 9-4 所示。

图 9-4 Writer 类的类层次结构

这些子类继承了 Writer 类，同样也具有了 Writer 类的常用方法，这些方法有：

1）输出数据的方法。

- void write(int c)：将指定的整型值 c 的低 16 位写入输出流。
- void write(char[] ch)：把字符数组 ch 中的 ch.length 个字符写入输出流。

- void write(char[] ch,int off,int len)：把字符数组 ch 中从索引 off 开始的 len 个字符写入输出流。
- void write(String s)：将字符串 s 中的字符写入输出流。
- void write(String s,int off,int len)：将字符串 s 中从索引 off 处开始的 len 个字符写入输出流。

2）刷新和关闭流的方法和 OutputStream 类相似，不再赘述。

9.1.3　标准输入/输出

为了方便使用计算机常用的输入/输出设备，各种高级语言与操作系统之间，都规定了可用的标准设备（文件）。所谓标准设备（文件），也称为预定义设备（文件），在程序中使用这些设备（文件）时，可以不用专门的打开操作就能简单地应用。一般地，标准输入设备是键盘，标准输出设备是终端显示器，标准错误输出设备也是显示器。

Java 语言的系统类 System 类提供了访问标准输入/输出设备的功能。System 类有三个类变量：in（标准输入）、out（标准输出）和 err（标准错误输出流）。

1. 标准输入

类变量 in 被定义为 public static final InputStream in，一般这个流对应键盘输入，而且已经打开，可以使用 InputStream 类的 read()和 skip(long n)等方法从输入流获得数据。

2. 标准输出

类变量 out 被定义为 public static final PrintStream out，一般这个流对应显示器输出，而且已经处于打开状态，可以使用 PrintStream 类的 print()和 println()等方法输出数据，这两个方法可以将 Java 的任意基本类型作为参数。

3. 标准错误输出

类变量 err 被定义为 public static final PrintStream err，一般这个流对应显示器输出，而且已经处于打开状态，可以使用 PrintStream 类的方法进行输出。

例 9-1　使用标准输入读取数据。

```
int count=0,b;
System.out.println("Please input data:");
while((char)(b=System.in.read())!='N'){
    System.out.print((char)b);
    count++;
}
```

在输入字符串的最后输入结束字符'N'，程序计算的最后结果为'N'前面字符的个数。若在字符串输入完毕后，按回车键转到下一行输入结束字符'N'时，则回车键按两个字符计算，即回车和换行两个字符，则上述输入字符串的长度为 11 个字符。输入方式如下：

```
Please input data:
123456789
123456789
N

You have input 11 chars!
```

9.2 字节输入/输出流

9.2.1 文件输入/输出字节流

文件输入/输出字节流指的是 FileInputStream 类和 FileOutputStream 类，它们分别继承了 InputStream 和 OutputStream 类，用来对文件进行输入/输出处理，由它们所提供的方法可以打开本地主机上的文件，并进行顺序的输入/输出。

1. FileInputStream 类

（1）构造方法。FileInputStream 类提供了以字节的方式顺序读取一个已经存在的文件数据的方法，可以使用文件名、文件对象或文件描述符建立字节文件流对象。这些构造方法有：

- FileInputStream(String name)：用文件名 name 直接创建流对象。例如：

  FileInputStream fis=new FileInputStream(" c:/data.dat ");

- FileInputStream(File file)：使用文件对象 file 创建流对象。例如：

  File myfile=new File(" c:/data.dat ");

  FileInputStream fis=new FileInputStream(myfile);

（2）读取文件数据。若使用 FileInputStream 类上述的构造方法创建输入流对象，就在程序和对应文件之间建立了一个通道，并打开相应的文件，现在可以使用该对象的方法从文件里读取数据了。读取字节信息，一般使用 read()成员方法和它的重载方法。

- int read()：从输入流中读取一个字节，返回值为此字节的 ASCII 码值，若流结束则返回-1。

- int read(byte[] b)：从输入流中读取数据，写入到字节数组 b 中，并返回所读取的字节数，若流结束则返回-1。

- int read(byte[] b,int off,int len)：从输入流中读取数据，从字节数组 b 索引 off 位置开始写入读取到的数据，并返回读取的字节数，若流结束则返回-1。

（3）关闭 FileInputStream 流。数据读取完毕后，可使用两种方法关闭流，一种是显示的关闭流对象，使用 close()方法；另外一种是隐式关闭流对象，使用自动垃圾收集系统，自动进行资源的回收。但在编程的过程中，作为程序员应该对自己的程序相当了解才行，所以推荐使用第一种方式关闭流。

2. FileOutputStream 类

（1）构造方法。FileOutputStream 类提供了创建文件并顺序向文件写入数据的方法，可以使用文件名或文件对象创建文件输出流对象。如果指定路径的文件不存在，则自动创建一个新文件，如果指定路径已有一个同名文件，则该文件的内容可被保留或删除。常用的创建文件输出流对象的方法有：

- FileOutputStream(String name)：使用指定的路径和文件名 name 创建流对象。例如：

  FileOutputStream fos=new FileOutputStream(" c:/dataout.dat ");

- FileOutputStream(File file)：使用文件对象 file 创建流对象。例如：

  File f=new File(" c:/dataout.dat ");

  FileOutputStream fos=new FileOutputStream(f);

（2）向文件写入数据。向 FileOutputStream 输出流中写入数据，一般使用 write()方法，该方法的重载方法有：

- void write(int b)：将指定的整型数据 b 的低字节写入输出流。
- void write(byte[] b)：把字节数组 b 中的数据写入输出流。
- void write(byte[] b,int off,int len)：把字节数组 b 中从 off 开始的 len 个字节写入输出流。

例 9-2　使用命令行参数输入两个文件名,通过字节数组将第一个文件中的内容复制到第二个文件中去。

```
import java.io.*;
class FileExe{
    public static void main(String args[]){
        int count;
        byte b[]=new byte[1024];
        FileInputStream fis;
        FileOutputStream fos;
        try{fis=new FileInputStream(args[0]);
        }catch(FileNotFoundException e){
            System.out.println("InputFile is not found!");
            return;}
        try{ fos=new FileOutputStream(args[1]);
        }catch(FileNotFoundException e){
            System.out.println("OutputFile is not found!");
            return;
        }catch(ArrayIndexOutOfBoundsException e){
            System.out.println();
            return;}
        try{while((count=fis.read(b,0,1024))!=-1){
            fos.write(b,0,count);}
        }catch(IOException e){
            System.out.println("Error:"+e);
            return;}
    }
}
```

程序的运行结果是将由 args[0]参数指定的文件中的数据，复制到由 args[1]指定的文件中去，完成文件的拷贝功能。

9.2.2　过滤流

字节文件流 FileInputStream 类和 FileOutputStream 类只能提供纯字节或字节数组的输入/输出。如果要进行特殊数据的输入/输出，如基本数据类型的输入/输出，则要用到过滤流 FilterInputStream 类和 FilterOutputStream 类中的各种子类。过滤流在输入/输出数据的同时可以对数据进行处理，它提供了同步机制，使得某一时刻只有一个程序段访问输入/输出流，过滤流主要有以下几种子类：

（1）DataInputStream 类和 DataOutputStream 类。

这两个类称为二进制数据文件流类。此类对象必须和一个输入类或输出类的对象联系起来，而不能用文件名或文件对象直接建立。

创建数据文件流的一般过程是：首先建立字节文件流对象，其次在字节文件流对象的基础上建立数据文件流对象，再次使用此对象的相应方法对基本类型数据进行输入/输出。

DataInputStream 类的构造方法是：

● DataInputStream(InputStream in)：创建数据过滤流对象并保存 in 流对象。

DataOutputStream 类的构造方法是：

● DataOutputStream(OutputStream out)：创建输出数据文件流对象并写数据到 out。

DataInputStream 类和 DataOutputStream 类，它们不仅能读/写数据流，还可以读/写各种各样的 Java 语言的内构类型（Built-in Types）：int，float，boolean 等。在流对象中提供了和各种基本数据类型相对应的输入/输出方法，根据需要读/写数据的不同类型，可以选择不同的方法来完成。数据文件流中提供的常用的读/写方法如表 9-1 所示。

表 9-1　DataInputStream 类和 DataOutputStream 类常用方法

数据类型	DataInputStream 类	DataOutputStream 类
char	readChar	writeChar
boolean	readBoolean	writeBoolean
byte	readByte	writeByte
short	readShort	writeShort
int	readInt	writeInt
long	readLong	writeLong
float	readFloat	writeFloat
double	readDouble	writeDouble
String	readUTF	writeUTF
byte[ ]	readFully	

根据数据选择输入/输出方法时，可以从方法的命名规则中，很容易知道它能完成的输入/输出的数据类型。

例 9-3　查找文件内容中的整型数值数据显示输出，并将结果写到另外一个文件中去。

```
File file1,file2;
FileOutputStream outStream;
FileInputStream inStream;
DataInputStream dataIn;
DataOutputStream dataOut;
DecimalFormat df=new DecimalFormat("0000 ");
try{ file1= new File("test1.txt");
        file2= new File("test2.txt");
        inStream = new FileInputStream(file1);
        outStream = new FileOutputStream(file2);
        dataIn = new DataInputStream(inStream);
        dataOut = new DataOutputStream(outStream);
        int count=dataIn.available();
```

```
for(int i=0;i<count;i++){
    int data=dataIn.readByte();
    if (!Character.isLetter((char)data)){
        System.out.println((char)data);
        dataOut.writeInt(data);}
    } }catch(IOException e){
        System.out.println("error:" + e);
}
```

例如，test1.txt 文件中的内容为：abcd123ef3g4hk67，执行完程序之后，文件 test2.txt 中的内容为：　1　2　3　3　4　6　　7。将文件 test1.txt 中的整型数据提取到文件 test2.txt 中进行保存。屏幕上的输出结果如下：

　　1 2 3 3 4 6 7

（2）BufferedInputStream 类和 BufferedOutputStream 类。

前面讲过的输入/输出流都是以字节进行数据读/写的，使得文件流的利用率不高。而 BufferedInputStream 和 BufferedOutputStream 这两个类在字节输入/输出流的基础上实现了带缓冲的过滤流，称为字节缓冲流。在建立此类对象时，除了要与指定的输入/输出流进行连接以外，还指定了一个缓冲区，默认的缓冲区大小为 32 个字节。使用缓冲流进行输入/输出时，首先将数据读/写到缓冲区，然后再根据需要一次性提取，这样可以提高操作效率。

BufferedInputStream 类的构造方法有：

- BufferedInputStream(InputStream in)：创建缓冲输入流对象，保存 in 流对象，并创建一个内部缓冲区数组来保存输入数据。
- BufferedInputStream(InputStream in,int size)：创建缓冲输入流对象，保存 in 流对象，并创建一个指定大小的内部缓冲区来保存输入数据。

BufferedOutputStream 类的构造方法有：

- BufferedOutputStream(OutputStream out)：创建缓冲输出流，写数据到参数指定的输出流，缓冲区设为默认的 512 字节大小。
- BufferedOutputStream(OutputStream out,int size)：创建缓冲输出流，写数据到参数指定的输出流，缓冲区设为指定的 size 字节大小。

例如：

```
FileInputStream fis=new FileInputStream( " c:/filedata.dat " );
BufferedInputStream bis=new BufferedInputStream(fis);
FileOutputStream fos=new FileOutputStream( " c:/outdata.dat " );
BufferedOutputStream bos=new BufferedOutputStream(fos);
```

缓冲输入/输出流类提供了与 FileInputStream 类和 FileOutputStream 类相同的读/写方法。但是所有的输入/输出全部都要先写入缓冲区中，当缓冲区写满或关闭输入/输出流时，再一次性输出到流，或者使用 flush()方法主动将缓冲区输出到流。

flush()方法用来更新流，在程序结束之前将缓冲区里的数据写入磁盘，可以显示的调用。例如，fos.flush();

（3）PrintStream 类。

此类提供了将 Java 的任何类型转换为字符串类型输出的功能。输出时经常使用的方法有 print()和 println()。

创建 PrintStream 类的对象时，需要在 OutputStream 类的流对象基础上创建，PrintStream
类的构造方法有：

- PrintStream(OutputStream out)：创建一个新的打印流对象。
- PrintStream(OutputStream out,Boolean autoFlush)：创建一个新的打印流对象。布尔值
  参数 autoFlush 如果为 true，当写一个字节数组、引用 println()方法、写 newline 字符
  或写字节'\n'时，缓冲区内容将被写到输出流。

9.3　字符输入/输出流

9.3.1　输入/输出字符流

字符流指的是 Reader 类和 Writer 类。由于 Java 采用 16 位的 Unicode 字符编码，因此需
要提供基于字符的输入/输出操作。这两个类都是抽象类，只是提供了一系列用于字符流处理
的接口，不能生成这两个类的对象。从第一节介绍的层次图中，可以看到 Reader 类和 Writer
类有很多的子类，与字节流类似，根据数据的不同创建不同的字符流，然后进行输入/输出操
作。字符流的读/写操作和字节流很类似，只是读/写的对象不同，一种是面向字节的，一种是
面向字符的。常用输入/输出字符流是 InputStreamReader 类和 OutputStreamWriter 类，它们是
用于处理字符流的最基本的类，用来在字节流和字符流之间作为中介。

注意：这两个类的作用是将以字节方式表示的流转换为特定平台上的字符表示的流。字
节流的编码规范与具体的平台有关，可以在构造流对象时指定规范，也可以使用当前平台的
默认规范。

1. 构造方法
- InputStreamReader(InputStream in)：使用当前平台默认的编码规范，基于字节流 in
  构造一个输入字符流。
- InputStreamReader(InputStream in,String enc) throws UnsupportedEncodingException：
  使用指定的编码规范，基于字节流 in 构造一个输入字符流，如果使用了非法的编码
  规范将产生 UnsupportedEncodingException 异常。
- OutputStreamWriter(OutputStream out)：使用当前平台的默认的编码规范，基于 out
  构造一个输出字符流。
- OutputStreamWriter(OutputStream out,String enc) throws UnsupportedEncodingException：
  使用指定的编码规范，基于字节流 out 构造一个输出字符流，如果使用了非法的编
  码规范将产生 UnsupportedEncodingException 异常。

2. 读/写方法
InputStreamReader 类和 OutputStreamWriter 类提供的对数据进行读/写的方法与 Reader 类
和 Writer 类相类似，不再赘述。

3. 其他方法
- String getEncoding()：获取当前字符流所使用的编码方式的方法。
- public void close() throws IOException：关闭字符流的方法。

9.3.2 文件输入/输出字符流

FileReader 类和 FileWriter 类是 InputStreamReader 类和 OutputStreamWriter 类的子类，利用它们可以很方便的对文件进行字符输入/输出处理。

构造方法有：

- FileReader(File file)：使用 file 对象创建字符文件输入流。
- FileReader(String filename)：使用指定的字符串 filename 创建字符文件输入流。
- FileWriter(File file)：使用 file 对象创建字符文件输出流。
- FileWriter(String filename)：使用指定的字符串 filename 创建字符文件输出流。

在 FileWriter 类的构造方法中，可以带第二个参数 append，此参数的类型为 boolean 值，当 append 为 true 时，可以向输出流中添加数据。

例 9-4 使用 FileWriter 类向文件中写入数据。

```
FileWriter fw;
try{
        fw=new FileWriter("test.txt");
        String code=fw.getEncoding();
        System.out.println(s);
        System.out.println(code);
        fw.write(s);
        fw.write(code);
        fw.close();
        }catch(IOException e){}
```

程序的执行结果是：在当前目录下的 test.txt 文件中，写入下列内容，并且在屏幕上显示下列内容。

```
How do you do!
I like Java!

GBK
```

9.3.3 缓冲字符流

缓冲字符流指的是 BufferedReader 类和 BufferedWriter 类，目的是在基础字符流的基础上创建一个缓冲区，来提高字符流处理的效率。

1. 构造方法

- BufferedReader(Reader in)：基于一个普通的字符输入流 in 生成相应的缓冲输入流。
- BufferedReader(Reader in,int size)：基于一个普通的字符输入流 in 生成相应的缓冲输入流，缓冲区的大小为 size。
- BufferedWriter(Writer out)：基于一个普通的字符输出流 out 生成相应的缓冲输出流。
- BufferedWriter(Writer out,int size)：基于一个普通的字符输出流 out 生成相应的缓冲输出流，缓冲区的大小为 size。

2. **读/写方法**

除了继承了 Reader 类和 Writer 类提供的基本的读/写方法外，还增加了对整行字符的处理方法。

- String readLine() throws IOException：从输入流中读取一行字符，行结束标记为回车符（'\r'）、换行符（'\n'）、或者连续的回车换行符（'\r''\n'）。
- void newLine() throws IOException：向字符输出流中写入一个行结束标记，该标记不是简单的换行符（'\n'），而是由系统定义的属性 line.separator。

例 9-5　将从键盘读取的数据写入到指定的文件中去。

```
InputStreamReader in;
FileWriter out;
BufferedReader br;
try{
        in=new InputStreamReader(System.in);
        br=new BufferedReader(in);
        out=new FileWriter("test.txt");
        String str=br.readLine();
        out.write(s);
        while(!str.equals("n")){
                out.write(str+"\r\n");
                str=br.readLine();
        }
        in.close();
        out.close();
        br.close();
}catch(IOException e){}
```

在屏幕上输入如下内容：

```
aaaaaaaa
ssssssss
dddddddd
ffffffff
n
```

程序的执行结果是，将上述内容保存到文件 test.txt 中，并且在文件的开始先将字符串 s 中的内容保存，但不保存字符串"n"的值。

9.3.4　打印输出字符流

打印输出字符流指的是 PrintWriter 类，它提供了字符流的输出处理。该类对象可以基于字节流或字符流来创建，写字符的方法有 print()、println()，可直接将 Java 的基本类型转换成字符串输出。

常用的构造方法有：

- PrintWriter(OutputStream out)：　在字节流基础上创建 PrintWriter 类对象。
- PrintWriter(OutputStream out,Boolean autoflush)：在字节流基础上创建 PrintWriter 类

对象，并自动刷新行。

- PrintWriter(Writer out)：在字符流基础上创建 PrintWriter 类对象。
- PrintWriter(Writer out,Boolean autoflush)：在字符流基础上创建 PrintWriter 类对象，并自动刷新行。

例如，为文件 test.txt 创建 PrintWriter 类对象的语句有：

```
PrintWriter pw=new PrintWriter(new FileOutputStream("test.txt"));
```

或者

```
PrintWriter pw=new PrintWriter(new FileWriter("test.txt"));
```

9.4　文件处理

9.4.1　文件描述

在输入/输出操作中，最常见的是对文件的操作。java.io 包中的 File 类提供了与平台无关的方式来描述目录和文件对象的属性和方法。对于目录，Java 把它简单的处理为一种特殊的文件，即文件名列表。在 File 类中包含了很多的方法，可用来获取路径、目录和文件的相关信息，并对它们进行创建、删除、改名等管理操作。因为不同的系统平台对文件路径的描述不尽相同，为做到平台无关，在 Java 中使用抽象路径等概念。Java 自动进行不同系统平台的文件路径描述与抽象文件路径之间的转换。下面介绍一下 File 类提供的常用方法。

1. 目录管理

目录操作的方法有：

- public boolean mkdir()：根据当前对象的抽象路径生成一个目录。
- public String[] list()：列出当前抽象路径下的文件名和目录名。

2. 文件管理

（1）文件的生成。File 类中提供了三种用来生成文件或者目录对象的构造方法。

- public File(String path)：通过给定的路径名来创建文件对象。
- public File(String path,Sring name)：使用父抽象路径（目录）字符串和子抽象路径（子目录）字符串创建文件对象。
- public File(File dir,String name)：使用父抽象路径（目录）和子抽象路径（子目录）字符串创建文件对象。

具体使用哪一种构造方法取决于对文件的访问方式。例如，如果在程序中只使用一个文件，第一种构造方法是最简单的。如果在程序中需要在同一个目录里打开多个文件，则后面的两种方法更容易些。

（2）文件名的处理。

- public String getName()：获得文件的名称（不包括路径）。
- public String getPath()：获得文件的路径名。
- public String getAbsolutePath()：获得文件的绝对路径名。
- public String getParent()：获得当前文件的上一级目录名。
- public String renameTo(File newname)：将当前文件名更改为给定文件的完整路径。

（3）文件属性测试。

- public boolean exists()：测试当前抽象路径表示的文件是否存在。
- public boolean canRead()：测试当前文件是否可读。
- public boolean canWrite()：测试当前文件是否可写。
- public boolean isFile()：测试当前文件对象是否是文件。
- public boolean isDirectory()：测试当前文件对象是否是目录。

（4）文件信息处理。

- public long lastModified()：获得当前抽象路径表示的文件最近一次被修改的时间。
- public long length()：获得抽象路径表示的文件的长度，以字节为单位。
- public boolean delete()：删除当前文件。

例 9-6　输入文件名，获取文件的基本信息并显示输出。

```
String fileName = "e:/example.txt";
File f1 = new File( fileName );
File f2=new File("e:/FileTest.txt");
System.out.println("properties of file " + fileName );
System.out.println("getName() : " + f1.getName() );
System.out.println("getPath() : " + f1.getPath() );
System.out.println("getAbsolutePath() : " + f1.getAbsolutePath() );
System.out.println("getParent() : " + f1.getParent() );
System.out.println("exists() : " + f1.exists() );
System.out.println("canRead() : " + f1.canRead() );
System.out.println("canWrite() : " + f1.canWrite() );
System.out.println("length() : " + f1.length() );
System.out.println("isFile() : " + f1.isFile() );
System.out.println("isDirectory() : " + f1.isDirectory() );
System.out.println("renameTo() : " + f1.renameTo(f2) );
System.out.println("new file " + f2.getName() );
System.out.println("lastModified() : " + f1.lastModified() );
```

程序的运行结果如下：

```
properties of file e:/example.txt
getName() : example.txt
getPath() : e:\example.txt
getAbsolutePath() : e:\example.txt
getParent() : e:\
exists() : true
canRead() : true
canWrite() : true
length() : 40
isFile() : true
isDirectory() : false
renameTo() : true
new file FileTest.txt
lastModified() : 0
```

9.4.2　文件顺序访问

在进行输入/输出操作时，经常会遇到对文件进行顺序访问。在前面介绍各种流类型时，已经遇到过对文件进行访问的情况。根据上面的介绍，总结出对文件进行顺序访问时的一般步骤为：

（1）使用引用语句引入"java.io"包，即"import java.io.*;"。

（2）根据不同的数据源和输入/输出任务，建立相应的文件字节流（FileInputStream 类和 FileOutputStream 类）或字符流（FileReader 类和 FileWriter 类）对象。

（3）若需要对字节或字符流信息进行组织加工，在已建立的字节流或字符流对象的基础上构建过滤流对象。

（4）使用输入/输出流对象的相应的成员方法进行读/写操作，需要时可以设置读/写位置指针。

（5）关闭流对象。

其中在步骤 2～5 中要考虑异常处理。

例 9-7　使用字节流顺序访问文件主要代码。

```
while((count=in.read(b,0,1024))!=-1){
        for (int i=0;i<count;i++){
            if (Character.isLetter((char)b[i]))
                out1.write(b[i]);
            else
                out2.write(b[i]);
```

对文件 test1.txt 中的内容进行区分，把数字和字符分开进行保存，字符写入 test2.txt 中，数字写入文件 test3.txt 中，并在屏幕上显示如下内容：

区分并保存成功！

例 9-8　使用字符流顺序访问文件。

```
in = new FileReader("test1.txt");
out1 = new FileWriter("test2.txt");
out2 = new FileWriter("test3.txt");
while((count=in.read(ch,0,1024))!=-1){
        for (int i=0;i<count;i++){
        if (Character.isLetter(ch[i])){
            k++;
            c[k]=ch[i];
            }
        else{
            n++;
            s[n]=ch[i];
            }
        }
System.out.println(new String(c));
System.out.println(new String(s));
out1.write(c);
out2.write(s);
```

　　　　}

此程序的执行结果和字节流顺序访问文件的结果是一样的，在屏幕上将区分开来的数字序列和字符序列分别显示输出，最终显示"区分并保存成功！"。

9.4.3　文件随机访问

在访问文件时，不一定都是从文件头到文件尾顺序进行读/写，应该可以将文本文件作为一个类似于数据库式的文件，读完一个记录后可以跳转到另一个记录，这些记录在文件的不同位置，或者可以对文件进行又读又写的操作等。

在 Java 中提供了 RandomAccessFile 类可以对文件进行随机访问。它直接继承了 Object 类，并且实现了 DataInput 和 DataOutput 接口，因此它的常用方法与 DataInputStream 类和 DataOutputStream 类中的方法类似，主要包括从流中读取基本数据类型的数据、读取一行数据或者读取指定长度的字节数等。

1. 构造方法
● RandomAccessFile(File file,String mode)：使用文件对象 file 和访问文件的方式 mode 创建随机访问文件对象。
● RandomAccessFile(String name,String mode)：使用文件绝对路径 name 和访问文件的方式 mode 创建随机访问文件对象。

其中，mode 为访问文件的方式，有"r"和"rw"两种形式。如果为"r"，则文件只能读，对这个对象的任何写操作将抛出 IOException 异常。如果为"rw"并且文件已存在，可以对文件进行读/写操作，如果文件不存在，则该文件将被创建。如果 name 为目录名，也将抛出 IOException 异常。

例如，打开一个文件后向文件里更新数据：

　　　RandomAccessFile raf=new RandomAccessFile ("c:/data.txt","rw");

2. 读/写方法

在 RandomAccessFile 类中的读/写方法和 DataInputStream 类和 DataOutputStream 类基本相同，可以参考借鉴。

3. 设置文件指针

除了由通常的读/写操作隐式地移动指针外，还提供了一些方法来支持对文件指针的显示操作。

● public long getFilePointer() throws IOException：返回文件指针的当前字节位置。
● public void seek(long pos) throws IOException：将文件指针定位到一个绝对位置 pos。
● public long length() throws IOException：返回文件的长度。
● public int skipBytes(int n) throws IOException：将文件指针向文件尾方向移动 n 个字节。

例 9-9　随机访问文件。

```
try{
        RandomAccessFile f1 = new RandomAccessFile("e:/example.txt","rw");
        while(f1.readLine()!=null)
                fileLine++;
        pointerLast1 = f1.getFilePointer();
        for(int i=0;i<fileLine;i++){
```

```
                    f1.seek(4*i);
                    readStr = f1.readLine();
                    System.out.println(readStr);
            }
        }catch(IOException e){}
        try{
                RandomAccessFile f2 = new RandomAccessFile("e:/example.txt","rw");
                byte buf[] = new byte[1024];
                String writeStr = new String("***************************");
                f2.seek(pointerLast1);            f2.writeBytes("\r\n"+writeStr+"\r\n");
                f2.seek(0);           f2.readLine();           f2.readLine();
                pointerLast2 = f2.getFilePointer();           f2.read(buf);
                tempStr = new String(buf);
                f2.seek(pointerLast2);            f2.writeBytes(writeStr+"\r\n");
        f2.writeBytes(tempStr);
        }catch(IOException e){}
```

程序的运行过程：首先在 example.txt 文件中，计算共有多少行。从文件当前指针位置，每移动 4 个字节，就将此行中从指针位置开始到行结束符之间的字符显示输出，

文件中原始内容为：

Java Programe

Java Application

Java Applet

I like Java!

Do you like it!

屏幕显示结果为：

Java Programe

Programe

grame

e

ava Application

程序执行完，文件中的内容为：

Java Programe

Java Application

****

Java Applet

I like Java!

Do you like it!

****

9.5　对象的串行化

9.5.1　串行化的概念和目的

1．串行化的概念

创建的对象一般情况下，随着生成该对象的程序的终止而结束。但是有时候，需要将对

象的状态保存下来，在需要时再将对象恢复。这种对象能记录自己状态以便将来再恢复的能力称为对象的持续性（Persistence）。例如，如果一个对象可以被存放到磁盘或磁带上，或者可以发送到另外一台机器并存放到存储器或磁盘上，那么这个对象就被称为可持续的。对象通过写出描述自己状态的数值来记录自己，这个过程叫对象的串行化（Serialization）。串行化的主要任务是写出对象实例变量的值。

2. 串行化的目的

串行化的目的是为 Java 的运行环境提供一组可以访问的特性。

（1）对象的串行化机制要支持 Java 的对象持续性。

（2）对象的串行化机制要具有可扩展能力，用来支持对象的远程调用。

（3）对象的串行化严格遵守 Java 的对象模型，对象的串行化状态中应存有所有的关于种类的安全特性的信息。

（4）对象的串行化允许对象定义自身的格式，即其自身的数据流表示形式。

（5）尽量保持对象串行化的简单扼要，但是可以进行扩展和定制。

9.5.2　串行化方法

Java 语言从 JDK1.1 开始，提供了对象串行化机制。在 java.io 包中，Serializable 接口是用来实现串行化的工具，它没有任何方法，它只作为一个"标记者"，用来表明实现这个接口的类可以考虑串行化。只有实现了 Serializable 的类对象才可以被串行化。对对象进行串行化的方法如下：

（1）定义一个可串行化的对象。

定义对象的串行化，就要使此对象所属的类实现 Serializable 接口。因为有些类所表示的数据在不断地改变，所以它们的对象不能被串行化。例如，java.io.FileInputStream、java.io.FileOutputStream 和 java.lang.Thread 等。如果一个可串行化对象包含对某个不可串行化元素的引用，那么整个串行化操作就会失败，而且会抛出一个 NotSerializableException。

例如，定义一个类 Rectangle 矩形类：

```
public class Rectangle implements Serializable{
    double width;
    double height;
    public Rectangle(double w,double h){
        this.with=w;
        this.height=h;
    }
}
```

（2）输出数据进行保存。

串行化一个对象，必须要与一定的输入/输出流相连，通过输出流对象，将对象的当前状态保存下来，然后可以通过对象输入流将对象的数据进行恢复。在 java.io 包中，提供了专门的保存和读取串行化对象的类，分别为 ObjectInputStream 类和 ObjectOutputStream 类。在 ObjectInputStream 类中可以使用 readObject() 方法来直接读取一个对象信息，在 ObjectOutputStream 类中使用 writeObject()方法来直接将对象信息保存到输出流中。

9.5.3　串行化的注意事项

1. 串行化能保存的对象

当一个对象被串行化时，只有对象的数据被保存，而且只能是对象的非静态成员变量。保存的只是变量的值，对变量的修改不能进行保存。成员方法和构造方法不属于串行化范围。如果一个数据变量是一个对象，那么这个对象的数据成员也会被串行化。

2. transient 关键字

对于那些不能够进行串行化的瞬时对象，必须使用 transient 关键字标明才行，否则编译会出错。

3. 安全问题

串行化需要将对象的数值保存到磁盘或者远程网络磁盘上，因为数据在 Java 运行环境之外，不在 Java 的安全机制控制范围之内，这时会产生安全问题。所以，对于保密字段，不应进行永久保存或者不应不经处理就保存下来。为了增加安全性，应该在字段前加上 transient 关键字。

9.5.4　串行化举例

例 9-10　对象的串行化。

```java
import java.io.*;
import java.awt.Color;
class Bag implements Serializable{
    Color color;
    String price;
    int size;
    String type;
    public Bag(Color color,String price,int size,String type){
        this.color = color;
        this.price = price;
        this.size = size;
        this.type = type;
    }
}
public class BagSerial{
    public static void main(String args[])throws IOException,ClassNotFoundException{
    Color c = Color.red;
    Bag bag = new Bag(c,"57",18,"Student bag");
    FileOutputStream fileO = new FileOutputStream("info.ser");
    ObjectOutputStream OS = new ObjectOutputStream(fileO);
    try{
        OS.writeObject(bag);
        OS.close();
    }catch(IOException e){
        System.out.println(e);
        }
    bag = null;
```

```
FileInputStream fileI = new FileInputStream("info.ser");
ObjectInputStream IS =null;
IS = new ObjectInputStream(fileI);
try{
        bag = (Bag)IS.readObject();
        IS.close();
}catch(IOException e){
        System.out.println(e);
        }
System.out.println("*******************************");
System.out.println("There are information about bag:");
System.out.println("Color:"+bag.color);
System.out.println("Price:"+bag.price);
System.out.println("Size:"+bag.size);
System.out.println("Type:"+bag.type);
System.out.println("*******************************");
    }
  }
```

程序的执行结果如下：

```
*******************************
There are information about bag:
Color:java.awt.Color[r=255,g=0,b=0]
Price:57
Size:18
Type:Student bag
*******************************
```

9.6 其他常用流

9.6.1 管道流

管道流指的是 PipedInputStream 类和 PipedOutputStream 类，用来把一个程序、线程或代码块的输出连接到另一个程序、线程或代码块的输入，这样就可以通过管道在两个程序、线程或代码块之间传送数据了。

管道输入流作为一个通信管道的接收端，管道输出流则作为发送端。在使用管道前，管道输出流和输入流必须要进行连接。

1. 创建管道流

● PipedInputStream()：创建未连接管道输出流的管道输入流对象。

● PipedInputStream(PipedOutputStream pos)：创建连接到管道输出流 pos 的管道输入流对象。

● PipedOutputStream()：创建未连接管道输入流的管道输出流对象。

● PipedOutputStream(PipedInputStream pis)：创建连接到管道输入流 pis 的管道输出流对象。

2. 其他方法

管道流提供了进行相互连接的方法：

```
public void connect(PipedInputStream in);
public void connect(PipedOutputStream out);
```

另外，为了完成输入/输出操作，PipedInputStream 类重写了 read()方法，而类 PipedOutputStream 重写了 write()方法。

9.6.2　内存的访问

在 Java 语言中，为了提高安全性而禁止任何程序直接对内存进行操作，但是提供了 ByteArrayInputStream 类和 ByteArrayOutputStream 类来辅助利用内存，通过使用类 ByteArrayInputStream 中的方法可以从字节数组中读取数据，就相当于在内存中读取数据一样。通过使用类 ByteArrayOutputStream 中的方法可以向字节数组中写入数据，也就相当于向内存中写入数据，做暂时的保存。

9.6.3　顺序流

SequenceInputStream 类可以将几个输入流顺序的连接起来，形成一个比较长的流。它可以将若干个不同的流统一成为一种流，使得程序变得更加简洁。例如，如果要将多个文件的内容一次性读到内存中，就可以使用这个类来完成。

本章主要介绍了在 Java 语言中如何进行输入/输出的操作，首先介绍了输入/输出流的概念，其中包括流、输入流和输出流的概念，流的分类，各种流的层次关系，标准输入/输出流等。其次分别介绍了字节流和字符流中的常用流的定义和使用方法。再次介绍了如何使用流对文件进行顺序访问和随机访问，简单介绍了对象串行化的概念和使用方法，最后简单的介绍了几种其他的常用流。

一、选择题

1. 下列选项属于字符流的有（　　　）。
   A. ByteArrayOutputStream　　　　　　B. DataOutputStream
   C. InputStreamReader　　　　　　　　D. OutputStream
2. 下列 InputStream 类中（　　　）方法可以用于关闭流。
   A. skip()　　　　　B. close()　　　　　C. mark()　　　　　D. reset()
3. 在程序读入字符文件时，能够以该文件作为直接参数的类是（　　　）。
   A. FileReader　　　　　　　　　　　　B. BufferedReader
   C. FileInputStream　　　　　　　　　D. ObjectInputStream

4．为实现多线程之间的通信，需要使用下列（　　）流才合适。

    A．Filter stream

    B．File stream

    C．Random access stream

    D．Piped stream

5．如要求读取大文件的中间一段内容，最方便的是采用下列（　　）流来操作。

    A．File stream

    B．Piped stream

    C．Random stream

    D．Filter stream

6．要串行化某些类的对象，（　　）类就必须实现。

    A．Serializable 接口

    B．java.io.Externalizable 接口

    C．java.io.DataInput 接口

    D．DataOutput 接口

7．要从文件 file.dat 中读出第 10 个字节到变量 c 中，下列方法（　　）适合。

    A．FileInputStream in=new FileInputStream("file.dat"); in.skip(9); int c=in.read();

    B．FileInputStream in=new FileInputStream("file.dat"); in.skip(10); int c=in.read();

    C．FileInputStream in=new FileInputStream("file.dat"); int c=in.read();

    D．RandomAccessFile in=new RandomAccessFile("file.dat"); in.skip(9); int c=in.readByte();

二、填空题

1．字符输出流类都是_____抽象类的子类。

2．对 Java 对象读、写的过程被称为_____。

3．RandomAccessFile 所实现的接口是_____和 DataOutput 接口。

4．_____所实现的接口是 DataInput 接口和 DataOutput 接口。

5．使用流进行输入/输出前，需要引入的包是_____。

三、简答题

1．什么是流？什么是输入/输出流？什么是字节流和字符流，它们对应的基础抽象类分别是什么？

2．使用缓冲区输入/输出流的好处是什么？

3．什么是对象的持续性和对象的串行化？如何实现对象的串行化？

四、编程题

1．编程：从键盘接收一系列数据，并将数据保存到文件 save.dat 中去。将数据按照从小到大的顺序排列，显示输出，并将排好的数据再次写到文件中去。

2．编程：检查 C 盘根目录下的 CONFIG.SYS 文件是否存在，若存在则显示其中的内容。

3．编程：输入五个学生的基本信息（包括姓名、学号、Java 课的成绩），统计学生的总分，平均分，并将学生的基本信息和计算结果保存到文件 Student.txt 中。

4．编程：在文件 Student.txt 中读取保存的学生的基本数据，将 Java 课的成绩递减排序，并输出最高分和最低分，将学生基本信息和排序结果保存到文件 StudentScore.txt 中。

第 10 章　JDBC 数据库编程

本章导读

本章主要介绍如何使用 Java 中的 JDBC 对数据库进行访问，建立与指定数据库的连接，同时利用 JDBC 语句来执行 SQL 语句，从而实现 Java 对数据库的操作。

本章要点

- JDBC 的相关概念
- 各种 JDBC 的驱动类型
- 使用 JDBC 对数据库进行操作的过程
- 在数据库操作过程中使用的类和接口

10.1　JDBC 概述

10.1.1　JDBC 的作用

JDBC 是一种可以用来执行 SQL 语句的通用低层的 Java API，在不同的数据库功能模块的层次上提供了一个统一的用户界面。它由一些 Java 语言编写的类和接口组成，使用这些类和接口可以使得开发者使用 Java 语言来访问不同格式和位置的数据库。在访问数据上，JDBC 与微软的 ODBC 是相似的，但是 JDBC 可以运行在任何平台上。

使用 JDBC 访问数据库时，创建的应用程序可以使用两层模型和三层模型结构。两层模型指的是一个 Java 应用程序或者 Java 小应用程序直接同数据库进行连接，用户直接将 SQL 语句发送给数据库，执行的结果也将由数据库直接返回给客户。访问方式如图 10-1 所示。这种方式存在一定的局限性，容易受数据库厂家、版本等因素的限制，而且不利于应用程序的修改和升级。

图 10-1　JDBC 两层访问模型

三层模型是将 SQL 语句首先发送给一个中间服务器（中间层），然后再由中间服务器发送给数据库。执行结果也是首先返给中间服务器，然后再传递给用户。访问方式如图 10-2 所示。这种方式与两层结构相比存在一些优势，在操作数据的过程中，将客户与数据库分开，相互独立互不影响，而且由专门的中间服务器来处理客户的请求，与数据库通信，提高了数据库访问的效率。

图 10-2　JDBC 三层访问模型

10.1.2　JDBC 驱动类型

JDBC 的数据库访问机制有以下 4 种模式：

（1）JDBC-ODBC 桥接驱动。通过把 JDBC 操作转换为 ODBC 操作来实现数据库的访问。这种方式要求在本地客户机上必须要有 ODBC 驱动，因此只能在 Windows 操作系统下使用，JDBC 的平台无关性也就成为空话，所以这种方式从根本上来说只是一个临时的解决方案。

（2）本机代码和 Java 驱动程序。提供了一个建立在本地数据库驱动上的 JDBC 接口。将标准的 JDBC 调用转换为对数据库编程接口的本地调用，在性能上比 JDBC-ODBC 桥接驱动要好些。现在大多数数据库产品中都提供了这种方式的驱动程序。

（3）JDBC 网络的纯 Java 驱动。不需要客户端的数据库驱动，而是使用网络-服务器中间层来访问数据库。这种驱动程序与平台无关，并且不需要客户端安装和管理。

（4）基于本地协议的纯 Java 驱动。运行在客户端，直接访问数据库，应用程序一般使用两层访问模型。

在上述 4 种模式中，第一种和第二种驱动程序进行 JDBC 调用时与具体的数据库有关，而后两种则独立于具体的数据库。作为初学者第一种模式更易于学习和理解，因此在本书中具体介绍使用 JDBC-ODBC 桥驱动操作数据库的过程。

10.1.3　创建数据源

如果使用 JDBC-ODBC 桥接驱动方式访问数据库，首先就是要建立 ODBC 数据源。在"控制面板"中单击"管理工具"，选择"数据源（ODBC）"选项，弹出如图 10-3 所示的对话框。

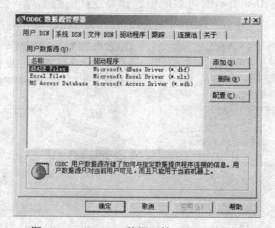

图 10-3　"ODBC 数据源管理器"对话框

选择"系统 DNS"选项卡，然后单击"添加"按钮，弹出"创建数据源"对话框，如图 10-4 所示。根据要连接的数据库的不同在对话框中选择不同的数据源驱动程序，比如说要连接 SQL Server 2000 数据库，选择 SQL Server 后单击"完成"按钮。

图 10-4　"创建数据源"对话框

在弹出的如图 10-5 所示的"创建到 SQL Server 的新数据源"对话框中，输入数据源的名字和 SQL Server 数据库服务器的名称，然后单击"下一步"按钮。

图 10-5　"创建到 SQL Server 的新数据源"对话框

在弹出的如图 10-6 所示的对话框中输入登录 SQL Server 数据库的登录 ID 和密码，单击"下一步"按钮后在如图 10-7 所示的对话框中选择要连接的数据库。然后按照其他提示完成数据源的配置。

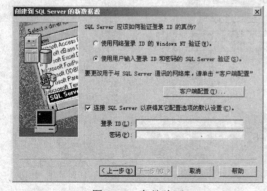

图 10-6　身份验证

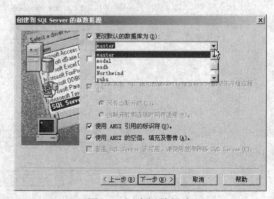

图 10-7　选择数据库

完成数据源配置之后，就已经建立了 JDBC 到 ODBC 之间的对应关系。

10.1.4　JDBC 数据库编程步骤

所有与数据库有关的对象和方法都在 java.sql 包中，因此不管使用哪一种 JDBC 驱动操作数据库，都必须在程序中首先引入这个包，即添加"import java.sql.*;"这条语句。其他操作数据库的具体步骤如下：

（1）加载驱动程序。

为了与特定的数据源相连，必须加载相应的驱动程序。驱动程序可以是上述的 4 种任何模式。如果 JDBC 要连接 ODBC 数据源，必须首先加载 JDBC-ODBC 桥驱动程序。可以使用下列代码：

```
Class.forName("sun.jdbc.odbc.JdbcOdbcDriver");
```

使用 Class.forName 方法显示加载一个驱动程序，根据使用的驱动类型和数据库的不同，Class.forName 方法的参数也不同。例如，使用基于本地协议的纯 Java 驱动连接 SQL Server 数据库时，代码如下：

```
Class.forName("com.microsoft.jdbc.sqlserver.SQLServerDriver");
```

（2）建立连接。

使用 DriverMannager 类的 getConnection 方法来建立与某个数据源或者数据库的连接，具体代码如下：

```
Connection conn=DriverMannager. getConnection(url,"login","password");
```

通过 url 可以连接到指定的数据源或者数据库系统，如果要连接到数据源，则 url 的格式一般为：

```
String url="jdbc：odbc：数据源的名字";
```

如果要连接到指定的 SQL Server 数据库，则 url 的格式为：

```
String url="jdbc:microsoft:sqlserver://localhost:1433;DatabaseName=pds";
```

连接到不同的数据库，url 的内容也不相同。

使用 DriverMannager 类的 getConnection 方法将返回一个打开的数据库连接，可以在此连接的基础上向数据库发送 SQL 语句。

（3）执行 SQL 语句。

JDBC 中执行 SQL 语句的执行方法可以分为三类，分别对应的是 Statement、PreparedStatement 和 CallableStatement 对象。这三种对象的区别在于 SQL 语句准备和执行的时间不同。Statement 对象主要用于一般查询语句的执行，SQL 的准备和执行将同步进行；对于 PreparedStatement 对象，驱动程序存储执行计划以备后来执行；而对于 CallableStatement 对象，SQL 语句实际上调用一个已经优化的预先存储的过程。

1）Statement 对象。使用 Connection 对象的 createStatement 方法可以创建一个 Statement 对象。

```
Statement stm=conn.createStatement();
```

创建成功后可以通过 Statement 对象的不同方法来执行不同的 SQL 语句，最重要的方法有：

- executeQuery(String sql)：用于执行一个 SELECT 语句，只返回一个结果集。
- execute(String sql)：用于执行一个 SELECT 语句，但可以返回多个结果集。

executeUpdate(String sql)：不返回结果集，主要用来执行 UPDATE、DELETE 和 INSERT 语句。

一个 Statement 对象在同一个时间只能打开一个结果集，当打开第二个结果集时就会隐含的将第一个结果集关闭。如果想同时打开多个结果集进行操作，必须要创建多个 Statement 对象，在每一个 Statement 对象上执行 SQL 语句来获得相应的结果。每一个 Statement 对象使用完毕后，都应该关闭，使用下面的代码可以关闭 Statement 对象：

    stm.close();

2）PreparedStatement 对象。PreparedStatement 类是 Statement 类的子类。Statement 对象在每次执行 SQL 语句的时候都将该语句传递给数据库，在多次执行同一 SQL 语句时，效率很低，这时可以使用 PreparedStatement 对象。PreparedStatement 对象可以接收参数，在执行时，针对相同的 SQL 语句传递不同的参数，提高执行效率。

在 Connection 对象的基础上使用 prepareStatement()方法可以创建一个 PreparedStatement 对象，在创建时应该要给出预编译的 SQL 语句。例如：

    PreparedStatement pstmt=conn. prepareStatement("SELECT * FROM   Student");

如果要执行的 SQL 语句带有参数，参数在 SQL 语句中使用"？"来代替实际的值例如：
String sql="SELECT * FROM   Student WHERE Name=? and Age>=?";

实际的参数内容可以使用 setXXX(int index,实际值)方法来与参数相关联，其中 XXX 为参数的类型，参数的 index 由在 SQL 语句中的顺序来决定，第一个"？"的索引为 1，第二个"？"的索引为 2 等。

参数赋值之后，可以通过 PreparedStatement 对象调用 executeQuery()、execute()和 executeUpdate()方法来执行 SQL 语句。这三个方法与 Statement 对象的三个方法有所不同，这三个方法没有参数，因为要执行的 SQL 语句在创建 PreparedStatement 对象时就已经给出了，并进行了预编译。

PreparedStatement 对象使用完毕后，也应该进行关闭，使用下列代码可以关闭 PreparedStatement 对象。

    pstm.close();

3）CallableStatement 对象。CallableStatement 类是 PreparedStatement 的子类。CallableStatement 对象用于执行数据库中的存储过程。存储过程可以有输入参数，也可以有输出参数。通过 Connection 对象的 prepareCall 方法可以创建一个 CallableStatement 对象，此方法的参数是一个 String 对象，一般格式为"{call procedurename()}"，其中 procedurename 是存储过程的名字，例如，要执行存储过程 QueryName，则代码为：

    CallableStatement cstmt=conn.prepareCall("{call QueryName()}");

通过 CallableStatement 对象的 executeQuery()、execute()和 executeUpdate()方法来执行 SQL 语句。

CallableStatement 对象使用完毕后，也要使用 close()方法进行关闭。

（4）处理结果。

调用 Statement、PreparedStatement 和 CallableStatement 的 executeQuery()方法都会返回一个结果集 ResultSet 对象。这个对象实际上是一个管式的数据集合，即它是含有按统一的列组织的成行的数据，也就是一个表，处理时必须逐行进行，而且每次只能看到一行数据。在

ResultSet 对象中有一个指向当前行的指针，最初时，指针指向第一行之前，使用 next()方法可以使指针移向下一行。因此处理数据时，首先要使用 next()方法将指针移向第一行，然后处理数据，处理完毕，再移向第二行。next()方法的返回值为一个 boolean 值，如果返回 true，说明指针成功移动，可以对数据进行处理；如果返回 false，说明没有下一行，即结果集数据处理完毕。

在对每一行处理时，可以对各个列按照任意顺序进行访问。不过，按照从左到右的顺序进行访问效率较高，使用 getXXX(int index)或 getXXX(String name)方法获得指定列的值。

结果集使用完毕后，要使用 close()方法进行关闭。

（5）关闭连接。

为了提高数据库的安全性，操作完数据库中的数据后，要显示的使用 close()方法断开连接。

10.2　JDBC 常用类和接口

在上述的数据库操作步骤中，主要涉及到了 JDBC 编程中常用的几个接口和类：java.sql.DriverManager 类用来加载驱动程序、建立连接；java.sql.Connection 接口用来处理程序与数据库的连接；java.sql.Statement 接口用来处理 SQL 语句的语句类；java.sql.ResultSet 接口用来处理查询操作的结果集。下面具体介绍一下这几个类和接口的主要作用和常用方法。

10.2.1　DriverManager 类

DriverManager 类是 JDBC 的管理层，管理 JDBC 驱动程序，作用于用户和驱动程序之间。跟踪可用的驱动程序，在数据库和驱动程序之间建立连接，另外也处理诸如驱动程序登陆时间限制及登陆和跟踪消息的显示等事务。DriverManager 类的常用方法如表 10-1 所示。

表 10-1　DriverMannager 类的常用方法

方法	说明
deregisterDriver(Driver driver)	取消注册指定的驱动程序
getConnection(String url)	建立数据库连接
getDriver(String url)	查找将要连接到指定 url 的 Driver 对象
getDrivers()	返回当前驱动器中注册的所有 Driver 对象的数组
getLoginTimeout()	返回驱动器等待连接的时间（秒）
getLogStream()	返回管理器将用于 Driver 对象的日志/跟踪流
println(String message)	向当前的日志流发送指定的字符串
registerDriver(Driver driver)	在管理器中注册指定的 Driver 对象
setLoginTimeout(int seconds)	设置驱动器等待连接的时间（秒）
setLogStream(PrintStream out)	设置 Driver 对象所用的日志/跟踪流

10.2.2　Connection 接口

Connection 接口代表与数据库的连接，是 Java 中不可缺少的部分，包含了从事务处理到创建语句等许多功能，而且还提供了一些基本的错误处理方法。Java 的一个应用程序可以与单个数据库有一个或者多个连接，也可以与许多数据库有连接。Connection 接口常用方法如表 10-2 所示。

表 10-2　Connection 接口常用方法

方法	说明
clearWarning()	清除当前的连接警告
close()	关闭数据库连接
createStatement()	建立一个用于执行 SQL 语句的 Statement 对象
isClosed()	返回该数据库连接是否关闭
isReadOnly()	判断当前连接是不是只读的
nativeSQL(String sql)	JDBC 驱动器向数据库提交 SQL 语句时，返回该语句
prepareCall(String sql)	返回用于调用存储过程的 CallableStatement 对象
prepareStatement(String sql)	返回执行动态 SQL 语句的 PreparedStatement 对象

10.2.3　Statement 和 PreparedStatement

要执行 SQL 语句得到数据库的返回结果，必须使用 Statement 对象、PreparedStatement 对象（Statement 的子类）或者 CallableStatement 对象（PreparedStatement 的子类）。本书主要介绍 Statement 对象和 PreparedStatement 对象常用的方法。Statement 对象常用方法如表 10-3 所示。

表 10-3　Statement 对象常用方法

方法	说明
close()	关闭当前 Statement 对象
execute(String sql)	执行 Statement 对象
executeQuery(String sql)	执行查询语句
executeUpdate(String sql)	执行更新语句
getMaxFieldSize()	返回结果集中某字段的当前最大长度
getMaxRows()	返回结果集中某字段的当前最大行数
getMoreResults()	移到 Statement 对象的下一个结果处，用于返回多结果集的 SQL 语句
getResultSet()	返回当前结果集
getUpdateCount()	返回多个结果语句中的当前结果
getQueryTimeout()	返回 JDBC 驱动器等待 Statement 对象执行语句的延迟时间（秒）
setMaxFieldSize(int maxFieldSize)	设置结果集中返回的最大字段长度
setMaxRows(int maxRows)	设置结果集中包含的最大行数
setQueryTimeout(int seconds)	设置 JDBC 驱动器等待 Statement 对象执行语句的延迟时间（秒）

PreparedStatement 对象用来执行动态的 SQL 语句，在 SQL 语句中可以具有一个或者多个

IN 参数。参数的值在 SQL 语句创建时未指定，而是使用"？"来代替，在 SQL 语句执行前，再使用方法来赋值。PreparedStatement 对象常用方法如表 10-4 所示。

表 10-4　PreparedStatement 对象常用方法

方法	说明
clearParameters()	清除当前 SQL 语句包含的所有参数
execute()	执行 SQL 语句或者存储过程
executeQuery()	执行查询语句
executeUpdate()	执行更新语句
setByte(int index,byte x)	将指定的参数设置为 byte 值
setDate(int index,Date x)	将指定的参数设置为 Date 值
setDouble(int index,double x)	将指定的参数设置为 double 值
setFloat(int index,float x)	将指定的参数设置为 float 值
setInt(int index,int x)	将指定的参数设置为 int 值
setLong(int index,long x)	将指定的参数设置为 long 值
setNull(int index,int sqlType)	将指定的参数设置为 Null 值
setString(int index,String x)	将指定的参数设置为 String 值
setTime(int index,Time x)	将指定的参数设置为 Time 值

10.2.4　ResultSet 对象

几乎所有数据库操作的方法和查询都将数据作为 ResultSet 对象返回，此对象可以包含任意数量的命名列，可以按照名称或者索引来访问这些列，而且还可以包含一个或者多个行，可按照顺序自上而下逐一访问。ResultSet 对象的常用方法如表 10-5 所示。

表 10-5　ResultSet 对象常用方法

方法	说明
close()	关闭当前的 ResultSet 对象
findColumn(String columnName)	查找指定的列名，并返回该列的索引
getBoolean(int index)	将指定索引的列数据作为 boolean 值返回
getByte(int index)	将指定索引的列数据作为 byte 值返回
getDate(int index)	将指定索引的列数据作为 Date 值返回
getDouble(int index)	将指定索引的列数据作为 double 值返回
getFloat(int index)	将指定索引的列数据作为为 float 值返回
getInt(int index)	将指定索引的列数据作为 int 值返回
getLong(int index)	将指定索引的列数据作为 long 值返回
getString(int index)	将指定索引的列数据作为 String 值返回
getTime(int index)	将指定索引的列数据作为 Time 值返回

方法	说明
getBoolean(String columnName)	将指定列名称的列数据作为 boolean 值返回
getByte(String columnName)	将指定列名称的列数据作为 byte 值返回
getDate(String columnName)	将指定列名称的列数据作为 Date 值返回
getDouble(String columnName)	将指定列名称的列数据作为 double 值返回
getFloat(String columnName)	将指定列名称的列数据作为为 float 值返回
getInt(String columnName)	将指定列名称的列数据作为 int 值返回
getLong(String columnName)	将指定列名称的列数据作为 long 值返回
getString(String columnName)	将指定列名称的列数据作为 String 值返回
getTime(String columnName)	将指定列名称的列数据作为 Time 值返回
next()	将结果集指针下移一条
wasNull()	如果方法 getNull 读出的值是 SQL NULL 则返回 true

10.3　JDBC 示例

10.3.1　示例简介

本示例中创建了一个学生系统（StudentSystem）数据库，其中包含学生信息表（Students）。编写的应用程序主要功能包括：将学生信息全部显示；按照指定学号显示特定学生信息；向数据库插入学生信息；修改指定学号的学生信息；删除指定学号的学生信息。Students 数据表结果如表 10-6 所示。

表 10-6　Students 表结构

列名	类型	长度	说明
StudentNo	char	11	学号，主键
Name	char	10	姓名
Age	Int	4	年龄
Sex	char	2	性别
Address	varchar	50	住址
Email	varchar	50	电子邮件
Phone	char	15	联系电话

使用 JDBC 编写数据库访问程序的步骤总结如下：

（1）导入 java.sql.* 包。

（2）加载驱动程序。

（3）根据驱动程序的不同，确定连接数据库使用的 URL，并根据 URL 连接数据库，本例使用 JDBC-ODBC 桥驱动连接数据库，因此 URL 为 "jdbc:odbc:数据源名"。

（4）建立要执行 SQL 语句的对象,本例中分别使用了 Statement 对象和 PreparedStatement 对象两种方法执行 SQL 语句。

（5）处理结果集。

（6）关闭结果集。

（7）关闭连接。

注意：在进行数据库操作时，需要进行异常处理。

10.3.2　程序结构

在进行数据库编程时，要注意程序的结构，尽量使代码的重复率降到最低，而且利于程序的扩展和修改。本例中主要有以下 3 个类：

- Student：用来封装数据库中的 Students 表中的数据。

- StudentSystem：本例中主要的操作类，其中包含了应用程序对数据表 Students 的全部操作。

- MainStudent：程序的执行入口，主要作为测试类出现，在学习了图形用户界面后，可以使用友好的图形界面来替代此类的功能。

10.3.3　具体代码

下面来看 3 个类的具体代码。

（1）Student.java 的具体代码如下：

```
class Student{
    String No;              //学号
    String Name;            //姓名
    int Age;                //年龄
    String Sex;             //性别
    String Address;         //住址
    String Email;           //电子邮件
    String Phone;           //联系电话
    //创建学生对象，封装数据
    public Student(String No,String Name,int Age,String Sex,String Address,String Email,String Phone){
        //成员变量初始化
    }
}
```

（2）StudentSystem.java 的具体代码如下：

```
import java.sql.*;              //导入包
public class StudentSystem{
    Connection conn;            //数据库连接对象
    Statement stm;              //执行简单的 SQL 语句
    PreparedStatement pstm;     //执行带有参数的 SQL 语句
    ResultSet rs;               //保存查询结果
    StudentSystem()throws Exception{
        Class.forName("sun.jdbc.odbc.JdbcOdbcDriver");      //加载驱动程序
```

```
            conn=DriverManager.getConnection("jdbc:odbc:StudentSystem","sa","sql");  //连接数据库
}
//查询并显示所有学生信息
void selectAll()throws SQLException{
    stm=conn.createStatement();                            //创建 Statement 对象
    rs=stm.executeQuery("select * from Students");         //执行 SQL 语句
    while(rs.next()){                                      //判断是否有查询结果并显示
      printAll();
      System.out.println("----------------------------");}
     closeAll();                                           //关闭Statement 对象和ResultSet 结果集
}
//按照指定的学号查找特定学生信息
void selectNo(String No)throws SQLException{
    stm=conn.createStatement();
    rs=stm.executeQuery("select * from Students where StudentNo='"+No+"'");
    if(rs.next()){      printAll();}
    closeAll();
}
//插入学生信息
void insertStudent(Student s)throws SQLException{
    //创建带有参数的 preparedStatement 对象
    pstm=conn.prepareStatement("insert into Students values(?,?,?,?,?,?,?)");
    setValue(s);             //为参数赋值
    pstm.executeUpdate();    //执行 SQL 语句
    pstm.close();            //关闭 preparedStatement 对象
}
//删除指定学号的学生
void deleteNo(String No)throws SQLException{
    pstm=conn.prepareStatement("delete from Students where StudentNo=?");
    pstm.setString(1,No);
    pstm.executeUpdate();
}
//修改指定学号的学生信息
void updateStudent(Student s)throws SQLException{
    pstm=conn.prepareStatement("update Students set StudentNo=?,Name=?,Age=?,Sex=?,
                        Address=?,Email=?,Phone=? where StudentNo=?");
    setValue(s);
    pstm.setString(8,s.No);
    pstm.executeUpdate();
    pstm.close();
}
//用来显示数据库中的数据
private void printAll()throws SQLException{//显示学生信息 }
//用来为参数设定值
private void setValue(Student s)throws SQLException{     //设置学生信息}
private void closeAll()throws SQLException{//关闭结果集和 Statement 对象 }
```

```
        void closeConn()throws SQLException{ conn.close();        //关闭连接}
```
（3）MainStudent.java 的具体代码如下：

```
    class MainStudent{
        public static void main(String args[])throws Exception{
            StudentSystem ss=new StudentSystem();   //创建数据库操作类实例
            //创建学生对象
            Student s=new Student("20053051102","张三",21,"男","河北"
                                    ,"zhangsan@hotmail.com","12345678945");
            ss.insertStudent(s);              //将学生信息写入数据库
            ss.selectNo("20053051101");       //查找指定学号学生
            ss.updateStudent(s);              //修改学生信息
            ss.deleteNo("20053051101");       //删除指定学号学生信息
            ss.selectAll();                   //显示所有学生信息
            ss.closeConn();                   //关闭数据库连接
        }
    }
```
程序的执行结果如图 10-8 所示。

图 10-8　插入操作执行完毕显示的结果

本章主要介绍了在 Java 中使用 JDBC 来访问数据库和管理数据库中数据的方式。JDBC 在操作数据库时提供了 4 种类型的驱动程序，即 JDBC-ODBC 桥驱动、本机代码和 Java 驱动程序、JDBC 网络的纯 Java 驱动和基于本地协议的纯 Java 驱动。本章主要介绍了 JDBC-ODBC 桥驱动连接数据库的方式，这种方法比较简单适合初学者。最后又通过一个比较完整的实例介绍了数据库操作的主要过程和代码供读者参考。

一、选择题

1．在 Java 中，与数据库连接的技术是（　　）。

  A．ODBC   B．JDBC

  C．数据库厂家驱动程序   D．数据库厂家的连接协议

2．下列（   ）JDBC 驱动程序需要依赖 ODBC。

  A．桥驱动   B．本机代码和 Java 驱动程序

  C．JDBC 网络的纯 Java 驱动   D．基于本地协议的纯 Java 驱动

3．下列说法错误的是（   ）。

  A．ODBC 不具有跨平台性，不适合在 Java 中使用

  B．具有跨平台性，与 Java 相结合，具有更高的安全性、完整性、健壮性

  C．JDBC 是 Java 的一种带界面的高级 API

  D．Java 有四种驱动程序

二、填空题

1．JDBC 驱动类型中，_____是一个过渡产品，不具有良好的跨平台性。

2．在数据库 student 的表 score 中，查询所有 math 字段大于 80 分的记录，并按照 math 字段排序，写出 SQL 语句_____。

3．进行数据库操作时，经常出现的异常是_____。

三、简答题

1．什么是 JDBC？它有哪几种类型？并说明它们的区别。

2．请说明使用 JDBC-ODBC 桥驱动访问数据库的步骤。

3．请说明 Statement 对象、PreparedStatement 对象和 CallableStatement 对象的区别。

四、编程题

创建数据表 Teacher，仿照最后实例编写程序对数据表中的数据进行插入、删除、修改和查询显示操作。

第 11 章 图形用户界面（GUI）设计

Java 中的 GUI 包括 Java 图形界面、窗口界面和 Applet 界面。本章主要讲述 Java 中进行图形界面和窗口界面设计的过程及方法。

- GUI 相关概念
- 布局管理器的概念和使用方法
- 事件处理的方法和过程
- 常用 Swing 组件的使用

11.1 图形用户界面概述

11.1.1 Java GUI 简介

计算机程序按照运行界面的效果分为字符界面和图形界面，随着 Windows 操作系统的流行，图形用户界面（Graphics User Interface，GUI）已经成为趋势，它使得用户与计算机的交互变得直观而形象。所以，对于一个优秀的应用程序来说，良好的图形用户界面是非常重要的。在 Java 中，java.awt 和 javax.swing 包提供了可以实现图形用户界面的各种组件。

1. java.awt 包

java.awt 包又被称为抽象窗口工具集（Abstract Window Toolkit），是使用 Java 进行 GUI 设计的基础。在早期的 Java 版本中，java.awt 包提供了大量进行 GUI 设计所需的类和接口，这些类和接口主要用来创建图形用户界面，此外还可进行事件处理、数据传输和图像操作等。但由于处理组件的数量和质量规模都很小，所以在组件体系结构设计上存在缺陷，随着人们对 GUI 设计要求的不断提高，这些问题越来越突出。

2. javax.swing 包

为了解决 AWT 所带来的问题，在 JDK1.1 中出现了第二代 GUI 设计工具 Swing 组件，"Swing"是开发新组件的项目代码名。Swing 组件用一种全新的方式来绘制组件，除了几个容器 JApplet、JDialog、JFrame、JWindow 以外，其他组件都是轻量级组件。而 AWT 的组件一律都是重量级组件，轻量级组件不依赖于本地的窗口工具包，因此 AWT 和 Swing 组件一般不混用。Swing 组件尽管在速度上有些慢，但是能够做到完全的平台独立，真正地实现了"一次编译，到处执行"。使用 Swing 组件设计出的图形用户界面程序在观感上也给人一种全新的感觉。

　　Swing 的体系结构完全基于 MVC 组件体系结构。所谓 MVC 是指"模型-视图-控制器"。模型（M）维护数据，提供数据访问方法；视图（V）展示数据，提供数据的表现形式；控制器（C）控制执行流程，提供对用户动作的响应。在使用 Swing 包所形成的用户界面中，控制器从键盘和鼠标接受用户动作，视图刷新显示器内容，模型表示界面数据。

　　Swing 组件存放在 javax.swing 包中。Swing 包是在 AWT 包的基础上创建的，几乎所有的 AWT 组件对应有新的功能更强的 Swing 组件，只是在名称前面多了一个字母"J"。例如：AWT 中，按钮、标签、菜单组件分别为 Button、Label、Menu，而 Swing 中，对应组件分别为 JButton、JLabel、JMemu。本章主要介绍使用 Swing 组件创建图形用户界面的过程和方法。

　　3．一个简单的 GUI 程序

　　下面是一个简单的 GUI 应用程序的例子。

　　例 11-1　在一个窗口中显示两个标签和一个按钮，第一个标签上显示提示信息，点击按钮时第二个标签显示系统时间。

　　程序如下：

```
import java.awt.*;              //引入 awt 组件包
import java.awt.event.*;        //引入事件处理包
import javax.swing.*;           //引入 swing 组件包
import java.util.*;             //引入 util 包，获取系统时间
public class SwingDemo extends JFrame implements ActionListener{
    //继承 Frame 类创建界面，实现 ActionListener 接口进行事件处理
    JLabel jlabel1,jlabel2;     //声明两个标签对象
    JButton jbutton;            //声明一个按钮对象
    //构造方法的定义
    SwingDemo(){
        super("GUI 应用程序");              //调用父类构造方法，设置窗口标题
        jlabel1=new JLabel("一个 Swing 的 GUI 应用程序",JLabel.CENTER);//创建标签，文字居中
        jlabel2=new JLabel(" ");            //创建一个无文字标签
        jbutton=new JButton("现在时间");    //创建按钮
        jbutton.addActionListener(this);    //给按钮注册事件监听
        getContentPane().add(jlabel1,BorderLayout.NORTH);  //向框架的内容窗格南面添加 jlabel1
        getContentPane().add(jlabel2,BorderLayout.CENTER); //向框架的内容窗格中间添加 jlabel2
        getContentPane().add(jbutton,BorderLayout.SOUTH);  //向框架的内容窗格北面添加 jbutton
    }
        public void actionPerformed(ActionEvent e){        //对按钮进行事件处理的方法
        Calendar c=Calendar.getInstance();                 //获取系统日期和时间
        if(e.getSource()==jbutton){                        //判断是否为按钮事件
            jlabel2.setText("现在时间是："+c.get(Calendar.HOUR_OF_DAY)+"时"+
                        c.get(Calendar.MINUTE)+"分");      //设置标签 jlabel2 的文字是时间
            jlabel2.setHorizontalAlignment(JLabel.CENTER);
        }
    }
    //主方法的定义
    public static void main(String args[]){
```

```
        JFrame jframe=new SwingDemo();              //创建 JFrame 对象，初始为不可见
        jframe.setSize(200,100);                    //设置框架窗口为紧缩显示
        jframe.setVisible(true);                    //显示框架窗口
        jframe.setDefaultCloseOperation(JFrame.EXIT_ON_CLOSE);
    }
}
```

程序运行效果如图 11-1 所示。

（a）运行的初始界面

（b）点击按钮后的状态

图 11-1　Swing 组件的 GUI 应用程序

这是个简单的 GUI 应用程序的例子。可以从中看到 Java GUI 程序的基本编写流程：

（1）引入需要的包和类。本例使用了组件包、事件处理包和包含系统时间类 Calendar 的 util 包。

（2）设置一个顶层的容器。本例使用了一个框架（JFrame）。

（3）根据需要，为容器设置布局管理器或使用默认的布局管理器。本例使用默认的 BorderLayout。

（4）将组件添加到容器内，位置自行设计。本例添加了两个标签和一个按钮。

（5）为响应事件的组件编写事件处理代码。本例为按钮编写了事件处理代码。

11.1.2　容器、组件、布局和观感

Java 图形用户界面的最基本组成部分是类似按钮、文本框这样的组件，它们可以提供给用户一个良好的操作界面。这些组件又会有组织地存在于一个或若干个容器当中，其位置、大小等由容器的布局决定。最后，可通过设置观感使图形用户界面给人以不同的视觉效果。

1．容器（Container）和组件（Component）

组件（Component）是可以用图形化的方式显示在屏幕上并能够与用户进行交互的对象，它是图形用户界面的基本组成部分，例如,一个按钮、一个标签。但是组件不能独立地显示，必须将组件放在一定的容器中才能显示出来。

容器（Container）是一种特殊的组件，一种能够容纳其他组件或容器的组件。Container 是抽象类，是所有容器的父类，其中包含了有关容器的功能方法，它实际上是 Component 的子类。

每一个 Java 的 GUI 程序都必须至少包含一个顶层容器组件。在 Swing 中，能够作为顶层容器的有：JFrame、JApplet（用于 Java 小程序）、JDialog 和 JWindow。JFrame 对象经常用于作为 Java 的 GUI 应用程序的主窗口，带有标题、最小化、最大化及关闭按钮。JApplet 对象可以实现一个 Applet 小程序的显示区域。对话框 JDialog 可以实现显示一个二级窗口（依赖于另一个窗口的窗口）。JWindow 只是一个简单的容器，由于 JFrame 扩充了 JWindow 并建立于它之上，所以只使用 JFrame 而不用 JWindow。

还有一种普通容器组件，如 JPanel、JScrollPane、JTabbedPane，它们是中间层容器，可以作为容纳其他组件的容器，但是不能独立存在，需要添加到其他容器中，如 JFrame 或 JApplet。另外，还有一些起特殊作用的中间层容器，如：JLayeredPane、JRootPane、JToolBar 等。

在例 11-1 中，使用了一个顶层容器 JFrame，一般的 GUI 应用程序至少要有一个框架。其中使用了三个组件：两个标签、一个按钮。另外，为了实现单击窗口的关闭按钮关闭窗口，使用了代码：

```
JFrame.setDefaultCloseOperation(JFrame.EXIT_ON_CLOSE);
```

JFrame 中提供了 setDefaultCloseOperation()方法来实现关闭窗口退出应用程序的动作。有关事件处理的具体内容，后面会详细介绍。

2. 布局管理器（Layout Manager）

组件在容器中的位置和大小应该合理，符合实际要求，所以要设置它们的布局。为了使图形用户界面具有良好的平台无关性，Java 语言中提供了专门用来管理组件在容器中布局的工具：布局管理器。容器中组件的定位由布局管理器统一管理，每一个容器都有一个默认的布局管理器，也可以为容器定义新的布局管理器。当需要对一个组件进行定位时，就会调用相应的布局管理器。

Java 语言提供了多种布局管理器，主要有 FlowLayout、BorderLayout、GridLayout、CardLayout、BoxLayout 和 GridBagLayout。使用不同的布局管理器，组件在容器中的位置是不一样的。后面会详细介绍各种布局管理器。

3. 观感（Look and Feel）

观感是 Swing 中提供的一个功能。观感决定了应用程序的外观。Swing 中提供了三种观感，默认的观感是 Java 观感（又称为 Metal 观感），另外还有模仿 Motif 和 Windows 的观感。图 11-2 分别显示了三种观感。

图 11-2   三种观感

例 11-2   设置观感一般需要一个类，代码如下：

```
//设置 Windows 的观感
    public void setNativeLookAndFeel(){
        try{
            UIManager.setLookAndFeel(UIManager.getSystemLookAndFeelClassName());
        }catch(Exception e){
            System.out.println("设置 NativeLAF 错误："+e);
        }
    }
    //设置 Java 的观感
```

```
public void setJavaLookAndFeel(){
    try{

UIManager.setLookAndFeel(UIManager.getCrossPlatformLookAndFeelClassName());
    }catch(Exception e){
            System.out.println("设置 JavaLAF 错误："+e);
    }
}
//设置 Motif 的观感
public void setMotifLookAndFeel(){
    try{
            UIManager.setLookAndFeel("com.sun.java.swing.plaf.motil.MotifLookAndFeel");
    }catch(Exception e){
            System.out.println("设置 MotifLAF 错误："+e);
    }
}
```

但是该类不能够单独使用，需要设置观感的时候添加到程序当中。另外还需要加入设置观感的语句，一般加在应用程序的框架的构造方法中或小程序的 init()方法中。

11.2　布局管理器

11.2.1　布局管理器简介

布局管理器负责控制组件在容器中的布局。Java 语言提供了多种布局管理器，主要有：FlowLayout、BorderLayout、GridLayout、CardLayout、GridBagLayout 等。

每一种容器都有自己的默认布局管理器。容器 JPanel 的默认布局管理器是 FlowLayout。而容器 JFrame、JDialog 和 JApplet 在定义的时候实现了 RootPaneContainer 接口，从而这些容器拥有四个部分：GlassPane、JLayeredPane、ContentPane 和 JMenuBar。向这些容器中添加组件时必须要添加到容器的 ContentPane 部分中。ContentPane 又叫做内容窗格，内容窗格的默认布局管理器是 BorderLayout。

为各种容器设置布局管理器都使用 Component 类的方法 setLayout(布局管理器对象)来实现。向设置了布局管理器的容器中添加组件都使用方法 add(参数)，其中所用到的参数随着布局管理器的不同而不同。

下面详细介绍各种布局管理器。

11.2.2　FlowLayout 布局管理器

FlowLayout 又叫做流式布局管理器，是一种最简单的布局。在这种布局管理器中，组件一个接一个从左至右、从上到下一排一排地依次放在容器中。FlowLayout 默认为居中对齐。当容器的尺寸变化时，组件的大小不会改变，但是布局会发生变化。

FlowLayout 布局管理器是 JPanel 的默认布局管理器。

可以在其构造方法中设置对齐方式、横纵间距。构造方法有以下三种：

- FlowLayout()：无参数，默认居中对齐，组件间间距为 5 个像素单位。
- FlowLayout(int align)：可以设置对齐方式，默认组件间间距为 5 个像素单位。
- FlowLayout(int align,int hgap,int vgap)：可以设置对齐方式、水平间距、垂直间距。

参数说明：

align：对齐方式，有三个静态常量取值 FlowLayout.LEFT、FlowLayout.CENTER 和 FlowLayout.RIGHT，分别表示左、中、右。

hgap：水平间距，以像素为单位。

vgap：垂直间距，以像素为单位。

要给一个容器设置 FlowLayout 布局管理器，可以使用 setLayout(FlowLayout 对象)方法实现。向使用 FlowLayout 布局的容器中添加组件，可以直接使用 add()方法，格式为：

```
add(组件名);
```

例 11-3　使用 FlowLayout 布局管理器。

```
JFrame frame=new JFrame("FlowLayout 布局");          //创建一个顶层容器框架
Container c=frame.getContentPane();                  //得到框架的内容窗格
FlowLayout f=new FlowLayout(FlowLayout.LEFT,10,10);  //生成 FlowLayout 的对象
c.setLayout(f);                                      //为容器设置布局管理器
  for (int i=1;i<=5;i++){
        c.add(new JButton("按钮"+i));                //添加按钮组件
  }
```

程序运行结果如图 11-3 所示。

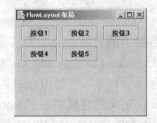

图 11-3　使用 FlowLayout 布局管理器

11.2.3　BorderLayout 布局管理器

BorderLayout 又叫边界布局管理器，是比较通用的一种布局管理器。这种布局管理器将容器版面分为 5 个区域：北区、南区、东区、西区和中区，遵循“上北下南，左西右东”的规律。5 个区域分别可以用 5 个常量 NORTH、SOUTH、EAST、WEST、CENTER 来表示。当容器的尺寸变化时，组件的相对位置不会改变，NORTH 和 SOUTH 组件高度不变，宽度改变，EAST 和 WEST 组件宽度不变，高度改变，中间组件尺寸变化。BorderLayout 布局管理器是 JFrame、JApplet 和 JDialog 的内容窗格的默认布局管理器。

BorderLayout 的构造方法有：

- BorderLayout()：无参数，默认组件间无间距。
- BorderLayout(int hgap,int vgap)：可以设置组件的水平间距、垂直间距。

参数说明：

hgap：水平间距。

vgap：垂直间距。

为容器设置 BorderLayout 布局管理器使用 setLayout(BorderLayout 对象)方法实现。向使用 BorderLayout 布局的容器中添加组件时使用 add()方法，注意必须指明所添加组件的区域。使用 add()方法的一般格式为：

　　　　add(组件名,区域常量);或 add(区域常量,组件名);

例 11-4　使用 BorderLayout 布局管理器。

```
Container c=frame.getContentPane();                //得到框架的内容窗格
BorderLayout b=new BorderLayout(10,10);            //生成 BorderLayout 的对象
c.setLayout(b);                                    //为容器设置布局管理器
c.add(BorderLayout.NORTH,new JButton("North"));
c.add(BorderLayout.SOUTH,new JButton("South"));
c.add(BorderLayout.EAST,new JButton("East"));
c.add(BorderLayout.WEST,new JButton("West"));
c.add(BorderLayout.CENTER,new JButton("Center"));
```

程序运行结果如图 11-4 所示。

图 11-4　使用 BorderLayout 布局管理器

11.2.4　GridLayout 布局管理器

GridLayout 称为网格布局管理器，这种布局管理器将容器划分成规则的网格，可以设置行列，每个网格大小相同。添加组件是按照先行后列的顺序依次添加到网格中。当容器尺寸变化时，组件的相对位置不变，大小变化。

GridLayout 的构造方法有以下 3 种：

● GridLayout()：无参数，单行单列。

● GridLayout(int rows,int cols)：设置行数和列数。

● GridLayout(int rows,int cols,int hgap,int vgap)：设置行数、列数，组件的水平间距、垂直间距。

参数说明：

rows：行数。

cols：列数。

hgap：水平间距。

vgap：垂直间距。

GridLayout 不 是 任 何 一 个 容 器 的 默 认 布 局 管 理 器 ， 所 以 要 设 置 必 须 使 用 setLayout(GridLayout 对象)方法设置。

向使用 GridLayout 布局的容器中添加组件时使用 add()方法，每个网格都必须添加组件，所以添加时按顺序（先行后列）进行。add()方法的语法格式为：

　　　　add(组件名);

例 11-5　使用 GridLayout 布局管理器。

```
Container c=frame.getContentPane();
GridLayout g=new GridLayout(3,2,5,5);
c.setLayout(g);
c.add(new JButton("1"));
c.add(new JButton("2"));
c.add(new JButton("3"));
c.add(new JButton("4"));
c.add(new JButton("5"));
c.add(new JButton("6"));
```

程序运行结果如图 11-5 所示。

图 11-5　使用 GridLayout 布局管理器

11.2.5　CardLayout 布局管理器

CardLayout 称为卡片布局管理器。它的特点是象一摞纸牌一样，多个组件重叠放在容器中，只有最上面的组件可见。它能够实现多个组件在同一容器区域内交替显示。要注意的是，一张卡片空间中只能显示一个组件，若要显示多个组件，可以采用容器嵌套的方式。

CardLayout 的构造方法有：

● CardLayout()：无参数，默认无间距。

● CardLayout(int hgap,int vgap)：可以设置水平间距、垂直间距。

参数说明：

hgap：水平间距。

vgap：垂直间距。

使用 setLayout(GardLayout 对象)方法为容器设置 GardLayout 布局。

向使用 GardLayout 布局的容器中添加组件时，为了调用不同的卡片组件，可以为每个卡片组件命名，使用 add()方法实现，格式为：

　　　　add(名称字符串,组件名);

或

　　　　add(组件名,名称字符串);

可以使用 next()方法顺序地显示每个卡片，也可以使用 first()方法选取第一张卡片，last()

方法选取最后一张卡片。

例 11-6　使用 GridLayout 布局管理器。

```
Container c=frame.getContentPane(); //设置卡片布局管理器，其中水平间距为 30，垂直间距为 30
c.setLayout(new CardLayout(30,30));
//添加四个按钮组件，形成 4 张卡片
c.add("card1",new JButton("卡片 1"));
c.add("card2",new JButton("卡片 2"));
c.add("card3",new JButton("卡片 3"));
c.add("card4",new JButton("卡片 4"));
```

程序运行结果如图 11-6 所示。

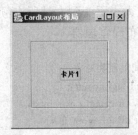

图 11-6　使用 GardLayout 布局管理器

11.2.6　GridBagLayout 布局管理器

GridBagLayout（网袋布局）是最复杂最灵活的，也是最有用的一种布局管理器。它也是将容器划分成网格，组件按照行列放置，但每个组件所占的空间可以不同，通过施加空间限制使得组件能够跨越多个网格放置。

GridBagLayout 布局中组件的位置比较复杂，所以又引入了一个对组件施加空间限制的辅助类 GridBagConstraints。在 GridBagLayout 容器中添加组件前，先设置对该组件的空间限制，GridBagConstraints 可以一次创建，多次使用。为容器设置 GridBagLayout 布局的基本步骤为：

（1）GridBagLayout gbl=new GridBagLayout();　　　　　　//创建 GridBagLayout 的对象

（2）GridBagConstraints gbc=new GridBagConstraints();//创建空间限制 GridBagConstraints 的对象

（3）…//生成组件，并设置 gbc 的值

（4）gbl.setConstraints(组件,gbc);　　　　　//对组件施加空间限制

（5）add(组件);　　　　　　　　　　　//将组件添加到容器中

类 GridBagConstraints 中提供了一些常量和变量：

● anchor：设置当组件小于其显示区域时，放置该组件的位置。取值为 CENTER、EAST 等，默认值为 CENTER。

● fill：设置当组件小于其显示区域时，是否改变组件尺寸及改变组件尺寸的方法。取值为 NONE、HORIZONTAL（水平方向填满显示区）、VERTICAL（垂直方向填满显示区）或 BOTH（水平、垂直方向都填满显示区），默认值为 NONE。

● gridwidth 和 gridheight：设置组件所占的行数和列数。取值为 REMAINDER（设置组件为该行或该列最后一个组件）、RELATIVE（设置组件紧挨该行或该列最后一个组

件）或整形数值。默认值都为 1。

- gridx 和 gridy：设置组件显示区域左端或上端的单元。取值为 0 是最左端或最上端的单元，取值为 RELATIVE 是把组件放在前面最后一个组件的右端或下端。默认值为 RELATIVE。
- insets：设置组件与其显示区域的间距。使用默认值上下左右都为 0 时，组件占满整个显示区域。具体设置可以生成 Insets 类的对象进行赋值：new Insets(0,0,0,0)。
- ipadx 和 ipady：设置组件的大小与最小尺寸之间的关系，组件的宽度为 ipadx*2，组件的高度为 ipady*2，单位是像素。默认值为 0。
- weightx 和 weighty：设置当容器尺寸变大时，如何为组件分配额外空间。取值为 double 类型，从 0.0 到 1.0，指从大小不变到占满所有额外空间的份额。默认值为 0.0。

例 11-7　使用 GridBagLayout 布局管理器。

```
Container c=getContentPane();
    //创建网袋布局类对象、空间限制类对象
    GridBagLayout gbl=new GridBagLayout();
    GridBagConstraints gbc=new GridBagConstraints();
    //为框架的内容窗格设置 GridBagLayout 布局
    c.setLayout(gbl);
    JButton b1=new JButton("button1");        //创建按钮 b1，为其添加空间限制
    gbc.fill=GridBagConstraints.BOTH;
    gbc.weightx=1.0;
    gbc.weighty=1.0;
    gbl.setConstraints(b1,gbc);
    c.add(b1);
    JButton b2=new JButton("button2");        //创建按钮 b2，为其添加空间限制
    gbc.gridwidth=GridBagConstraints.REMAINDER;
    gbl.setConstraints(b2,gbc);
    c.add(b2);
    JButton b3=new JButton("button3");        //创建按钮 b3，为其添加空间限制
    gbc.weightx=0.0;
    gbl.setConstraints(b3,gbc);
    c.add(b3);
    JButton b4=new JButton("button4");        //创建按钮 b4，为其添加空间限制
    gbc.gridwidth=1;
    gbc.gridheight=2;
    gbl.setConstraints(b4,gbc);
    c.add(b4);
    JButton b5=new JButton("button5");        //创建按钮 b5，为其添加空间限制
    gbc.gridwidth=GridBagConstraints.REMAINDER;
    gbc.gridheight=1;
    gbl.setConstraints(b5,gbc);
    c.add(b5);
    JButton b6=new JButton("button6");        //创建按钮 b6，为其添加空间限制
    gbc.gridwidth=GridBagConstraints.REMAINDER;
    gbc.gridheight=1;
```

```
        gbl.setConstraints(b6,gbc);
        c.add(b6);
```

程序运行结果如图 11-7 所示。

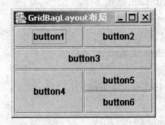

图 11-7　使用 GardLayout 布局管理器

11.2.7　Swing 布局管理器

AWT 提供了以上 5 种布局管理器，而 Swing 容器除了可以使用上述 5 种布局管理器以外，还提供了其他的布局管理器。其中，ScrollPaneLayout 和 ViewportLayout 是被内置于组件中的布局管理器，而 BoxLayout 和 OverlayLayout 的使用类似于 AWT 的布局管理器。在此仅简单介绍两种。

1. BoxLayout 布局管理器

BoxLayout 布局管理器的布局特点是按照从上到下（即 Y 轴）或者从左到右（即 X 轴）的顺序来依次排列组件。所以创建 BoxLayout 布局必须要两个参数：

```
        BoxLayout(Container target,int axis)        //指明被布局的容器和布局的方向
```

参数说明：

target：被布局的容器。

axis：布局的方向，即主轴，有效值是 BoxLayout.X_AXIS、BoxLayout.Y_AXIS。取值决定盒式布局是行型盒式布局还是列型盒式布局。

可以使用 Box 类的静态方法 createHorizontalBox()获得一个具有行型盒式布局的盒式容器，使用 Box 类的静态方法 createVerticalBox()可以获得一个具有列型盒式布局的盒式容器。

行型盒式布局的容器，可以通过在添加的组件之间插入水平支撑来控制组件之间的距离。一个列型盒式布局的容器，可以通过在添加的组件之间插入垂直支撑来控制组件之间的距离。使用 Box 类的静态方法 createHorizontalStrut(int width)可以获得一个不可见的、高度为 0、宽度为 width 的水平支撑。使用 Box 类的静态方法 createVertialStrut(int height)可以获得一个不可见的、高度为 height、宽度为 0 的垂直支撑。

例 11-8　使用 BoxLayout 布局管理器。

```
    public BoxTest(){
        setTitle("测试 BoxLayout 布局管理器");
        box1=Box.createVerticalBox();
        box1.add(new JLabel("姓名："));
        box1.add(Box.createVerticalStrut(15));
        box1.add(new JLabel("密码："));
        box1.add(Box.createVerticalStrut(15));
        p1.add(new JButton("登录"));
```

```
box2=Box.createVerticalBox();
box2.add(new JTextField(15));
box2.add(Box.createVerticalStrut(9));
box2.add(new JPasswordField(15));
box2.add(Box.createVerticalStrut(9));
p1.add(new JButton("取消"));
basebox=Box.createHorizontalBox();
basebox.add(box1);
basebox.add(Box.createHorizontalStrut(8));
basebox.add(box2);
add(basebox,BorderLayout.CENTER);
add(p1,BorderLayout.SOUTH);
```

在例子中使用了两个列型盒式容器 box1、box2 和一个行型盒式容器 basebox，构建了一个登录窗体，具体界面如图 11-8 所示。

图 11-8　使用 BoxLayout 布局管理器构建界面

2．ScrollPaneLayout 布局管理器

ScrollPaneLayout 是 JScrollPane 的内置布局管理器，所以不需要单独创建，会自动设置。在 ScrollPane 中，ScrollPaneLayout 布局管理器负责 9 个区域的布局管理，分别有 1 个位于容器中心的 JViewport 对象、2 个 JScrollBar 对象、2 个 JViewport 对象、4 个 Component 对象。

11.2.8　Null 布局管理器

Java 平台提供多种布局管理器，每一个容器都有一个默认的布局管理器，也可以不使用默认的布局管理器，在程序中指定新的布局管理器。

但在某些情况下，用户不想使用布局管理器，需要自己设置组件的位置和大小，这时应取消容器的布局管理器，然后再进行设置，否则用户自定义设置将会被布局管理器覆盖。取消布局管理器的方法是：

```
setLayout(null);
```

下一步，用户必须使用 setLocation()、setSize()、setBounds()等方法为组件设置位置和大小。需要注意的是，这种方法会导致程序与系统相关，例如不同的分辨率会产生不同的效果。

11.3　事件处理

11.3.1　事件处理模式

对于一个 GUI 程序来说，仅有友好美观的界面而不能实现与用户的交互，是不能满足用户需要的。让 GUI 程序响应用户的操作，从而实现真正的交互是十分重要的。发生在用户界面上的，用户交互行为所产生的一种效果就叫做事件。

从 JDK1.1 开始，Java 采用了一种叫做"事件授权模型"的事件处理机制。这是一种委托事件处理模式。当用户与 GUI 程序交互时，会触发相应的事件，产生事件的组件称为事件源。触发事件后系统会自动创建事件类的对象，组件本身不会处理事件，而是将事件对象提交给 Java 运行时系统，系统将事件对象委托给专门的处理事件的实体，该实体对象会调用自身的事件处理方法对事件进行相应处理，处理事件的实体称为监听器。事件源与监听器建立联系的方式是将监听器注册给事件源。授权处理模型如图 11-9 所示。

图 11-9　授权处理模型

11.3.2　Java 事件类层次结构

Java 语言中，所有的事件都放在 java.awt.event 包中，而和 AWT 有关的所有事件类都由 AWTEvent 类派生。AWT 事件分为两大类：低级事件和高级事件。

低级事件有：

- ComponentEvent（组件事件：组件移动、尺寸的变化）。
- ContainerEvent（容器事件：组件增加、移动）。
- WindowEvent（窗口事件：关闭窗口、窗口闭合、最大化、最小化）。
- FocusEvent（焦点事件：获得焦点、丢失焦点）。
- KeyEvent（键盘事件：按下键、释放键）。
- MouseEvent（鼠标事件：鼠标单击、移动）。

高级事件又称语义事件，是指没有与具体组件相连，而是具有一定语义的事件。例如：ActionEvent 可在按钮按下时触发，也可以在单行文本域中敲 Enter 键时触发。

高级事件有：

- ActionEvent（动作事件：按钮按下、单行文本域中敲 Enter 键）。
- AdjustmentEvent（调节事件：在滚动条上移动滑块调节数值）。
- ItemEvent（项目事件：选择项目）。
- TextEvent（文本事件：改变文本对象）。

不同的事件由不同的事件监听器监听，每一种事件都对应有其事件监听器接口。有些事件还有其对应的适配器，具体如表 11-1 所示。

表 11-1　事件与相应的监听器、适配器

事件类型	监听器接口	方法	适配器类
ActionEvent	ActionListener	actionPerformed(ActionEvent)	
AdjustmentEvent	AdjustmentListener	adjustmentValue(AdjustmentEvent)	
ComponentEvent	ComponentListener	componentHidden(ComponentEvent) componentMoved(ComponentEvent) componentResized(ComponentEvent) componentShown(ComponentEvent)	ComponentAdapter
ContainerEvent	ContainerListener	componentAdded(ContainerEven) componentRemoved(ContainerEven)	ContainerAdapter
FocusEvent	FocusListener	focusGained(FocusEvent) focusLost(FocusEvent)	FocusAdapter
ItemEvent	ItemListener	itemStateChanged(ItemEvent)	
KeyEvent	KeyListener	keyPressed(KeyEvent) keyReleased(KeyEvent) keyTyped(KeyEvent)	keyAdapter
MouseEvent	MouseMotionListener	mouseDragged(MouseEvent) mouseMoved(MouseEvent)	MouseMotionAdapter
	MouseListener	mouseClicked(MouseEvent) mouseEntered(MouseEvent) mousePressed(MouseEvent) mouseReleased(MouseEvent)	MouseAdapter
TextEvent	TextListener	textValueChanged(TextEvent)	
WindowEvent	WindowListener	windowActivated(WindowEvent) windowClosed(WindowEvent) windowClosingz(WindowEvent) windowDeactivated(WindowEvent) windowDeiconified(WindowEvent) windowIconified(WindowEvent) windowOpened(WindowEvent)	WindowAdapter

11.3.3　事件处理方法——实现事件监听器接口

　　系统提供的监听器只是接口，确定了事件监听器的类型后，必须在程序中定义类来实现这些接口，重写接口中的所有方法。这个类可以是组件所在的本类，也可以是单独的类；可以是外部类，也可以是内部类。重写的方法中可以加入具体的处理事件的代码。例如，定义一个键盘事件的监听器类：

```
public class CharType implements KeyListener{
    public void keyPressed(KeyEvent e){…}      //大括号中为处理事件的代码
    public void keyReleased(KeyEvent e){}       //未用到此方法，所以方法体为空
    public void keyTyped(KeyEvent e){}
}
```

　　定义了事件监听器后，要使用事件源类的事件注册方法来为事件源注册一个事件监听器

类的对象：

　　　　addXXXListener(事件监听器对象);

　　注册上面的监听器：

　　　　addKeyListener(new CharType());

　　这样，事件源产生的事件会传送给注册的事件监听器对象，从而捕获事件进行相应的处理。

11.3.4　事件处理方法——继承事件适配器

　　可以看出，尽管有些方法不会用到，使用实现事件监听器接口的方法处理事件时，必须重写监听器接口中的所有方法。这样会为编程带来一些麻烦。为了简化编程，针对大多数有多个方法的监听器接口，为其定义了相应的实现类——事件适配器，见表 11-1。适配器已经实现了监听器接口中的所有方法，但不做任何事情。程序员在定义监听器类的时候就可以直接继承事件适配器类，并只需要重写所需要的方法即可。

　　例如，上面的键盘事件类可以定义为：

```
public class CharType extends KeyAdapter{
        public void keyPressed(KeyEvent e){...}//大括号中为处理事件的代码
}
```

为事件源注册事件监听器的方法同上。

11.3.5　典型事件处理

　　在 GUI 程序中，通常会使用鼠标和键盘来进行操作，从而引发鼠标事件和键盘事件。在上面的表 11-1 中列出了鼠标事件监听器和键盘事件监听器能够处理的动作。下面简单介绍鼠标、键盘事件的处理。

　　例 11-9　用 JApplet 作为画布，响应鼠标和键盘事件，可以在画布上画线和字符。

```
public void init(){
        addMouseListener(new RecordFocus());            //添加获取鼠标位置的监听器
        addMouseMotionListener(new DrawLine());         //添加拖动鼠标画线的监听器
        addKeyListener(new DrawChar());                 //添加敲击键盘显示字符的监听器
}
//此方法记录焦点的坐标位置
protected void record(int x,int y){
        lastX=x;
        lastY=y;
}
// 鼠标事件处理类
private class RecordFocus extends MouseAdapter{
        public void mouseEntered(MouseEvent e){         //捕获鼠标进入事件
            record(e.getX(),e.getY());                  //记录焦点的坐标位置
        }
        public void mousePressed(MouseEvent e){         //捕获鼠标按下事件
            record(e.getX(),e.getY());                  //记录焦点的坐标位置
        }
}
private class DrawLine extends MouseMotionAdapter{
```

```
        public void mouseDragged(MouseEvent e){        //捕获鼠标拖拽事件
            Graphics g=getGraphics();                   //得到绘制图形对象 g
            g.setColor(Color.red);                      //设置绘制颜色为红色
            int x=e.getX();                             //获取当前鼠标位置横坐标
            int y=e.getY();                             //获取当前鼠标位置纵坐标
            g.drawLine(lastX,lastY,x,y);                //在鼠标前后两个位置间画线
            record(x,y);                                //记录当前鼠标位置
        }
    }
    private class DrawChar extends KeyAdapter{          //键盘事件处理类
        public void keyTyped(KeyEvent e){               //捕获键盘按下事件
            Graphics g=getGraphics();                   //得到绘制图形对象 g
            g.setColor(Color.blue);                     //设置绘制颜色为蓝色
            String s=String.valueOf(e.getKeyChar());    //获取按键的字符
            g.drawString(s,lastX,lastY);                //在当前焦点位置画出字符
            record(lastX+8,lastY);                      //记录新的焦点位置
        }
    }
```

程序运行结果如图 11-10 所示。

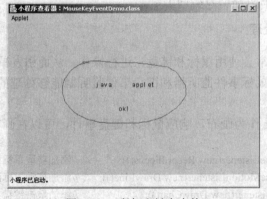

图 11-10　鼠标和键盘事件

11.4　常用 Swing 组件

11.4.1　常用容器组件

1．JFrame 框架

框架 JFrame 是带标题、边界、窗口状态调节按钮的顶层窗口，它是构建 Swing GUI 应用程序的主窗口，也可以是附属于其他窗口的弹出窗口（子窗口）。每一个 Swing GUI 应用程序都应至少包含一个框架。

JFrame 类继承于 Frame 类，JFrame 类的构造方法有：

● JFrame()：创建一个无标题的框架。

● JFrame(String title)：创建一个有标题的框架。

这样创建的框架窗口都是不可见的，要让其显示出来，必须调用 JFrame 的方法设置框架

的尺寸并主动显示窗口：

```
setSize(长,宽);          //设置窗口尺寸，长和宽的单位是"像素"
```

或者使用方法：

```
pack();                 //使框架的初始大小正好显示出所有组件
setVisible(true);       //设置窗口显示
```

或者使用方法：

```
show();
```

选择框架右上角的关闭按钮时，框架窗口会自动关闭。但有时应用程序只有一个框架，有时应用程序有多个框架，为了使选择关闭按钮会产生退出应用程序的效果，应该添加WindowListener 监听器或者调用框架窗口的一个方法：

```
setDefaultCloseOperation(JFrame.EXIT_ON_CLOSE);
```

向框架窗口添加组件时，不能直接将组件添加到框架中。JFrame 的结构比较复杂，其中共包含了四个窗格，最常用的是内容窗格（ContentPane），如果需要将一些图形用户界面元素加入到 JFrame 中，必须先得到其内容窗格，然后添加组件到内容窗格里。要得到内容窗格可以使用方法：

```
Container c=getContentPane();
```

用其他容器替换掉内容窗格可以使用方法：

```
setContentPane(容器对象);
```

2．JPanel 面板

JPanel 是一种中间容器，可以容纳组件，但它本身必须添加到其他容器中使用。另外，JPanel 也提供一个绘画的区域，可以替代 AWT 中的画布 Canvas（没有 JCanvas）。

JPanel 的构造方法有：

● JPanel()：默认 FlowLayout 布局。

● JPanel(LayoutManager layout)：创建指定布局管理器的 JPanel 对象。

JPanel 类的常用成员方法有：

● paintComponents(Graphics g)：用来在面板中绘制组件。

● add(Component comp)：把指定的组件加到面板中。

3．JApplet 面板

JApplet 也是一种窗口容器，继承自 Applet 类。Applet 小程序是另一种 Java 程序，将会在后续章节中详细介绍。与 Applet 不同的是，它默认的布局管理器是 BorderLayout，而 Applet 默认的布局管理器是 FlowLayout。另外，可以直接向 Applet 窗口中添加组件，但 JApplet 不行，添加组件时必须添加到其内容窗格中。得到内容窗格可使用方法：

```
Container c=getContentPane();
```

11.4.2 标签（JLabel）

标签是显示文本或图片的一个静态区域，只能查看其内容而不能修改，它本身不响应任何事件，也不能获取键盘焦点。

JLabel 的构造方法有：

● JLabel()：创建空标签。

● JLabel(Icon image)：创建带有指定图片的标签。

- JLabel(Icon image,int horizontalAlignment)：创建带有指定图片且水平对齐的标签。
- JLabel(String text)：创建带有文本的标签。
- JLabel(String text,Icon icon,int horrizontalAlignment)：创建带有文本、指定图片且水平对齐的标签。
- JLabel(String text,int horizontalAlignment)：创建带有文本且水平对齐的标签。

其中，参数 horrizontalAlignment 可以采用左对齐 JLabel.LEFT、右对齐 JLabel.RIGHT 和居中对齐 JLabel.CENTER 三种方式。

可以通过常用方法来获取和设置标签内容等信息：

- String getText()：获取标签上的文本。
- void setText(String text)：设置标签上的文本。
- int getHorizontalAlignment()：返回标签内容的水平对齐方式。
- void setHorizontalAlignment(int horrizontalAlignment)：设置标签内容水平对齐方式。

11.4.3　按钮（JButton）

按钮是图形用户界面中的一个用途非常广泛的组件，用户可以点击它，然后通过事件处理从而响应某种请求。JButton 的构造方法有：

- JButton()：创建没有标签和图标的按钮。
- JButton(Icon icon)：创建带有图标的按钮。
- JButton(String text)：创建带有标签的按钮。
- JButton(string text,Icon icon)：创建既有图标又有标签的按钮。

使用 JButton 按钮时，会用到一些常用方法。例如：setActionCommond()设置动作命令，setMnemonic()设置快捷字母键，getLabel()获取按钮标签，setLabel(String label)设置按钮标签，setEnabled(Boolean b)设置按钮是否被激活。

JButton 组件引发的事件是 ActionEvent，需要实现监听器接口 ActionListener 中的 actionPerformed()方法。注册事件监听器使用方法 addActionListener()。确定事件源可以使用方法 getActionCommand()或 getSource()。

11.4.4　文本框

文本框有多种，Java 的图形用户界面中提供了单行文本框、口令框和多行文本框。

1. 单行文本框（JTextField）

JTextField 只能对单行文本进行编辑，一般情况下接收一些简短的信息，如：姓名、年龄等信息。

JTextField 的构造方法有：

- JTextField()：创建一个单行文本框。
- JTextField(int columns)：创建一个指定长度的单行文本框。
- JTextField(String text)：创建带有初始文本的单行文本框。
- JTextField(String text,int columns)：创建带有初始文本并且指定长度的单行文本框。

使用 JTextField 时有一些常用方法：

- String getText()：获取文本框中的文本。

- void setText(String text)：设置文本框中显示的文本。
- int getColumns()：获取文本框的列数。
- void setColumns (int columns)：设置文本框的列数。

在单行文本框里按下回车键时，会产生 ActionEvent 事件，注册 ActionListener 事件，重写 actionPerformed()方法。

2. 口令框（JPasswordField）

口令框也是单行文本框，但不同的是在口令框中输入的字符都会被其他字符替代，所以在程序中它用来输入密码。

JPasswordField 继承自 JTextField，它的构造方法与单行文本框类似，参数相同。JPasswordField 有一些常用的方法：

- char[] getPassword()：返回 JPasswordField 的文本内容。
- char getEchoChar()：获取密码的回显字符。
- void setEchoChar(char c)：设置密码的回显字符。

3. 多行文本框（JTextArea）

JTextArea 用来编辑多行文本，主要的构造方法有：

- JTextArea()：创建一个多行文本框。
- JTextArea(int rows,int columns)：创建指定行数和列数的多行文本框。
- JTextArea(String text)：创建带有初始文本的多行文本框。
- JTextArea(String text,int rows,int columns)：创建带有初始文本且指定行数和列数的多行文本框。

JTextArea 中有一些常用方法：

- String getText()：获取文本框中的文本。
- void setText(String s)：设置文本框中显示的文本。
- void setEditable(boolean b)：设置是否可以对多行文本框中的内容进行编辑。

JTextArea 默认不会自动换行，可以使用回车换行，另外方法 setLineWrap(Boolean wrap)能够设置是否允许自动换行。在多行文本框按回车键不会触发事件。

多行文本框不会自动产生滚动条，超过预设行数会通过扩展自身高度来适应。如果要产生滚动条从而使其高度不会变化，那么就需要配合使用滚动窗格（JScrollPane）。滚动窗格是一个能够产生滚动条的容器，通常包含一个组件，根据这个组件的大小产生滚动条。将多行文本框放入滚动窗格中，当文本超过预设行数时，滚动窗格就会出现滚动条。

11.4.5　复选框（JCheckBox）

复选框是一组具有开关的按钮，复选框支持多项选择，即在一组 JCheckBox 中，同时可以有多个被选中。

复选框 JCheckBox 有多种构造方法：

- JCheckBox()：创建无文本和图像初始未选中的复选框按钮。
- JCheckBox(Icon icon)：创建有图像无文本且初始未选中的复选框按钮。
- JCheckBox(Icon icon,boolean selected)：创建有图像无文本初始选中的复选框按钮。
- JCheckBox(String text)：创建有文本无图像初始未选中的复选框按钮。

- JCheckBox(String text,boolean selected)：创建有文本无图像初始选中的复选框按钮。
- JCheckBox(String text,Icon icon)：创建有文本有图像初始未选中的复选框按钮。
- JCheckBox(String text,Icon icon,boolean selected)：创建有文本有图像初始选中的复选框按钮。

JCheckBox 的一个重要方法是判断复选框按钮的状态：

```
boolean isSelected()
```

JCheckBox 触发的事件是 ItemEvent，需要实现的监听器为 ItemListener，重写其中的 itemStateChanged()方法来处理事件。

11.4.6　单选按钮（JRadioButton）

单选按钮也是具有开关的按钮，但与 JCheckBox 不同，它实现“多选一”的功能，即在 JRadioButton 组中只能有一个按钮被选中，不能多选。

JRadioButton 的构造方法与 JCheckBox 类似。另外，要在一组按钮中选中一个，所以要将单选按钮分组。使用 ButtonGroup 创建组，然后使用 add()方法将单选按钮加入到组中。具体代码如下：

```
ButtonGroup bgr=new ButtonGroup();
JRadioButton ckbmale=new JRadioButton("男",true);
JRadioButton ckbfamale=new JRadioButton("女");
bgr.add(ckbmale);
bgr.add(ckbfamale);           //说明男和女是一组选项，在两者之间只能选择一个
```

JRadioButton 触发的是 ActionEvent 事件，注册 ActionListener 监听器。

11.4.7　列表框（JList）

列表框 JList 支持从一个列表选项中选择一个或多个选项，默认状态下支持单选。JList 多用于有大量选项的操作，当选项较多时，JList 会自动出现滚动条。

JList 的构造方法有：

- JList()：创建一个列表框。
- JList(Object[] listData)：创建一个以指定数组中的元素作为条目的列表框。

JList 有一些成员方法：

- int getSelectedIndex()：返回第一个被选择的条目的索引。
- void setSelectedIndex(int index)：选择指定索引的条目。
- int[] getSelectedIndices()：按升序返回被选择条目索引的数组。
- void setSelectedIndices(int[] index)：选择指定索引数组的条目。

将以上方法名称中的 Index 替换为 Value，将 Indices 替换为 Values，则可以返回所选则的条目内容和选择指定内容的条目。

11.4.8　组合框（JComboBox）

组合框 JComboBox 是列表框 JList 的一种变体，可以看作是 JTextField 组件和 JList 组件的结合。当用户单击列表按钮时，才会出现下拉选项列表，所以节省空间。组合框可以设置

成可编辑与不可编辑两种形式，不可编辑模式下仅仅相当于一个 List。设置成为可编辑模式时，用户可以对当前选中的项目进行编辑。默认情况下为不可编辑。

JComboBox 的常用构造方法有：

- JComboBox()：以默认的数据类型创建组合框。
- JComboBox(Object[] items)：以指定的数组创建组合框。

组合框有一些常用方法。

- int getItemSelectedIndex()：得到被选条目的索引号。
- void setEditable(boolean flag)：设置 JComboBox 是否可以编辑。
- void setEnable(boolean flag)：设置 JComboBox 的条目是否可选。
- void setSelectedIndex(int anIndex)：选取指定索引号的条目。
- int getSelectedItem()：得到被选条目。
- void setSelectedItem(Object anObject)：选取指定条目。

JComboBox 触发 ActionEvent 事件，注册 ActionListener 监听器。

11.4.9 常用组件应用实例

例 11-10 使用上述的组件创建一个学生信息录入界面。

```
public class StudentFrame extends JFrame implements ActionListener{
        JLabel lblno=new JLabel("学号：");          //学号组合框
        String no[]={"20053051101","20053051102"};
        JComboBox jcbno=new JComboBox(no);
        JLabel lblname=new JLabel("姓名：");         //文本框
        JTextField txtname=new JTextField(10);
        JLabel lblage=new JLabel("年龄：");          //下拉列表框
        String age[]={"20","21","22","23","24","25","26","27","28"};
        JComboBox jcbage=new JComboBox(age);
        JLabel lblsex=new JLabel("性别：");          //单选按钮
        ButtonGroup bgr=new ButtonGroup();
        JRadioButton ckbmale=new JRadioButton("男",true);
        JRadioButton ckbfamale=new JRadioButton("女");
        JLabel lblhobby=new JLabel("爱好：");         //复选按钮
        JCheckBox rdo1=new JCheckBox("唱歌");
        //其他复选框
        JLabel lbladdr=new JLabel("地址：");          //多行文本框
        JTextArea txaadd=new JTextArea(2,10);
        JLabel lbledu=new JLabel("专业：");          //专业列表框
        String edu[]={"管理","计算机"};
        JList lstedu=new JList(edu);
        JButton btnadd=new JButton("添加");JButton btnexit=new JButton("退出");
        JPanel p1=new JPanel(new FlowLayout(FlowLayout.LEFT));
        //其他面板
    StudentFrame(){
        super("学生信息录入");
        Container contentpane=getContentPane();
        contentpane.setLayout(new GridLayout(5,1));
        p1.add(lblno);jcbno.setEditable(true);          //设置 JCheckBox 可以编辑
```

```
            p1.add(jcbno);p1.add(lblname);p1.add(txtname);
            contentpane.add(p1);
            p2.add(lblage);p2.add(jcbage);p2.add(lblsex);p2.add(ckbmale);p2.add(ckbfamale);
            bgr.add(ckbmale);bgr.add(ckbfamale);
            contentpane.add(p2);
            p3.add(lblhobby);p3.add(rdo1);p3.add(rdo2);p3.add(rdo3);p3.add(rdo4);
            contentpane.add(p3);
            p4.add(lbladdr);p4.add(txaadd);p4.add(lbledu);p4.add(lstedu);
            contentpane.add(p4);
            btnadd.addActionListener(this);btnexit.addActionListener(this);
            p5.add(btnadd);p5.add(btnexit);
            contentpane.add(p5);
            setDefaultCloseOperation(JFrame.EXIT_ON_CLOSE);
            setSize(380,260);setVisible(true);
    }
    public void actionPerformed(ActionEvent e){
            String command=e.getActionCommand();
            if(command.equals("添加")){   //完成数据库添加数据操作}
            if(command.equals("退出")){   System.exit(0); }
    }
    public static void main(String args[]){StudentFrame s=new StudentFrame(); }
    }
```

程序的运行结果如图 11-11 所示。

图 11-11   学生信息录入界面

11.5   高级组件

11.5.1   滑块（JSlider）

JSlider 提供的功能是可以通过拖动旋钮来调整线性的值。在进行一定范围下的数据选取时，会用到 JSlider，可以限定用户选区范围，避免错误发生。JSlider 有水平和竖直两种形式。JSlider 的构造方法有：

● JSlider()：创建滑块，默认范围为 0 至 100，水平方向。

● JSlider(int orientation)：创建范围为 0 至 100，初值为 50 的水平或垂直滑块。方向取值为 JSlider.HORIZONTAL（水平方向）或 JSlider.VERTICAL（垂直方向）。

- JSlider(int min,int max)：创建范围从 min 至 max，初值为 min 和 max 的平均值的水平滑块。
- JSlider(int min,int max,int value)：创建范围从 min 至 max，初值为 value 的水平滑块。
- JSlider(int orientation,int min,int max,int value)：创建范围从 min 至 max，初值为 value 的水平或垂直滑块。

调节的 JSlider 旋钮时会触发 ChangeEvent 事件，需要注册 ChangeListener 监听器。

例 11-11　滑块的使用。

```
//创建并设置水平滑块
hSlider=new JSlider(0,300,80);
hSlider.setMajorTickSpacing(50);              //设置大刻度间隔
hSlider.setMinorTickSpacing(10);              //设置小刻度间隔
hSlider.setPaintTicks(true);                  //显示刻度
hSlider.setPaintLabels(true);                 //显示刻度标注
hSlider.addChangeListener(this);
c.add(hSlider,BorderLayout.NORTH);
//创建并设置垂直滑块
vSlider=new JSlider(JSlider.VERTICAL);
vSlider.setMajorTickSpacing(50);              //设置大刻度间隔
vSlider.setMinorTickSpacing(10);              //设置小刻度间隔
vSlider.setPaintTicks(true);                  //显示刻度
vSlider.setPaintLabels(true);                 //显示刻度标注
vSlider.addChangeListener(this);
c.add(vSlider,BorderLayout.WEST);
    //捕获调节滑块事件
    public void stateChanged(ChangeEvent e){
        int a=hSlider.getValue();             //得到水平滑块的值
        int b=vSlider.getValue();             //得到垂直滑块的值
        //设置标签中显示的信息
        label.setText("水平滑块的值为："+a+",垂直滑块的值为："+b);
        label.setHorizontalAlignment(label.CENTER);
    }
```

程序运行结果如图 11-12 所示。

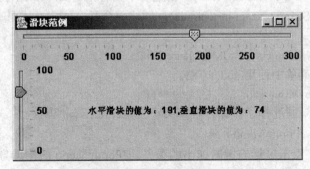

图 11-12　JSlider 的使用

11.5.2 菜单

菜单是一种比较常用的组件，可以将一个应用程序的功能进行层次化的管理。菜单分为两种：下拉式菜单和弹出式菜单。其中下拉式菜单由几个部分组成：菜单条（JMemuBar），菜单条上的菜单（JMemu），菜单下拉列表中的菜单项（JMemuItem），菜单还可以再包含若干菜单。在创建这样一个菜单系统的时候要按照层次逐一进行。

1. 菜单条（JMemuBar）

菜单条的创建很简单，使用构造方法 JMemuBar()：

```
JMemuBar myMenuBar=new JMemuBar();
```

将菜单条加入到容器中，与其他组件的添加有所不同，不用 add()方法，而是使用专门的设置菜单条的方法：

```
setJMemuBar(JMemuBar menubar);
例如：
JFrame frame=new JFrame();
Frame.setJMemuBar(myMenuBar);
```

菜单条不响应事件。

2. 菜单（JMemu）

创建菜单条上的各项菜单 JMemu。JMemu 的构造方法有：

- JMemu()：创建一个没有文本的菜单。
- JMemu(String s)：创建一个有文本的菜单。

例如：

```
JMemu myMenu=new JMemu("编辑");
```

将菜单加入到菜单条中使用 add()方法：

```
myMenuBar.add(myMenu);
```

菜单不响应事件。

3. 菜单项（JMemuItem）

创建菜单中的菜单项 JMemuItem。JMemuItem 的构造方法有：

- JMemuItem()：创建一个空的菜单项。
- JMemuItem(String text)：创建一个具有指定文本的菜单项。
- JMemuItem(Icon icon)：创建一个有图标的菜单项。
- JMemuItem(String text,Icon icon)：创建一个具有指定文本和图标的菜单项。
- JMemuItem(String text,int mnemonic)：创建一个具有指定文本且有快捷键的菜单项。

例如：

```
JMemuItem myMenuItem=new JMemuItem("撤消");
```

将菜单项加入到菜单中使用 add()方法：

```
myMenu.add(myMenuItem);
```

选择菜单项的效果同选择了按钮一样，会产生 ActionEvent 事件。

4. 弹出式菜单（JPopupMenu）

JPopupMenu 是在点击鼠标右键时弹出的菜单。JPopupMenu 的构造方法有：

- JPopupMenu()：创建一个无标题的弹出式菜单。

- JPopupMenu(String label)：创建一个指定标题的弹出式菜单。

创建了弹出式菜单后，可以使用 add()方法在其上添加菜单项 JMemuItem 的对象。

11.5.3　对话框

对话框是一种特殊的窗口，用于显示一些提示信息，并获得程序继续运行下去所需要的数据。对话框不能作为应用程序的主窗口，它没有最大化、最小化按钮，不能设置菜单条。Java 语言提供了多种对话框，如：JOptionPane 类提供了简单、标准的对话框；JFileChooser 类提供了文件的打开、保存对话框；JDialog 类支持用户自定义对话框等。

对话框分为模式与非模式两种。所谓模式对话框是指对话框出现后，要求用户必须做出相应处理，然后才允许继续做其他工作，这种对话框可以屏蔽上一层窗口。而非模式对话框对此不做要求，它允许用户同时与程序其他部分进行交互。如：文件的打开、保存等窗口都是模式对话框，查找、替换是非模式对话框。

1. JOptionPane 对话框

JOptionPane 是模式对话框，它提供了很多现成的对话框样式，可以供用户直接使用。可以用 JOptionPane 的构造方法来创建对话框：

- JOptionPane ()：创建一个显示测试信息的对话框。
- JOptionPane (Object message)：创建一个显示指定信息的对话框。
- JOptionPane (Object message,int messageType)：创建一个显示指定信息的对话框，并设置信息类型。
- JOptionPane (Object message,int messageType,int optionType)：创建一个显示指定类型信息，指定选项类型和图标的对话框。
- JOptionPane (Object message,int messageType,int optionType,Icon icon)：创建一个显示指定信息的对话框，并设置信息类型、选项类型。

通常不用构造方法来创建 JOptionPane 的对象，而是通过 JOptionPane 中的静态方法 showXxxDialog 产生 4 种简单的对话框。这些方法几乎都有重载。

- int showMessageDialog(Component parentComponent,Object message,String title,int messageType,Icon icon)：显示提示信息对话框。
- int showConfirmDialog(Component parentComponent,Object message,String title,int optionType,int messageType,Icon icon)：显示确认对话框，要求用户回答 YES 或 NO。
- int showInputDialog(Component parentComponent,Object message,String title,int messageType,Icon icon,Object[] selectionValues,Object initialselectionValue)：显示输入对话框，让用户输入信息。
- int showOptionDialog(Component parentComponent,Object message,String title,int optionType,int messageType,Icon icon, Object[] options,Object initialValue)：显示用户自定义对话框。

对以上方法中的参数加以说明：

parentComponent：对话框的父组件，必须是一个框架、一个框架中的组件或 null 值。

message：指明显示在对话框的标签中的信息。

title：对话框的标题。

optionType：指明出现在对话框底部的按钮集合。指定为 4 种标准集合：DEFAULT_OPTION、YES_NO_OPTION、YES_NO_CANCEL、OK_CANCEL_OPTION。

messageType：指定显示在对话框中的图标。有以下值可选：PLAIN_MESSAGE（无图标）、ERROR_MESSAGE（错误图标）、INFORMATION_MESSAGE（信息图标）、WARNING_MESSAGE（警告图标）、QUESTION_MESSAGE（询问图标）。

icon：指定显示用户自定义图标。

options：指明设置按钮上的文字。

initialValue：指明选择的初值。

每种方法都返回一个整数，代表用户的选择，取值为：YES_OPTION、NO_OPTION、CANCEL_OPTION、OK_OPTION、CLOSED_OPTION，其中 CLOSED_OPTION 代表用户关闭了对话框，其他表示单击了按钮。

2．JFileChooser 对话框

JFileChooser 提供了标准的文件的打开、保存对话框。它的构造方法有：

● JFileChooser()：创建一个指向用户默认目录的文件对话框。

● JFileChooser(File currentDirectory)：创建一个指向给定目录的文件对话框。

使用构造方法创建了 JFileChooser 的对象后，就要使用以下两种成员方法来显示文件的打开、关闭对话框。

● int showOpenDialog(Component parent)：显示文件打开对话框，参数为父组件对象。

● int showSaveDialog(Component parent)：显示文件保存对话框，参数为父组件对象。

这两种方法的返回值有三种情况：JFileChooser.CANCEL_OPTION（选择了"撤销"按钮）、JFileChooser.APPROVE_OPTION（选择了"打开"或"保存"按钮）、JFileChooser.ERROR_OPTION（出现错误）。

如果用户选择了某个文件，可以使用类方法 getSelectedFile()获得所选择的文件名（**File** 类的对象）。

例 11-12 使用菜单、对话框创建一个简单的记事本界面。

```
JMenuBar mb=new JMenuBar();                    //创建菜单条
//创建下拉菜单
JMenu m1=new JMenu("文件"); JMenu m2=new JMenu("编辑");   JMenu m3=new JMenu("帮助");
JMenuItem mi1=new JMenuItem("打开");           //创建菜单项
JMenuItem mi2=new JMenuItem("保存");    JMenuItem mi3=new JMenuItem("退出");
JPopupMenu popup=new JPopupMenu();             //创建弹出式菜单
JMenuItem pmi1=new JMenuItem("剪切");    JMenuItem pmi2=new JMenuItem("复制");
JMenuItem pmi3=new JMenuItem("粘贴");
public NoteSystem(){
    setJMenuBar(mb);
    mb.add(m1);            mb.add(m2);            mb.add(m3);
    mi1.addActionListener(this);                  //对菜单注册监听器
    mi2.addActionListener(this);    mi3.addActionListener(this);
    m1.add(mi1);    m1.add(mi2);    m1.addSeparator();    //添加分隔线
    m1.add(mi3);
    m2.add(new JCheckBoxMenuItem("撤消"));                //创建复选菜单项
```

```
        m3.add("帮助主题");    m3.add("搜索");    m3.addSeparator();    m3.add("关于...");
        popup.add(pmi1);    popup.add(pmi2);    popup.add(pmi3);
        //实现弹出式菜单
        getContentPane().addMouseListener(new MouseAdapter(){        //内嵌式类实现事件监听
            public void mouseReleased(MouseEvent e){
                if(e.isPopupTrigger()){
                    popup.show(e.getComponent(),e.getX(),e.getY());    //显示弹出式菜单
                }
            }
        });
        textField=new JTextField();                                //创建和添加文本框
        getContentPane().add(textField,BorderLayout.SOUTH);}
public void actionPerformed(ActionEvent e){
        JMenuItem select=(JMenuItem)e.getSource();
        textField.setText("你选择的是："+select.getText());        //得到点击菜单项上的文本并显示
        JFileChooser fileChooser=new JFileChooser();                //创建文件对话框对象
        if(select.equals(mi1)){ //显示文件打开对话框
            if(fileChooser.showOpenDialog(this)==JFileChooser.APPROVE_OPTION) {
                JOptionPane.showConfirmDialog(this,"要打开"+fileChooser.getSelectedFile()+
"文件吗？","文件信息",JOptionPane.YES_NO_OPTION,JOptionPane.INFORMATION_MESSAGE);}
        }
        if(select.equals(mi2)){ //显示文件保存对话框
            if(fileChooser.showSaveDialog(this)==JFileChooser.APPROVE_OPTION) {
                JOptionPane.showConfirmDialog(this,"要保存"+fileChooser.getSelectedFile()+"文件吗？
","文件信息",JOptionPane.YES_NO_OPTION,JOptionPane.INFORMATION_MESSAGE);}
        }
        if(select.equals(mi3)){ JOptionPane.showConfirmDialog(this,"真的退出吗？","确认提示",
        JOptionPane.YES_NO_OPTION,JOptionPane.QUESTION_MESSAGE);}
        }
    }
```

程序执行效果如图 11-13 所示。

图 11-13　文件对话框

11.5.4　表（JTable）

JTable 用于显示和编辑二维的数据。每个 JTable 都有模型，一个 TableModel，一个 TableColumnModel，一个 ListSelectionModel。所有的表格数据存储在 TableModel 里面。JTable 的构造方法有：

- JTable()：用默认值构造一个 JTable。
- JTable(int numRow,int numColumn)：用指定的列数和行数构造一个 JTable。
- JTable(Object [][] rowData,Object [] columnNames)：构造一个带有列数和指定行数及值的 JTable。
- JTable(Vector rowData,Vector columnNames)：用列向量和行向量构造一个 JTable。

JTable 常用的成员方法有：

- setModel(TableModel dataModel)：设定指定数据源的方法。
- setValueAt(Object avalue,int row,int column)：设置指定行、列和数据的方法。
- setTableHeader(JTableHeader tableHeader)：设置二维表的列标题的方法。

要使 JTable 能够正常显示数据，需要将 JTable 对象放置到一个滚动面板中，可以使用滚动面板的构造方法完成：JScrollPane(JTable table)。下面通过实例讲解具体的 JTable 使用。

例 11-13　使用 JTable 组件在窗体上显示学生信息，10 条记录一页，通过"上一页"和"下一页"显示其他数据，并且单击每条记录可以显示新窗体。

```
class JTableFrame extends JFrame implements ActionListener{
    JTable student=new JTable();//创建一个空白的 JTable
    JButton b1=new JButton("上一页");    JButton b2=new JButton("下一页");
    JTableFrame()throws Exception{ //安排组件的顺序和位置 }
    String[][] allStudent(int numb)throws Exception{
        String student[][];
        //读取数据库中的信息并存放在字符串数组中返回
        return student;}
    void bind()throws Exception{//将数据绑定到表中显示
        String []s={"学号","姓名","年龄","性别","住址","Email","电话"};
        String [][]stu=allStudent(num);
        DefaultTableModel dtm=new DefaultTableModel(stu,s);//创建 TableModel
        student.setModel(dtm); }//设置 TableModel
    public void actionPerformed(ActionEvent e){
        if(b.equals(b1)){//上一页}
        if(b.equals(b2)){//下一页}}
    }
```

程序执行效果如图 11-14 所示。

11.5.5　选项卡（JTabbedPane）

Swing 的 JTabbedPane 提供书签功能，它可以在一个框架中访问多个组件组。JTabbedPane 的构造方法有：

- JTabbedPane()：建立一个空白的、位置在顶部的书签。
- JTabbedPane(int tabplacement)：建立一个空白的、指定位置的书签。具体的位置使用 tabplacement 给出。tabplacement 的取值有 SwingConstants.TOP（位于顶部），SwingConstants.BOTTOM（位于底部），SwingConstants.LEFT（位于左侧），SwingConstants.RIGHT（位于右侧）。
- JTabbedPane(int tabplacement,int tabLayoutPolicy)：建立一个空白的、指定位置和书签布局策略的书签。具体的布局策略使用 tabLayoutPolicy 给出。其中 tabLayoutPolicy 的取值为：JTabbedPane.WRAP_TAB_LAYOUT（隐藏书签），JTabbedPane.SCROLL_TAB_LAYOUT（滚动书签）。

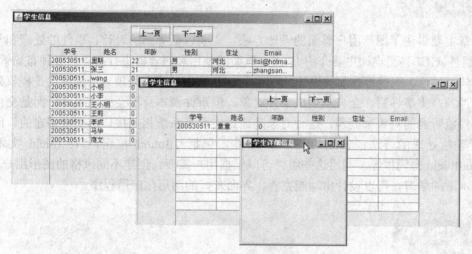

图 11-14　数据显示结果

JTabbedPane 常用的成员方法有：

- addTab(String title,Component component)：增加指定标题的书签。
- add(Component component,Object constraints)：增加组件的方法。

下面通过一个实例来说明 JTabbedPane 的使用方法。

例 11-14　创建一个帮助窗口。

```
JTabbedPane help=new JTabbedPane();        //创建一个空白的 JTabbedPane
JPanel p1=new JPanel();        JPanel p2=new JPanel();
JLabel l1=new JLabel("我们是一个强大的团队！");
JLabel l2=new JLabel("本系统功能齐全。");
HelpFrame(){
    p1.add(l1);           p2.add(l2);
    help.add(p1,"关于我们");                //在第一个书签中添加一个面板
    help.add(p2,"关于系统");                //在第二个书签中添加一个面板
    Container contentpane=getContentPane();
    contentpane.add(help,BorderLayout.CENTER);//将 JTabbedPane 添加到窗体中
}
```

程序执行效果如图 11-15 所示。

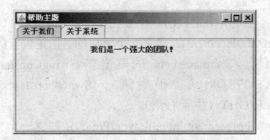

图 11-15　JTabbedPane 制作的帮助窗体

　　本章主要讲述了图形用户界面的设计方法，主要包括界面的设计、事件的处理和常用的
Swing 组件。GUI 界面设计主要介绍 JFrame 框架的使用和对容器进行布局的各种布局管理器，
以及字体、颜色、观感等方面的设计；Java 中 GUI 程序的事件处理方法采用的是授权处理机
制。事件源产生事件后，会自动生成事件对象，但事件源本身不会处理事件，而是交由一种
叫做事件监听器的对象来处理，这种对象是通过实现了系统相关接口的类来创建的。监听器
内部有事件处理的方法；常用的 Swing 组件，包括 JButton 按钮，JTextField 文本框，
JPasswordField 密码框等，利用这些组件可以根据用户需要，创建不同风格的图形用户界面。
通过对本章的学习，可以设计出功能完善、界面友好的图形化应用程序。

一、选择题

1．下列（　　）布局管理器将容器分为"东、西、南、北、中"5 个部分。

  A．FlowLayout   B．BorderLayout

  C．GridLayout   D．CardLayout

  E．GridBagLayout

2．下列容器可以作为顶层容器的是（　　　）。

  A．JFrame   B．JPanel

  C．JDialog   D．JApplet

  E．JMemuBar

3．下列组件不响应事件的是（　　　）。

  A．JFrame   B．JButton

  C．JLabel   D．JMemuBar

  E．JTextField

4．下列不属于 Swing 中组件的是（　　　）。

  A．JPanel   B．JTable   C．Menu   D．JFrame

5．下列方法中，不属于 WindowListener 接口的是（　　　）。

A．windowOpened()　　　　　　　　　B．windowClosed()

C．windowActivated()　　　　　　　　D．mouseDragged()

6．监听事件和处理事件（　　　）。

    A．都由 Listener 完成　　　　　　　　B．都由相应事件 Listener 处登记过的构件完成

    C．由 Listener 和构件分别完成　　　　D．由 Listener 和窗口分别完成

7．下列属于容器的构件的是（　　　）。

    A．JFrame　　　　　B．JButton　　　　C．JPanel　　　　　D．JApplet

8．如果希望所有的控件在界面上以网格的方式均匀排列，应使用（　　　）布局管理器。

    A．BoxLayout　　　　　　　　　　　　B．GridLayout

    C．BorderLayout　　　　　　　　　　　D．FlowLouLayout

9．JFrame 默认的布局管理器是（　　　）。

    A．FlowLayout　　　　　　　　　　　　B．BorderLayout

    C．GridLayout　　　　　　　　　　　　D．CardLayout

10．WindowListener 中可以实现窗口关闭功能的方法是（　　　）。

    A．public void windowOpened(WindowEvent e)

    B．public void windowClosed(WindowEvent e)

    C．public void windowClosing(WindowEvent e)

    D．public void windowDeactivated(WindowEvent e)

11．在 Java 图形用户界面编程中，若显示一些不需要修改的文本信息，一般是使用（　　　）类的对象来实现。

    A．JLabel　　　　B．JButton　　　　C．JTextArea　　　　D．JTextField

12．在编写 Jav 程序时，若需要对发生的事件作出响应和处理，一般需要在程序的开头写上（　　　）语句。

    A．import java.awt.*;　　　　　　　　B．import java.applet.*;

    C．import java.io.*;　　　　　　　　　D．import java.awt.event.*;

13．容器被重新设置大小后，（　　　）布局管理器的容器中的组件大小不随容器大小的变化而改变。

    A．CardLayout　　　　　　　　　　　　B．FlowLayout

    C．BorderLayout　　　　　　　　　　　D．GridLayout

14．在 Java 中的布局管理器，以下说法中错误的是（　　　）。

    A．FlowLayout 以由上到下的方式从左到右排列组件

    B．BorderLayout 使用 "东"，"西"，"南"，"北"，"中" 来指定组件的位置

    C．GridLayout 可以创建网格布局，网格布局中各组的大小可以任意调整

    D．可以通过容器的 setLayout 方法为容器指定布局管理器

15．下列 Java 常见事件类中（　　　）是鼠标事件类。

    A．InputEvent　　　B．KeyEvent　　　C．MouseEvent　　　D．WindowEvent

二、填空题

1．类 JPanel 默认的布局管理器是_____。

2．类 JFrame 默认的布局管理器是＿＿＿＿＿＿。

3．传递给实现了 java.awt.event.MouseMotionListener 接口的类中 mouseDragged()方法的事件对象是＿＿＿＿＿＿类。

4．当用户在 TextField 中输入一行文字后，按回车，实现＿＿＿＿＿＿接口可实现对事件的响应。

三、简答题

1．简述图形用户界面的优点与重要性。

2．什么叫做组件和容器？它们之间有什么区别？列出常用的容器。

3．布局管理器的作用是什么？列出常用的布局管理器

4．简单说明 Java 中事件处理的过程和方法。

四、编程题

1．编写 GUI 程序：　将窗口尺寸设置为不可更改，并处理窗口事件，使得点击窗口关闭按钮时，会弹出对话框，提示用户是否确定要关闭窗口。

2．编写 GUI 程序：窗口中放置一个按钮，点击按钮改变背景颜色。

3．编写 GUI 程序：创建一个窗口，使得鼠标在窗口中任意位置单击都会以该位置为中心绘制指定图像。

4．编写 GUI 程序：用户在密码框中输入数据，同时将输入的字符显示在另一个文本框中。

5．编写 GUI 程序：用列表框列出一些选项，设置一个按钮，点击按钮就会将所选的选项添加到另一个列表框中，其中第二个列表框中显示的已选项目可以删除。

6．编写 GUI 程序：在两个文本框中分别输入数据，计算两数之和并显示在第三个文本框中。

7．编写 GUI 程序：制作一个文本文件阅读器，文件菜单设置打开和退出命令。可以打开本地硬盘上文本文件，并将文件内容显示到文本框中。文本框不能编辑，退出命令能够退出程序。

8．编写 GUI 程序：用标签显示一道简单测试题，答案使用单选按钮列出，用户选择答案后，会弹出对话框显示结果或说明。

第 12 章　Java 多媒体应用

本章导读

　　本章将介绍 Java 处理多媒体的能力，主要包括绘制各种图形、处理图像、动画技术和音频处理的基本知识，而这些多媒体技术一般都在 Java 的另外一类应用程序，也是 Java 在网络上的主要应用：Java Applet（客户端小应用程序）中展现。

本章要点

- Java Applet 的基本概念
- Java Applet 程序的创建和执行过程
- 怎样在 Java Applet 中进行图形绘制操作
- Java Applet 程序间的通信以及和浏览器之间的通信
- Java Applet 的重要应用，即在多媒体方面的支持

12.1　Java Applet 概述

12.1.1　Applet 和 JApplet 基础

　　Java 程序按照运行方式可分为两种。一种是在客户端运行，称为 Java Applet。Java Applet 是一种特殊的 Java 程序，它是使用 Java 语言编写的一段代码，通过支持 Java 的网页浏览器下载后，可以在客户端浏览器环境中执行；另外一种是在服务器端或者本地运行的程序，服务器上运行的称为 Servlet，本地运行的称为 Java 应用程序（Application），以前介绍的程序主要是 Java 应用程序。Java Applet 与以前的 Application 的区别主要在于：Applet 不含有 main() 方法，另外在执行方式上也有所不同。Application 从 main() 方法开始执行，Applet 的执行却较为复杂，后面将详细介绍。

　　Applet 是嵌入到 Web 页面中，并由 Java 兼容浏览器控制执行的程序。要生成 Applet 小应用程序必须创建 Applet 类或 JApplet 类的子类，然后根据用户的需要，重写 Applet 类或 JApplet 类中部分方法的内容。

　　Applet 类有如下的层次关系：

java.lang.Object（Object 类是所有类的基类）

　　└java.awt.Component（抽象组件类）

　　　　└ java.awt.Container（抽象容器类）

　　　　　　└java.awt.Panel（非抽象面板类，实现 Container 中的所有方法）

　　　　　　　　└ java.applet.Applet（AWT 工具集中的小应用程序类）

　　　　　　　　　　└javax.swing.JApplet（Swing 工具集中的小应用程序类）

　　从上述的类层次中可以看出，Applet 也是一种面板容器，它默认的布局管理器是 FlowLayout。它除了拥有自己的方法外，还继承了父类的方法。因为它也是一个 AWT 组件，所以可以在 Applet 中进行图形绘制操作。

　　注意：Applet 的所有父类都属于 java.awt 包，而 Applet 属于 java.applet 包，JApplet 是 Applet 的扩展版，它提供了对基础类库中 Swing 组件的支持，它属于 javax.swing 包。Applet 类和 JApplet 类均为 public 类，编写的 Applet 的主类也必须声明为 public，因此文件名必须要与类名完全相同。

　　本章主要介绍使用 Applet 类来创建小应用程序和进行图形图像处理的方法。

12.1.2　Applet 示例

　　下面是一个简单的 Applet 的例子，把下列源代码保存在文件 JavaApplet.java 中。

　　例 12-1　Applet 小程序举例。

```
import java.awt.Graphics;
import java.applet.Applet;      //如果使用 JApplet 类应改为 import javax.swing.*;
public class JavaApplet extends Applet{      //如果使用 JApplet 类应改为 JApplet
    String print_text;
    public void init(){
        print_text="Java Applet";
    }
    public void paint(Graphics g){
        g.drawString(print_text,20,20);
    }
}
```

　　为了能够运行 Java Applet 程序，还需要编写一个 HTML 文件，然后在浏览器或小应用程序浏览器中打开文件。把下列代码保存在 AppletExample.html 中。

```
<HTML>
<HEAD>
    <TITLE>JavaApplet 实例</TITLE>
</HEAD>
    <APPLET CODE="JavaApplet.class" WIDTH=200 HEIGHT=200></APPLET>
</HTML>
```

　　该例在小应用程序浏览器中运行的结果如图 12-1 所示。

图 12-1　JavaExample.html 的运行结果

12.2　Applet 的创建和执行

12.2.1　Applet 的生命周期和主要方法

尽管 Java Applet 没有 main()方法，但是它通过一系列方法构成了 Applet 类实例的生命周期。

Applet 主类的一般框架结构如下：

```
import java.awt.*;
import java.applet.Applet;
public   class AppletClassName   extends Applet{
    public   void   init(){
        //初始化变量、设置字体、装载图片、读取参数值等
    }
    public   void   start(){
        //启动程序执行或恢复程序执行
    }
    public   void   stop(){
        //挂起正在执行的程序，暂停程序的执行
    }
    public   void   destroy(){
        //终止程序的执行释放资源
    }
    public   void   paint(Graphics   g){
        //完成绘制图形等操作
    }
}
```

在上述结构中，并不是所有的方法都是必需的，用户根据自己的需要重写相应的方法，最基本的方法是 init()和 paint()。

Java Applet 的生命周期与 Application 相比比较复杂。从运行开始到运行结束，Java Applet 程序总表现出不同的状态，例如，初始化、绘制图形、启动、退出等，这些状态的改变不需要人为去调用，而是由浏览器根据自己的需要自动调用的。Java Applet 在浏览器中工作的一般原理是：

- 用户通过浏览器来浏览 Applet 程序的执行过程，首先进入含有 Applet 的 Web 页面，并将 WWW 服务器上对应的 Applet 字节码通过网络下载到客户端浏览器。
- 对 Applet 程序进行初始化，并启动 Applet 的执行。
- 当用户离开当前含有 Applet 的页面时或最小化当前页面时，浏览器会暂时停止 Applet 的执行，让出 CPU 资源。
- 当用户又再次回到含有 Applet 的页面时，Applet 程序会继续执行。
- 当用户查看完信息关闭浏览器时，浏览器会自动调用 Applet 类中的方法来终止小应用程序的执行，并释放程序占用的所有系统资源。

根据 Applet 的工作原理，总结它的生命周期如图 12-2 所示。

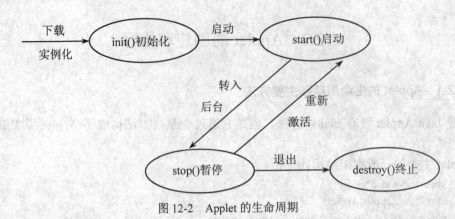

图 12-2　Applet 的生命周期

上图中的每一种状态都对应着 Applet 结构中的相关方法，在整个生命周期中经常用到的方法有：init()、start()和 stop()。

1. public void init()初始化

第一次被浏览器载入时执行，主要任务是创建所需要的对象、设置 Applet 的初始状态、装载图像或字体以及获取 HTML 中 Applet 标记单元中<PARAM>设定的参数等，在整个生命周期中，只执行一次。

2. public void start()启动执行

系统完成初始化后自动启动 start()方法执行 Applet 程序，当用户从 Applet 当前页离开再返回时，或者浏览器从图标恢复为窗口时，Applet 将再次调用 start()方法。因此 start()方法在 Applet 的生命周期中可执行多次，而 init()只执行一次。start()方法是 Applet 的主体，在方法体中可以执行一些任务或者启动相关的线程来执行任务，例如开始动画或声音的播放等。

3. public void stop()暂停执行

与 start()成对出现，因此它也是可以被多次执行的。当用户离开正在运行的 Applet 时，浏览器便会调用 stop()方法停止 Applet 的执行，释放部分资源，提高系统的运行速度，并且不需要人为的去调用。若没有定义 stop()方法，当用户离开后，Applet 就会继续使用系统资源。一般情况下，在 Applet 中不包含动画、声音等程序，通常不必重写该方法。

4. public void destroy()终止执行

发生在 Applet 或是浏览器退出之前，用来终止所有在页面上正在运行的 Applet 程序，释放占有的所有系统资源，在整个 Applet 生命周期中，终止操作只发生一次。此方法是 java.applet.Applet 类中定义的方法，只能用于 Applet 程序中，一般不需要重写，因为 Java 运行时系统会自动进行"垃圾"处理和内存管理，除非必须释放某些特定系统资源，例如，在程序中使用了线程需要终止线程的运行。

5. public void paint(Graphics g)绘制图形

可以使 Applet 在浏览器中显示某些信息。方法中带有一个 Graphics 类参数，要将 java.awt.Graphics 包装入。程序员担心不需要这个 Graphics 类参数，浏览器会自动创建并将其传递给 paint()方法。

导致浏览器调用 paint()方法的事件主要有以下 3 种：

● Applet 被启动后，自动调用 paint()方法来描绘自己的界面。

- Applet 所在的浏览器窗口发生改变时，例如窗口放大、缩小、移动等则会自动调用 paint()方法。
- Applet 其他方法被调用时，系统也会自动调用 paint()方法。例如调用 repaint()方法的执行过程是先调用 update()将屏幕清空，再自动调用 paint()方法重新绘制 Applet 的界面。

通过下面的例子可以看到浏览器是在什么情况下，如何调用 Applet 中的各种方法的。

例 12-2　Applet 的方法调用过程。

```
import java.awt.*;
import java.applet.Applet;
public class AppletMethod extends Applet{
    public static String s;
    public void init(){
        System.out.println("This is init();");
        s=new String("Java Applet Method!");
    }
    public void start(){
        System.out.println("This is start();");
    }
    public void stop(){
        System.out.println("This is stop();");
    }
    public void paint(Graphics g){
        System.out.println("This is paint();");
        g.drawString(s,40,40);
    }
    public void destroy(){
        System.out.println("This is destroy();");
    }
}
```

　　程序在运行时，在 Applet 显示区域显示"Java Applet Method!"，在后台窗口中显示各个输出方法中的内容。当试着进行最小化 Applet 窗口、切换窗口等操作时，可以在后台窗口中看到 Applet 各种方法的执行顺序。例如，当第一次启动 Applet 执行时，Applet 的显示结果和后台输出结果如图 12-3 所示。

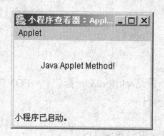

图 12-3　Applet 的显示结果和后台输出结果

　　除了上述的各种方法外，在 Applet 中还有一些常用的方法，例如，repaint()方法用来重画 Applet，showStatus()方法用来在 Applet 显示区域的下方状态行显示给定的字符串等。

12.2.2 Applet 和 HTML

由于 Applet 小程序本身不能够独立执行，必须要配合 HTML 文件才能够使用，因此有必要介绍一下 HTML 文件中各种与 Applet 相关的标记。

1. HTML 基本标记

HTML 语言是（Hyper Text Markup Language，超文本标记语言）的缩写，用来表示网上信息的符号标记语言。在 WWW 上，发布信息通常使用 HTML，它是 Web 页面的基础，任何一个 Web 页面都离不开 HTML，而且 HTML 也是 Web 应用开发的基础。它的一个最明显的特点就是它的大多数标记都是成对使用，而且不区分大小写。常用的 HTML 标记及其意义如表 12-1 所示。

表 12-1　常用 HTML 标记及其意义

标记名称	备注
<HTML>…</HTML>	标志整个 HTML 文件的开始和结束
<TITLE>…</TITILE>	设置浏览器窗口的显示标题
<HEAD>…</HEAD>	设置显示文件的相关信息
<BODY>…</BODY>	HTML 文件的主体部分
<H1>…</H1>至<H6>…</H6>	设置文字用指定的标题样式显示
<FONT color="blue" face="Arial" size="2">	设置文本的颜色、字体、大小等属性
<I>…</I>、<B>…</B>、<U>…</U>、<S>…</S>	设置文字斜体、粗体、下划线、删除线显示
<A href="example.htm">…</A>	链接到指定的 HTML 文件
<IMG src="img.gif">…</IMG>	显示指定的图片文件
<P>	开始一个新的段落
<HR length="4">	显示指定长度的水平线
<LEFT>、<RIGHT>、<CENTER>	设置对齐方式

下面使用各种标记编写一个 HTML 文件，查看效果。

例 12-3　HTML 标记使用举例。

```
<HTML>
<HEAD>
    <TITLE>Java HTML</TITLE>
</HEAD>
<BODY>
    <CENTER>
        <FONT face="隶书" size=7 color="blue">我是&lt;font&gt;标记！</FONT>
        <H1 align=center>我是&lt;h1&gt;标记！</H1>
        <A href="head.htm">我是超链接！</A>
        <U><S><B><I>我是文字设置标记！</I></B></S></U>
        <P>
        <HR>
    </CENTER>
```

```
</BODY>
</HTML>
```

在浏览器中运行 HTML 文件，显示的效果如图 12-4 所示。

图 12-4　HTML 标记的使用

2．Applet 相关标记

上述的例子中，没有嵌入 Java Applet。若将 Applet 嵌入到 Web 页面时，需要使用的标记是 <APPLET>…</APPLET>，此标记的完整语法格式如下：

```
<APPLET
    code=AppletFile
    [codebase=codebaseURL]
    width=pixels height=pixels
    [alt=alternateText]
    [name=AppletInstanceName]
    [align=alignment]
    [vspace= pixels hspace=pixels]
    >
    <PARAM name=AppletAttribute value=values>
    <PARAM name=AppletAttribute value=values>
    …
    [alternateHTML]
</APPLET>
```

其中加方括号的参数是可选的，具体的说明：

- **code=AppletFile**：这个属性给出编译好的 Applet 的字节码文件名，这个文件名只能是相对于 Applet 代码文件的路径，而不能是绝对路径，并且区分大小写。
- **codebase=codebaseURL**：指定 Applet 的 URL 地址，决定 Applet 的 URL 位置和目录。若默认，则使用当前 HTML 页面的路径。
- **width=pixels** 和 **height=pixels**：指定 Applet 显示区域的大小，单位为像素点数，由 Applet 运行产生的任何窗口或对话框不包括在内。
- **alt=alternateText**：指明当浏览器不支持显示 Applet 时，将会显示 alt 属性所设置的代替文本。
- **name=AppletInstanceName**：为 Applet 实例定义一个名字，多用于在同一个 HTML

中多个 Applet 之间的通信中进行标识。

- align=alignment：指定 Applet 显示区的对齐方式，其可选的属性值与<IMG>单元相同，主要有：left、right、center、top、texttop、middle、absmiddle、baseline、bottom 以及 absbottom 等多种。
- vspace= pixels 和 hspace=pixels：指定 Applet 显示区上下（vspace）和左右（hspace）两边空出的间距，单位是像素点。
- PARAM name=AppletAttribute value=values：用来从外界获取参数。PARAM 包括 name 和 value 两个属性，name 给出参数名，value 给出参数值，一个 Applet 单元可以包含多个 PARAM 单元。Applet 通过 getParameter()方法得到所给的属性值。
- alternateHTML：标识的文字在不支持 Applet 标记的浏览器中显示，可以用这部分文字代替 Applet。不支持 Java 的浏览器，会把<APPLET>和</APPLET>之间的普通 HTML 文本显示出来，对于支持 Java 的浏览器，则会将其中的这部分普通 HTML 文本忽略。

在 HTML 文件中的载入 Applet 时，通常采用下面最简单的格式：

```
<APPLET code="JavaApplet.class" width=200 height=200>
</APPLET>
```

注意：<APPLET>和</APPLET>必须成对出现，并且一定要指明载入的类名和显示区域的宽度和高度。HTML 标记名称不区分大小写，但是属性值区分大小写。

12.2.3　Applet 的执行

Applet 的执行方式有两种，一是在浏览器中执行，另外一种是使用 appletviewer 命令执行。

1．在浏览器中执行

Java 小应用程序必须要嵌入到 HTML 文档中，可以在支持 Java 的浏览器中直接浏览小应用程序的结果，即双击嵌入了 Applet 的 HTML 页面。常见的浏览器只能支持 JDK1.1 版的 Applet。若需要使用最新版本的 SDK，可以安装 SDK 相应版本的插件。

2．使用 appletviewer 命令执行

在 Java SDK 开发环境中提供了小应用程序浏览器，appletviewer.exe 是一个浏览 applet 的常用工具，它仅仅运行 HTML 文件中和 Applet 相关的信息，其他内容将不会被显示。appletviewer 通过命令行方式运行，运行时要指定一个嵌入 Applet 字节码的 HTML 文件名，使得 Applet 可以在指定区域显示执行。

例如，在命令行运行含有 Applet 的 HTML 文件 JavaApplet.html，需要下列代码：

```
appletviewer JavaApplet.html
```

12.2.4　Applet 和 Application

Applet 和 Application 的区别主要表现在：程序结构不同，运行方式不同。

它们执行方式的不同表现为：Application 是使用命令行命令直接运行，从其 main()方法开始运行的；而 Applet 则是在浏览器中运行的，首先必须创建一个 HTML 文件，通过编写 HTML 语言代码告诉浏览器载入何种 Applet 以及如何运行，再在浏览器中给出该 HTML 文件的 URL 地址即可，Applet 本身的执行过程也较 Application 复杂。

但是两者又有相容之处，有一种程序既可以是 Applet，也可以是 Application，这种程序可以独立在操作系统上运行，也可以在浏览器中运行。为了理解应用程序的要求，需要做较多的工作，但是一旦已经创建，Applet 应用程序代码就可作为一个更复杂程序的模板来使用。下面的例子就是这样的。

例 12-4 Applet 和 Application 混合程序。

```java
public class AppletApp extends Applet {
    Date date;
        public static void main (String args[]) {       //定义一个含有 main()方法的 Application
            Frame frame = new Frame("Application");     //产生一个窗口 Frame
            AppletApp app = new AppletApp();            //产生一个小应用程序对象
            frame.add(app, BorderLayout.CENTER);        //将小应用程序对象添加到 Frame 中去
            frame.setSize (250, 150);
            frame.addWindowListener (new WindowAdapter() {      //给窗口注册监听事件
                    public void windowClosing (WindowEvent e) {
                    System.exit(0);
                } );
            app.init();//  显示地调用小应用程序中的方法
            app.start();
            frame.setVisible(true); //  设置窗口可视
        }
    public void init() { //重新定义初始化方法
            date = new Date(); }
    public void paint (Graphics g) { //重新定义绘制图形方法
            g.drawString("This program is an Application, also   an Applet", 25, 25);
            g.drawString(date.toString(), 25, 60); }
}
```

程序作为 Application 运行时的结果如图 12-5 所示，作为 Applet 运行时的结果如图 12-6 所示。

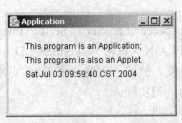

图 12-5 Application 运行时的结果   图 12-6 Applet 运行时的结果

12.3 Applet 的多媒体应用

12.3.1 AWT 绘制基础

由于 Applet 是 AWT 的一个组件，所以具有一般 AWT 组件的图形绘制功能。在 java.awt.Component 类中提供了图形绘制的相关方法，这些方法的作用都不相同。

1. void paint(Graphics g)方法

此方法已经在前面进行了介绍，是进行图形绘制的具体方法。Component 类中定义的方法只是执行空操作的方法，要在组件中绘制图形，需要重写 paint()方法。

2. void update(Graphics g)方法

用于更新图形。首先清除背景，然后设置前景，再调用 paint()方法完成组件的绘制。update()方法可以被修改，如：为了减少闪烁可不清除显示而直接调用 paint()，但一般情况下不用重写此方法。

3. void repaint()方法

用于重绘图形。在组件的位置发生移动或大小发生变化时，repaint()方法会立即被系统自动调用。

12.3.2 在 Applet 中输出文字

1. 文字输出

在 Applet 中经常需要输出一些文字，用来显示注释信息，在 Graphics 类中提供了各种输出文字的方法，主要有：

- public void drawBytes(byte bt[],int offset,int length,int x,int y)：将字节数组转化成字符串进行显示输出。bt[]为要显示的字节数组，offset 第一个要显示的字节索引值，length 要显示的字节数，在基线坐标(x,y)处开始显示字节数组。

- public void drawChars(char ch[],int offset,int length,int x,int y)：与上一个方法类似，将字符数组转化成字符串进行输出，其余选项类似。

- public void drawString(String str,int x,int y)：把指定的字符串 str 在指定的位置输出。此方法经常用到。

2. 字体设置（Font）

Font 类的一个对象表示一种字体显示效果，包括字体、字型和字号等内容，通过它可以设字母和符号的大小和外观。Font 类的构造方法有：

> Font(String name,int style,int size);

name 字体名包括 Courier、Dialog、Helvetica、Monospaced、SansSerif、Serif、TimesRomans 等。style 字型指字的外观，包括三个静态变量 Font.PLAIN（正常）、Font.BOLD（粗体）、Font.ITALIC（斜体）。size 指字体大小，以像素点为单位。例如，创建一个 Font 对象用来设置为 TimesRomans 字体的 20 点斜体字，可使用下面的语句实现。

> Font newfont=new Font(" TimesRomans " ,Font.ITALIC,20);

创建好的 Font 对象并不能立即生效，要想使用上面定义的 newfont 字体，就必须使用 Graphics 类或设置字体的组件类的 setFont()方法设置字体才行。例如，使用 Graphics 类对象 g 进行设置：

> g.setFont(newfont);

另外还可以通过 getFont()方法获得当前使用的字体。要想获得当前系统支持的各种字体可以使用下列方法：

> getToolkit().getFontList();

它的返回值是一个字符串数组，存储了当前系统的 AWT 工具集中所支持的字体列表。在

Font 类中还有很多其他的常用方法，如表 12-2 所示。

表 12-2　Font 常用方法

方法名	说明
public int getStyle()	获得当前字形
public int getSize()	获得当前字体大小
public int getName()	获得当前字体名称
public int getFamily()	获得当前字体的家族名称
public boolean isPlain()	判断当前字体是不是正常字体
public boolean isBold()	判断当前字体是不是粗体
public boolean isItalic()	判断当前字体是不是斜体

下面的例子是关于 Font 类的使用。

例 12-5　设置字体并输出字体名称。

```
String Fontlist[];
public void init(){    Fontlist=getToolkit().getFontList();}
public void paint(Graphics g){
        int x=20,y=20;
        for(int i=0;i<Fontlist.length;i++){
                Font f=new Font(Fontlist[i],Font.PLAIN,18);
                g.setFont(f);                g.drawString(Fontlist[i],x,y*(i+1));
                f=new Font(Fontlist[i],Font.BOLD,18);
                g.setFont(f);                g.drawString(Fontlist[i],x+150,y*(i+1));
                f=new Font(Fontlist[i],Font.ITALIC,18);
                g.setFont(f);                g.drawString(Fontlist[i],x+300,y*(i+1));
        }
}
```

程序的运行结果如图 12-7 所示。

图 12-7　Font 类方法的使用

3. 字体大小设置

类 FontMetrics 提供了给定字体的信息，例如字体的大小等。通过它可以得到某种字体在屏幕上的特定尺寸，每个字符的所在位置，为某种字体创建一个 FontMetrics 对象并使用存取方法来获得信息，可以帮助用户决定字符和字符串的确切大小。

一个字符串在屏幕上输出时，可以由三条线来分割：基线（base line）、底线（descender line）

和顶线（ascender line），如图 12-8 所示。ascent 指基线和顶线之间的距离，以像素为单位；descent 指基线和底线之间的距离，单位为像素；leading 指的是行间距，即上一行字符的底线与下一行字符顶线之间的距离；(x,y)点指字符在组件中的起始位置，并不是字符左上角的位置，是在水平基线（base line）上的起始点；height 为 ascent、descent 和 leading 之和。

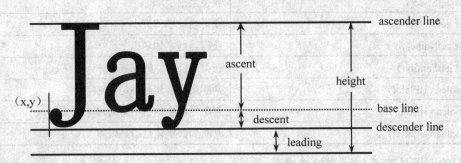

图 12-8   字体大小位置

在 Graphics 类或组件的方法中，提供了方法 getFontMetrics()用来获取当前字体的 FontMetrics 对象，然后通过调用 FontMetrics 类中的方法可以获取字体的各种信息。这些方法有：getAscent()、getDescent()、getHeight()、getLeading()等。

另外，还有方法 stringWidth()和 charWidth()可以返回一串字符串或一个字符的宽度。

例 12-6   显示字体的各个分界线。

```
public void paint(Graphics g){
        Font f=new Font("TimesRoman",Font.BOLD,40);
        g.setFont(f);
        String s="Hello JavaApplet!";
        FontMetrics fm=g.getFontMetrics();
        int ascent=fm.getAscent();    int descent=fm.getDescent();
        int leading=fm.getLeading();    int w=fm.stringWidth(s);
        g.drawLine(50,50,50+w,50);
        g.drawLine(50,50-ascent,50+w,50-ascent);
        g.drawLine(50,50+descent,50+w,50+descent);
        g.drawLine(50,50+descent+leading,50+w,50+descent+leading);
        g.drawString(s,50,50);
}
```

程序的运行结果如图 12-9 所示。

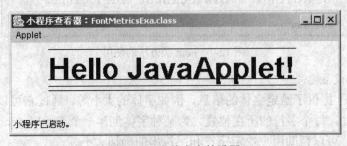

图 12-9   字体大小的设置

12.3.3　在 Applet 中使用颜色

在 java.awt 包中提供了一个 Color 类，这个类可以用来设置程序的显示色彩，其中包括 13 种颜色常量，多种创建颜色对象的构造方法以及多种获取和设置颜色的方法。

Java 采取 24 位的颜色标准，每一种颜色都是由红（R）、绿（G）、蓝（B）三种颜色按照不同的比例组合而成的，RGB 的取值范围均为 0～255，理论上可以组成 1600 万种以上的颜色，但实际的显示效果还要考虑不同设备的限制和需要。

Color 类提供的 13 种颜色常量，可以直接使用，它们均是 public final static 的变量，具体值的意义如表 12-3 所示。

表 12-3　Color 类的 13 种颜色常量值的意义

常量名称	颜色	对应的 RGB 值
Color.BLACK	黑色	0,0,0
Color.WHITE	白色	255,255,255
Color.RED	红色	255,0,0
Color.BLUE	蓝色	0,0,255
Color.GREEN	绿色	0,255,0
Color.PINK	粉红色	255,175,175
Color.YELLOW	黄色	255,255,0
Color.ORANGE	橙色	255,200,0
Color.MAGENTA	洋红色	255,0,255
Color.GRAY	灰色	128,128,128
Color.DARKGRAY	深灰色	64,64,64
Color.LIGHTGRAY	浅灰色	192,192,192
Color.CYAN	蓝绿色	0,255,255

注意：颜色常量大小写均可。例如，Color.BLACK 和 Color.black 都代表黑色。

在编程的过程中，用户都希望做出五颜六色的程序，仅仅使用上表中的颜色是不够的，还需要更多的颜色。Color 类中还提供了多种构造方法，可以使用它们创建出更多的颜色，常用的构造方法有：

- public Color(int r,int g,int b)：int 类型的 r、g、b 分别表示红、绿、蓝的含量，取值范围是 0～255。
- public Color(float r,float g,float b)：float 类型的 r、g、b 分别表示红、绿、蓝的含量，取值范围是 0.0～1.0。
- public Color(int rgb)：int 类型的 rgb 值按照二进制位来分配红、绿、蓝的含量，其中 16～23 位是红色的含量，8～15 位是绿色的含量，0～7 位是蓝色的含量。

利用上述的构造方法可以创建出更加丰富多彩的颜色，但是使用构造方法创建的颜色只是一个颜色对象，并不能马上起作用。要想利用刚刚创建好的颜色对象，还需要使用 Color 类中的方法，将颜色常量或颜色对象提供给这些方法，通过它们可以设置当前程序的颜色，这些方法包括：

- public void setColor(Color c)：把颜色对象 c 设置为当前的输出颜色。

例如，设 g 是一个 Graphics 类的对象，设置 g 当前颜色为粉红色的代码为：

```
g.setColor(Color.pink);              //使用 Color 常量
g.setColor(new Color(255,175,175));  //使用 Color 对象
```

- public String getColor()：读取当前颜色信息。
- public int getRed()：读取颜色的分量值，红色所占分量值。
- public int getGreen()：绿色所占分量值。
- public int getBlue()：蓝色所占分量值。

对于 GUI 组件，可使用与颜色相关的方法来分别设置或获取组件的背景色和前景色。

- public void setBackground(Color c)：设置组件的背景色。
- public Color getBackground()：读取组件的背景色。
- public void setForeground(Color c)：设置组件的前景色。
- public Color getForeground()：读取组件的前景色。

例 12-7　设置颜色举例。

```
public void paint(Graphics g){
        g.drawString("This is default Color!",20,20);
        Color c=new Color(0.6f,0.4f,0.2f);
        g.setColor(c);
        g.drawString("This is new Color!",20,60);
}
```

程序的运行结果如图 12-10 所示。

图 12-10　颜色的使用

12.3.4　在 Applet 中绘制图形

Java 语言的 Graphics 类包含了各种绘图方法，用于绘制直线、矩形、多边形、圆和椭圆等图形并进行简单的图形处理。

绘制图形时，总假设坐标原点在图的左上角，坐标为(0,0)，沿 X 轴向右方向为正方向沿 Y 轴垂直向下为正方向，度量单位为像素点。

绘图都是用 Graphics 类的对象来完成的，在 Applet 的 paint()方法中，会自动创建一个 Graphics 类的对象，在 JPanel 的 paintComponent()方法中也会自动创建一个 Graphics 类的对象，使用它可以进行图形绘制。Graphics 类中绘制图形的方法主要有：

- public void drawLine(int x1,int y1,int x2,int y2)：在指定两点(x1,y1)和(x2,y2)之间画一条直线。

- public void drawRect(int x,int y,int width,int height)：在指定位置以指定大小画一个矩形框。x 和 y 指的是矩形的左上角的点的坐标(x,y)，width 和 height 分别指矩形的宽和高。

- public void fillRect(int x,int y,int width,int height)：在指定位置以指定大小画一个实心矩形。其他参数同上。

- public void drawRoundRect(int x,int y,int width,int height,int ArcWidt,int ArcHeight)：在指定位置以指定的大小画一个圆角矩形框。前四个参数同上，参数 ArcWidth 和 ArcHeight 决定了矩形框拐角的形状和大小，即包含角的圆弧的矩形的宽和高。

- public void fillRoundRect(int x,int y,int width,int height, int ArcWidt,int ArcHeight)：在指定位置以指定的大小画一个实心的圆角矩形。参数同上。

- public void fill3DRect(int x,int y,int width,int height,boolean raised)：填充在指定位置有指定大小的矩形框，前四个参数同 drawRect()，参数 raised 将改变矩形框的明暗度，如果值为 true，则矩形框以三维立体的形式出现。

- public abstract void drawOval(int x,int y,int width,int height)：画椭圆。首先以(x,y)为左上角，以 width 和 height 为宽和高形成一个矩形框，然后在矩形框中做一个内切的椭圆，此椭圆即为所得。

- public void fillOval(int x,int y,int width,int height)：填充由(x,y)定义的指定大小的实心椭圆。参数同上。

- public abstract void drawArc(int x,int y,int width,int height,int startAngle,int arcAngle)：以指定的坐标和大小画一个弧。首先以(x,y)为左上角，以 width 和 height 为宽和高形成一个矩形框，然后在矩形框中做一个内切的椭圆，再次在椭圆上从 startAngle 弧度开始逆时针截取 arcAngle 角度的弧即可，arcAngle 的角度在 0～360 之间。

- public void fillArc(int x,int y,int width,int height,int startAngle,int arcAngle)：以指定的坐标和大小画一个实心弧，即绘制一个扇区。参数同上。

- public abstract void drawPloygon(int[] xPoint,int[] yPoint,int nPoint)：画一个多边形。由一组指定的点（xPoint, yPoint）所决定的多边形，参数 npoints 代表了多边形锐角的个数，Java 通过数组的前 n 对坐标生成符合锐角参数的多边形。

- public void fillPloygon(int[] xPoint,int[] yPoint,int nPoint)：画一个实心的多边形。参数同上。

- public abstract void clipRect(int x,int y,int width,int height)：划定一矩形区，使得所有的绘图操作只能在这个矩形区域内起作用，超出范围则无效。

上述的绘图方法，只要给定的参数合乎要求就一定能够绘制出所需的图形，下面的例子就是使用上述方法进行绘制图形的。

例 12-8　绘制图形。

```
public void paint(Graphics g){
        int x[]={30,30,70,50,90,100};
        int y[]={150,175,190,220,250,280};
        g.drawString("图形绘制",20,20);
        g.drawLine(60,60,100,60);
        g.drawRect(70,80,20,30);
```

```
        g.fillRect(200,100,20,30);
        g.drawRoundRect(120,50,130,50,30,30);
        g.fillRoundRect(240,150,70,40,20,20);
        g.fill3DRect(250,60,70,40,true);
        g.drawOval(90,100,50,40);
        g.fillOval(270,200,50,40);
        g.drawArc(170,80,60,50,0,120);
        g.fillArc(280,250,60,50,30,120);
        g.drawPolygon(x,y,6);
    }
```

程序的运行结果如图 12-11 所示。

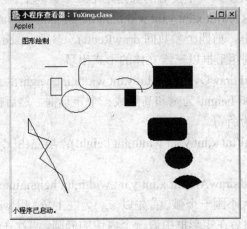

图 12-11　图形绘制方法的使用

12.3.5　在 Applet 中显示图像

在 Graphics 类中，装载图像首先需要 Image 类。对图像的处理一般首先装载图像，然后显示图像。

1. 装载图像

在 Applet 类中，有下列装载图像的方法：

Image getImage(URL url)：按照绝对路径装载一个 Image 对象，其中 url 是要显示图像的绝对路径。

Image getImage(URL url,String name)：按照目录名和文件名装载一个 Image 对象，其中 url 是一个图像所在的目录名，name 是一个图像文件名。这里 url 可以使用 Applet 类的成员方法获得：

URL getDocumentBase()：获得 HTML 文档 URL 的方法。

URL getCodeBase()：获得字节码文档 URL 的方法。

在 Application 程序中，必须通过类 Toolkit 提供的方法 getImage()来装载图像，装载图像的方法为：

Image getImage(URL url)：按照绝对路径装载一个 Image 对象，其中 url 是要显示图像的绝对路径。

Image getImage(String filename)：按照指定字符串为文件名装载一个 Image 对象。

得到 Toolkit 对象有两种方法，一种通过类 Toolkit 的静态方法 getDefaultToolkit()，一种是调用某一组件的实例方法 getToolkit()。如：

　　　　Image img=Toolkit.getDefaultToolkit().getImage("image1.gif");

或

　　　　Image img=getToolkit().getImage("image1.gif");

2．显示图像

显示图像是通过 Graphics 类的方法来实现的，具体方法如下：

- boolean drawImage(Image img,int x,int y,ImageObserver observer)：按照指定位置显示指定的图像。
- boolean drawImage(Image img,int x,int y,int width,int height,ImageObserver observer)：按照指定的位置、指定的大小显示指定的图像。
- boolean drawImage(Image img,int x,int y,Color bgcolor,ImageObserver observer)：按照指定的位置和背景色显示指定的图像。
- boolean drawImage(Image img,int x,int y,int width,int height,Color bgcolor,ImageObserver observer)：按照指定的位置、大小、背景色显示指定的图像。

方法 drawImage()在显示已经装载的图像数据后立即返回，因此在图像还没有完全载入前，对图像的显示是不完整的。这时可以使用图像跟踪技术，使得图像全部载入后才开始显示。由于类 Component 实现了接口 ImageObserver，所以在一个组件中显示图像时，可以指定 observer 为 this。

例 12-9　按照指定位置和大小显示图像。

```
Image img;                                           //定义图像对象
public void init(){
        img=getImage(getCodeBase(),"Water lilies.jpg");    //加载图像
}
public void paint(Graphics g){
        g.drawImage(img,10,10,300,200,this);         //显示图像
}
```

程序运行结果如图 12-12 所示。

图 12-12　显示图像

3. 生成图像

生成图像要通过实现了 ImageProducer 接口的类来完成。在 java.awt.image 包中提供了 FilteredImageSource 和 MemoryImageSource 两个类实现了 ImageProducer 接口。

MemoryImageSource 类使用一个数组来得到图像中每个象素点的值。构造方法如下：

MemoryImageSource(int width,int height,int pixel[],int offset,int scanLineWidth)：width 和 height 指明图像的大小，pixel 指明每个像素点的值，scanLineWidth 指明每行的像素数。

FilteredImageSource 类通过一个已经载入的图像和图像过滤器来生成一幅新的图像。构造方法如下：

FilteredImageSource(ImageProducer orig,ImageFilter imgF);

生成了 ImageProducer 型对象后，调用组件的 createImage()方法来生成图像。具体方法定义为：Image createImage(ImageProducer producer)。

例 12-10 按照要求生成图像。

```java
public void init(){
    Dimension d=getSize();              //获得小应用程序画布的大小
    int w=d.width;int h=d.height;       //分别获得高和宽
    int pixels[]=new int[w*h];          //创建存储每个像素点颜色的数组
    int index=0;
    for(int y=0;y<h;y++)
        for(int x=0;x<w;x++){
            int red=(x*2|y*2)&0xff;     //创建三基色值
            int green=(x*4|y*4)&0xff;            int blue=(x*8|y*2)&0xff;
            pixels[index++]=(255<<24)|(red<<16)|(green<<8)|(blue<<8); } //像素点的颜色
            img=createImage(new MemoryImageSource(w,h,pixels,0,w));     //生成图像
    }
public void paint(Graphics g){g.drawImage(img,0,0,this); }              //显示图像
```

程序运行结果如图 12-13 所示。

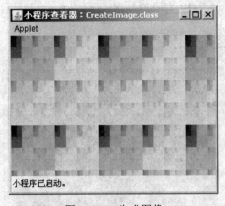

图 12-13　生成图像

12.3.6　在 Applet 中播放声音

Java 中 java.applet.AudioClip 类提供了播放目前常见的声音文件（例如 au、wav、aiff 和

midi 等）的方法。播放声音文件的步骤是首先装载声音文件，然后播放声音对象。

1. 装载声音文件

- AudioClip getAudioClip(URL url)：按照绝对路径装载声音文件。
- AudioClip getAudioClip(URL url,String name)：按照路径名和文件名装载声音文件。

2. 播放声音文件

- void loop()：循环播放一个已装载的声音文件。
- void play()：播放一个已装载的声音文件。
- void play(URL url)：播放指定绝对路径的声音文件。
- void play(URL url，String name)：播放指定目录和文件名的声音文件。
- void stop()：停止播放声音文件。

例 12-11   播放指定声音文件。

```
AudioClip au;                                    //定义声音对象
JButton start=new JButton("播放");JButton stop=new JButton("停止");
public void init(){
        au=getAudioClip(getCodeBase(),"ding.au");      //装载声音文件
        setLayout(new FlowLayout());                   //设置布局管理器
        start.addActionListener(this);                 //注册监听器
        stop.addActionListener(this);
        add(start);//添加按钮    add(stop);}
public void actionPerformed(ActionEvent e){            //事件处理
        JButton b=(JButton)e.getSource();
        if(b.equals(start)){      au.loop();           //播放声音文件}
        if(b.equals(stop)){       au.stop();}          //停止播放
}
public void stop(){au.stop();}                         //小程序结束时结束播放
```

程序运行结果如图 12-14 所示。

图 12-14   播放声音文件

 本章小结

本章主要讲述了 Applet 的基本结构和一般执行原理，Applet 的创建和执行过程，HTML 标记的使用，Applet 的类层次关系，Applet 的基本框架结构，Applet 的主要生命周期及每个生命周期对应的方法，Applet 的执行方法，Applet 的 AWT 图像绘制方法， Applet 的图像处理和声音处理的方法。

习题12

一、选择题

1．在 Applet 的关键方法中，下列方法（　　）是关闭浏览器以释放 Applet 占用的所有资源。

　　A．init()　　　　　　　　　　　　B．start()

　　C．paint()　　　　　　　　　　　D．destroy()

2．在 Applet 中显示文字、图形等信息时，应使用的方法是（　　）。

　　A．paint()　　　　　　　　　　　B．init()

　　C．start()　　　　　　　　　　　D．destroy()

3．下列关于 Applet 的说法中，错误的是（　　）。

　　A．Applet 自身不能运行，必须嵌入到其他应用程序（如浏览器）中运行

　　B．可以在安全策略的控制下读写本地磁盘文件

　　C．Java 中不支持向 Applet 传递参数

　　D．Applet 的主类要定义为 java.applet.Applet 类的子类

4．下列命令中，命令（　　）是运行 Applet 的命令。

　　A．javac　　　　　　　　　　　　B．java

　　C．javadoc　　　　　　　　　　　D．appletviewer

5．Applet 类的直接父类是（　　）。

　　A．Component 类　　　　　　　　B．Container 类

　　C．Frame 类　　　　　　　　　　D．Panel 类

6．paint()方法使用（　　）类型的参数。

　　A．Graphics　　　　　　　　　　B．Graphics2D

　　C．String　　　　　　　　　　　D．Color

7．当浏览器重新返回 Applet 所在页面时，将调用 Applet 类的（　　）方法。

　　A．start()　　　　　　　　　　　B．init()

　　C．stop()　　　　　　　　　　　D．destroy()

二、填空题

1．Applet 显示相关的 3 个方法是：paint()方法、update()方法和_____。

2．Applet 生命周期中的关键方法包括：_____、_____、start()、stop()、destroy()。

3．如果一个 Java Applet 源程序文件只定义有一个类，该类的类名为 MyApplet，则类 MyApplet 必须是_____类的子类并且存储该源程序文件的文件名为_____。

三、简答题

1．描述 Applet 的一般工作原理，Applet 的基本结构和每一个方法的作用，在 Applet 的常用方法中，哪些只运行一次，哪些运行多次？

2．简述 Applet 的执行方式。

3．简述 Applet 的生命周期。

4．简述在 Applet 中 paint()方法、repaint()方法和 update()方法之间的关系和区别。

5．如何将一个 HTML 文件中的参数传递到 Applet 中，参数的名字为 name，在 Applet 中如何接收？请在下列答案中选择。

（1）public void init(){
       String s=getParameter(＂name＂);
       …
    }

（2）public static void main(String args[]){
       String s=args[0];
       …
    }

（3）public static void main(String args[]){
       String s=getParameter(＂name＂);
       …
    }

（4）public void init(){
       int name=getParameter(＂name＂);
       …
    }

四、编程题

1．编写 Applet 在不同行、使用不同颜色显示自己的基本信息（姓名、学号、性别等）。

2．编写 Applet 画多个不同颜色嵌套的图形，当重新载入小应用程序时，颜色也可以发生变化（提示：使用随机数产生随机颜色）。

3．编写 Applet 显示字符串，设置字符串的显示位置、字体、大小和颜色。

4．编写一个 Applet 程序，可以在 HTML 文件中接收 PARAM 参数，并将参数的内容显示在浏览器中。

5．编写 Applet，使用绘制图形的方法输出自己的名字。

第 13 章　多线程

本章导读

本章主要介绍多线程的相关概念、线程的实现方法与状态、线程互斥与同步的实现以及多线程的应用四个方面的内容。

本章要点

- 线程的基本概念
- 创建并启动多线程的方式
- 多线程的调度执行（优先级的概念）
- 同步访问临界资源（共享数据）

13.1　多线程概述

13.1.1　线程相关概念

在学习多线程其他内容前，首先要了解线程的相关概念，主要包括程序、进程、多进程和多线程。

程序指的是一段静态的代码，它是应用软件执行的基础。

进程指的是程序的一次动态执行过程，它包括了代码的加载、执行到终止的整个过程。

线程也是一次动态的过程，它是比进程更小的执行单位，它是进程中能够独立运行的一个执行流。一个进程在执行的过程中，可以产生多个线程，每个线程都有自身的产生，执行到终止的过程。操作系统以线程为单位分配资源。

多进程指的是操作系统按照时间片轮转方式同时运行多个程序的情况。

多线程指的是在操作系统每次分时给程序一个时间片的 CPU 时间内，在若干个独立的可控制线程之间进行切换。线程间可以共享相同的内存空间，并利用这些共享内存来进行数据交换、实时通讯以及同步操作等。

13.1.2　Java 中的多线程

1. 线程类

Java 语言支持多线程结构，Java 应用程序总是从 main()方法开始执行。当 JVM 加载代码时，发现 main()方法，就会启动一个线程，这个线程称为"主线程"。因此可以说每个 Java 程序都有一个默认的主线程，可以通过调用 Thread.currentThread 来查看当前运行的是哪个线程。

Java 的线程通过 java.lang.Thread 类来实现，Thread 类是一个专门用来创建线程和对线程进行操作的类。此类中定义了许多方法，来创建和控制线程。这些方法可以分为如下四组：

（1）构造方法。用于创建用户的线程对象：

- public Thread()：创建一个线程。
- public Thread(String name)：创建命名为 name 的线程。
- public Thread(Runnable target,String name)：创建基于含有线程体对象的命名线程。
- public Thread(ThreadGroup group,Runnable target)：创建基于含有线程体对象的命名线程，并指定线程组。
- public Thread(ThreadGroup group,String name)：创建指定线程组的命名线程。
- public Thread(ThreadGroup group,Runnable target,String name)：创建基于含有线程体对象的命名线程，并指定线程组。

（2）run()方法。每个线程都通过某个特定对象的 run()方法来完成其操作，run()方法被称为线程体。

（3）改变线程状态的方法。如 start()、sleep()、stop()、suspend()、resume()、yield()和 wait()等方法。

（4）对线程属性进行操作的方法。如 setPriority()、setName()、getPriority()、getId()、getName()、getState()、isAlive()等。

2. 线程组

Java 提供了 ThreadGroup 类来管理一组线程，一个线程组也可以属于另外一个线程组。当主线程被创建时，同时也创建了一个主线程组，在主线程中创建的线程也属于主线程组。利用线程组可以同时改变大量线程的状态。

（1）构造方法。

- ThreadGroup(String name)：创建指定名字为 name 的线程组。
- ThreadGroup(ThreadGroup parent,String name)：创建指定名称为 name，父线程组为 parent 的线程组。

（2）其他常用方法。

- int activeGroupCount()：获得线程组中线程数量。
- void suspend()：挂起线程组。
- void resume()：恢复线程组。
- void stop()：停止线程组。

13.1.3　线程的状态和生命周期

一个线程从创建、启动到终止的整个过程就叫做一个生命周期。在其间的任何时刻，线程总是处于某个特定的状态。它们之间的转换图如 13-1 所示。

1. 新建状态

也称之为新线程状态，即创建了一个线程类的对象后，产生的新线程进入新建状态。此时线程已经有了相应的内存空间和其他资源，实现语句如下：

    Thread myThread=new myThreadClass();

这是一个空的线程对象，run()方法还没有执行，若要执行它，系统还需对这个线程进行登记并为它分配 CPU 资源。

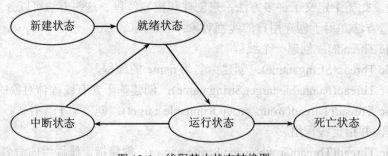

图 13-1　线程基本状态转换图

2. 就绪状态

该状态也叫可执行状态，当一个被创建的线程调用 start()方法后便进入可执行状态。对应的程序语句为：

```
myThread.start();              //产生所需系统资源，安排运行，并调用 run()方法
```

此时该线程处于准备占用处理机运行的状态，即线程已经被放到就绪队列中等待 CPU 调度执行。至于该线程何时才被真正执行，则取决于线程的优先级和就绪队列的当前状况。只有操作系统调度到该线程时，才真正占用了处理机并运行 run()方法。所以这种状态并不是执行中的状态。

3. 运行状态

当处于可执行状态的线程被调度并获得了 CPU 等执行必需的资源时，便进入到该状态，即运行了 run()方法。

4. 中断状态

当下面的四种情况之一发生时，线程就会进入中断状态：

- 调用了 sleep(int sleeptime)方法，线程让出 CPU 使用权 sleeptime 毫秒。
- 调用了 wait()方法，为的是等待一个条件变量。
- 调用了 suspend()方法。
- 执行某个操作进入阻塞状态，例如执行输入/输出（I/O）进入阻塞状态。

如果一个线程处于中断状态，那么这个线程暂时无法进入就绪队列。处于中断状态的线程通常需要由某些事件才能唤醒，至于有什么事件唤醒该线程，则取决于中断的原因。针对上面四种情况，都有特定的唤醒方法与之对应。对应方法如下：

- 若调用了 sleep(int sleeptime)方法后，线程处于睡眠状态。该方法的参数 sleeptime 为睡眠时间，单位毫秒。当这个时间过去后，线程进入就绪状态。
- 若线程在等待一个条件变量，那么要想停止等待的话，需要该条件变量所在的对象调用 notify()或 notifyAll()方法通知线程进入就绪队列等待 CPU 资源。
- 若线程调用了 suspend()方法，须由其他线程调用 resume()方法来恢复该线程，并进入就绪队列等待执行。
- 进入阻塞状态时线程不能进入就绪队列，只能等待引起阻塞的原因消除后，线程才能进入队列等待调度。若由于输入/输出发生线程阻塞，则规定的 I/O 指令完成即可恢复线程进入就绪状态。

5. 死亡状态

死亡状态又称作终止状态或停止状态。处于这种状态的线程已经不能够再继续执行。其中的原因可能是线程已经执行完毕，正常的撤消，即执行完 run()方法中的全部语句；也可能是被强行终止，例如，通过执行 stop()或 destroy()方法来终止线程。

13.1.4 线程的调度和优先级

处于就绪状态的线程首先排队等待 CPU 的调度，同一时刻可能有多个线程等待调度，具体执行顺序取决于线程的优先级（Priority）。

Java 虚拟机中由线程调度器负责管理线程，调度器把线程分为 10 个级别，由整数值 1~10 来表示，优先级越高，越先执行；优先级越低，越晚执行；优先级相同时，则遵循队列的"先进先出"的原则。有几个与优先级相关的整数常量：

- MIN_PRIORITY：线程能具有的最小优先级（1）。
- MAX_PRIORITY：线程能具有的最大优先级（10）。
- NORM_PRIORITY：线程的常规优先级（5）。

当线程创建时，优先级默认为由 NORM_PRIORITY 标识的整数。Thread 类与优先级相关的方法有：setPriority(int grade)和 getPriority()。setPriority(int grade)方法用来设置线程的优先级，整数型参数作为线程的优先级，其范围必须在 MIN_PRIORITY 和 MAX_PRIORITY 之间，并且不大于线程的 Thread 对象所属线程组的优先级。

Java 支持一种"抢占式"（preemptive）调度方式。抢占式是和协作式（cooperative）相对的概念。所谓协作式，是指一个执行单元一旦获得某个资源的使用权，别的执行单元就无法剥夺，即使其他线程的优先级更高。而抢占式则相反。比如，在一个低优先级线程的执行过程中，来了一个高优先级线程，若在协作式调度系统中，这个高优先级线程必须等待低优先级线程的时间片执行完毕，而抢占式调度方式则可以直接把控制权抢占过来。抢占式是比协作式更为优越的资源分配方式，Window3.X 采用的是协作式；Windows95/98/2000 采用的是抢占式。

Java 的线程调度遵循的是抢占式，一旦时间片有空闲，则使具有相同高优先级的线程以轮流的方式顺序使用时间片，直至线程终止。例如 A、B、C、D 为四个线程，其中 A 和 B 级别相同且高于 C 和 D，那么 Java 调度器会首先轮流执行 A 和 B，直到执行完毕进入死亡态，才会在 C 和 D 之间轮流执行。因此，为使低优先级线程能够有机会运行，较高优先级线程可以进入"睡眠"（sleep）状态。进入睡眠状态的线程必须在被唤醒之后才能继续执行。在实际编程时，要编写正确、跨平台多线程代码，必须假设线程在任何时刻都有可能被剥夺 CPU 资源的使用权。

13.2 多线程的实现与控制

13.2.1 多线程的实现方法

线程的所有活动都是通过线程体 run()方法来实现的。在一个线程被建立并初始化以后，Java 运行时系统就自动调用 run()方法，正是通过 run()方法才使得建立线程的目的得以实现。

Java 中有两种方法实现多线程：继承 Thread 类或其子类创建线程。优点是可以在子类中增加新成员，但是 Java 不支持多重继承，创建的线程子类不能再扩展其他的类。这时可以使用第二种方法，即实现 Runnable 接口法。任何实现接口 Runnable 的对象都可以作为一个线程的目标对象，类 Thread 本身也实现了接口 Runnable。下面分别介绍两种方法。

1. 继承 Thread 类或其子类

定义一个线程类，它继承线程类 Thread 并重写其中的 run()方法。

例 13-1　通过继承 Thread 创建一个子类。

```java
public class ThreadOne extends Thread {            //继承类
    private String name;                           //声明私有成员变量
    public ThreadOne(String name) { this.name=name; }
    public void run(){                             //重写方法
        for(int i=0;i<10;i++){
            System.out.println("My name is: "+name);
            try{ Thread.sleep(500);                //暂停线程 0.5 秒
                }catch(InterruptedException e){e.printStackTrace();}
        }
    }
    public static void main(String[] args) {
        ThreadOne t1=new ThreadOne("Tom");    //创建线程
        ThreadOne t2=new ThreadOne("Peter");
        t1.start();t2.start();//启动线程
    }
}
```

2. 实现 Runnable 接口

创建一个类实现接口 Runnable，作为线程的目标对象。初始化一个线程类时，将目标对象传递给 Thread 实例，由该目标对象提供 run()方法。

例 13-2　通过 Runnable 接口运行线程。

```java
public class ThreadTwo implements Runnable {    //实现接口
    private String name;                        //声明私有成员变量
    public ThreadTwo(String name) {      this.name=name;      }
    public void run(){                          //重写方法
        for(int i=0;i<10;i++){
            System.out.println("My name is: "+name);
            try{ Thread.sleep(500);             //暂停线程 0.5 秒
                }catch(InterruptedException e){e.printStackTrace();}
        }
    }
    public static void main(String[] args) {
        ThreadTwo r1=new ThreadTwo("Tom");  //创建 run()方法所在类的对象
        ThreadTwo r2=new ThreadTwo("Peter");
        Thread t1=new Thread(r1);               //创建线程
        Thread t2=new Thread(r2);
        t1.start();t2.start();                  //启动线程
    }
}
```

3. 两种方法的比较

（1）继承 Thread 类。

● 不能再继承其他类，可以直接操作线程。

● 编写简单，无需使用 Thread.currentThread()。

（2）实现 Runnable 接口。

● 可以将 CPU、代码、数据分开，形成清晰的模型。

● 此时是可以继承其他类的。

● 保持程序风格的一致性。

具体使用哪一种，依据实际情况而定。

13.2.2 多线程的控制

1. 终止线程

当一个线程终止后，其生命周期就结束了，进入死亡状态。终止线程的执行可以用 stop() 方法。需要注意的是此时并没有消灭这个线程，只是停止了线程的执行，并且这个线程不能用 start() 方法重新启动。一般情况下不用 stop() 方法终止一个线程，只是简单的让它执行完而已。很多复杂的线程程序将需要控制每一个线程，在这种情况下会用到 stop() 方法。

2. 测试线程的状态

为了避免出错可以测试一个线程是否处于被激活的状态，方法为 isAlive()。一个线程已经启动而且没有停止就被认为是激活的。如果线程 t 是激活的，t.isAlive() 将返回 true，但该线程是可运行的或是不可运行的，不能做进一步的区分；如果返回 false，则该线程是新创建或已被终止的。

3. 线程的暂停和恢复

（1）sleep()：通过调用该方法可以指定线程睡眠一段时间。

（2）suspend() 和 resume()：调用 suspend() 方法使线程暂停，并不是永久的停止线程，可以用 resume() 方法重新激活线程。

（3）join()：使得当前线程等待调用该方法的线程执行完毕之后再继续，如：

```
TimeTread thread=new TimerThread(100);
thread.start();
…
public void timeout(){
    thread.join();        //等待线程执行完后再继续
        …
    }
```

也可以使用 join(long timeout) 限定等待时间。

13.3 多线程的互斥与同步

13.3.1 线程的死锁

在进行多线程编程时，经常会出现多个线程共享数据或资源的问题。这时在多线程运行时，必须要考虑每个线程的状态和行为，否则就不能保证程序的运行结果的正确性。多个线程共享的资源称为"临界资源"。

当两个或两个以上的线程在执行过程中，因争夺临界资源而造成一种互相等待的现象，若无外力作用，它们都将无法推进下去，此时称系统处于"死锁状态"或系统产生了"死锁"。此时执行程序中两个或多个线程将发生永久堵塞（等待），每个线程都在等待被其他线程占用并堵塞了的资源。例如，一个线程试图从堆栈中读取数据（pop()），而另一个线程试图向堆栈中写入数据（push()），如何能保证读取的数据和写入数据的一致性？在 Java 多线程应用中，引入了线程互斥与同步的技术来解决此类问题。

13.3.2　多线程的互斥

Java 语言中为保证线程对共享资源操作的完整性，用关键字 synchronized 为共享资源加标记来解决。此标记使线程对共享资源互斥操作，此标记称为"互斥锁"。每个共享资源对象都有一个互斥锁，它保证任意时刻只能有一个线程访问共享资源。例如，在堆栈操作中，程序读取数据时，将堆栈的互斥锁锁上，写数据的线程就不能访问堆栈。当读线程读取完毕，将锁打开后，写线程才有可能进行写操作，这样可以保证数据的一致性。关键字 synchronized 的使用有以下几种形式：

（1）限制部分代码段在执行时互斥。

```
public void push(char c){                public char pop(){
    …                                        …
    synchronized(this) {                     synchronized(this) {
    stackWrite(c);                           retuen stackRead();
    }                                        }
}                                        }
```

这样可以避免读写文件冲突问题。

（2）限制方法执行时互斥。

将 synchronized 可以放在方法声明中修饰方法：

```
public synchronized void push(char c){    public   synchronized void pop(){
    …                                          …
}                                         }
```

这样整个方法在执行时，其内容都是互斥的。

13.3.3　多线程的同步

前面讨论了多线程访问共享资源时引起的数据冲突问题及使用互斥锁来解决这种问题的方法。但在多线程设计时还有另外一种问题存在：如何控制共享资源的多线程的执行进度，即多线程的同步问题。例如，在堆栈操作中，一个线程要向堆栈中写入数据，它已经将堆栈上了锁，但是堆栈中却没有数据，此时读线程就会等待有人向堆栈中写数据，而它又不把锁打开，写线程就不能进行写操作，这时也会发生死锁状态。下面就介绍解决这种问题的方法，也就是实现线程同步的方法。

Java 通过 wait()和 notify()（或 notifyAll()）方法来实现线程之间的相互协调。wait()方法可以使不能满足条件的线程释放互斥锁而进入等待状态。当其他线程释放资源时，会调用

notify()(或 notifyAll())方法再唤醒等待队列中的线程，使其获得资源恢复运行。

下面编写程序使用多线程互斥与同步技术解决堆栈读写操作的问题。

例 13-3 堆栈读写操作。

首先创建线程类，包括两个同步并且互斥访问数据的方法。

```java
public class DataStack {                            //堆栈类
    private int index=0;                            //下标
    private char data[]=new char[10];               //数据存储
    public synchronized void push(char c) {         //放入数据
        while(index==data.length){                  //同步条件
            try{        this.wait();                 //等待
            }catch(InterruptedException e){}
        }
        this.notify();                              //激活线程
        data[index]=c;                              //放入数据
        index++;                                    //修改下标
        System.out.println("Input data: "+c);       //输出结果
    }
    public synchronized char pop(){                 //取出数据
        while(index==0){                            //同步条件
            try{ this.wait();                        //等待
            }catch(InterruptedException e){}
        }
        this.notify();                              //激活线程
        index--;                                    //修改下标
        System.out.println("Output data: "+data[index]);//输出结果
        return data[index];                         //返回数据
    }
}
```

然后创建使用堆栈的两个线程类 WriterPerson 和 ReaderPerson。

WriterPerson 代码如下：

```java
public class WriterPerson extends Thread{                //写入数据的线程
    DataStack stack;
    public WriterPerson(DataStack stack) {this.stack=stack;    }
    public void run(){
        char c;
        for(int i=0;i<5;i++){
            c=(char)(Math.random()*26+'a');
            stack.push(c);                              //写数据
            try{ this.sleep((int)(Math.random()*500));  //暂停线程 0.5 秒
            }catch(InterruptedException e){e.printStackTrace(); }
        }
    }
}
```

ReaderPerson 代码如下：

```java
public class ReaderPerson extends Thread{                //读取数据的线程
```

```
        DataStack stack;
        public ReaderPerson(DataStack stack) {this.stack=stack;}
        public void run(){
            for(int i=0;i<5;i++){
                stack.pop();//取数据
                try{ this.sleep((int)(Math.random()*1000));        //暂停线程 0.5 秒
                }catch(InterruptedException e){e.printStackTrace();}
            }
        }
    }
```

最后创建主类运行程序：

```
    public class StackTest {//主类
        public static void main(String[] args) {
            DataStack stack=new DataStack();                    //创建堆栈
            WriterPerson wp=new WriterPerson(stack);            //创建写线程
            ReaderPerson rp=new ReaderPerson(stack);            //创建读线程
            wp.start();//启动线程
            rp.start();
        }
    }
```

在上述 Stack 类中利用 push 和 pop 方法来写入和读取数据，增加了 wait()和 notifyAll()功能。这两个方法用来同步线程的执行，除了这两个方法之外，notify()方法也可以用于同步。对于这些方法说明如下：

（1）wait()、notify()和 notifyAll()必须在已经持有锁的情况下执行，所以它们只能出现在 synchronized 作用的范围内。

（2）wait()的作用是释放已经持有的锁，进入等待对列。

（3）notify()的作用是唤醒等待队列中第一个线程并把它移入锁申请队列。

（4）notifyAll()的作用是唤醒等待队列中所有线程并把它们移入锁申请队列。

13.3.4　GUI 多线程示例

使用多线程技术和 GUI 技术创建一个用来计算指定范围内所有素数的实例。计算结果在窗体上显示，并创建一个线程控制窗体对线程状态进行控制，具体内容参考下列代码。

（1）创建类判断某一个数是不是素数。

```
    public class Prime {//素数类
        public boolean isPrime(int num){//判断 num 是不是素数
            if(num==1){return false;}
            else{for(int i=2;i<num;i++){
                if(num%i==0){return false;}
            }
            return true;}
        }
    }
```

（2）创建线程类用于计算指定范围内的素数。

```
public PrimeThread(int begin,int end) {        //安排组件的顺序     }
public void run(){//计算指定范围内的所有素数
        Prime myprime=new Prime();
        int i=begin;
        while(i<=end){
                    if(myprime.isPrime(i)){
                            String str=" "+i;
                            aprime.append(str); }
                    i++;
                    try{Thread.currentThread().sleep((int)(Math.random()*100));
                    }catch(Exception e){e.printStackTrace();}
        }
    }
```

（3）创建显示线程计算结果的窗体。

略。

（4）创建控制线程运行状态的面板。

```
    public ThreadExa(int num,int counter) {
        mygroup=new ThreadGroup[num];
        //创建组件
        t=new Thread[num];
        JFrame f3=new JFrame("线程控制");
        f3.setLayout(new FlowLayout(FlowLayout.CENTER));
        int b=counter/num;
        int i=0,c=2;
        while(i<num){if((i+1)==num){c=counter;}
                    else     c=(i+1)*b;
                p[i]=new PrimeThread(i*b+1,c);
                f[i]=new MultiThread((i*b+1)+"-"+c,(i*b+1),c,i);
                f[i].add(p[i]);
                f[i].setSize(300,280);         f[i].setLocation(300*i,100);
                f[i].setVisible(true);
                f[i].setDefaultCloseOperation(JFrame.EXIT_ON_CLOSE);
                mygroup[i] =new ThreadGroup("素数计算"+i);
                t[i]=new Thread(mygroup[i],p[i]);
                t[i].start();
                btnr[i]=new JButton("继续线程"+(i+1));
                btnp[i]=new JButton("暂停线程"+(i+1));
                btnr[i].addActionListener(this);
            btnp[i].addActionListener(this);
            f3.add(btnr[i]);
            f3.add(btnp[i]);         i++;}
    }
        public void actionPerformed(ActionEvent e){
            for(int i=0;i<btnp.length;i++){
                if(e.getSource().equals(btnr[i])){   mygroup[i].resume();     }
                if(e.getSource().equals(btnp[i])){   mygroup[i].suspend();     }}
```

```
        }
    public static void main(String[] args) {//初始化数据
            String s1=JOptionPane.showInputDialog("请输入要计算的范围：");
            String s2=JOptionPane.showInputDialog("请输入要启动的线程数：");
            ThreadExa te=new ThreadExa(Integer.parseInt(s2),Integer.parseInt(s1));}
    }
```

程序运行之后首先要求输入计算的范围，然后要求输入计算数据需要启动的线程数，最后将显示输入数量的窗体显示输出结果，并可以在显示的面板上对线程进行控制，即暂停或者继续某个线程的运行，结果如图 13-2 所示。

图 13-2　运行结果

本章小结

本章从线程的基本概念出发，详细介绍了多线程的相关概念、线程组、生命周期、五种状态和线程优先级；Java 中实现多线程的两种方法：继承 Thead 类法和实现 Runnable 接口法；另外，通过实例详细阐述了什么是线程的互斥与同步以及如何解决多个线程的互斥与同步问题。通过本章学习，读者应该对多线程技术有一个更深入的认识，同时更主要的是掌握如何在 Java 中使用多线程，并且可以将图形用户界面技术和多线程技术结合在一起使用，开发应用程序。

 习题13

一、选择题

1. 下列选项中不属于多线程作用的是（　　　）。
   A．使多 CPU 系统更加有效　　　　　B．改善程序结构
   C．提高内存存储空间　　　　　　　　D．提高应用程序响应能力
2. 在多线程程序中，当某种资源发生（　　）状况时被称为临界资源。
   A．被系统占用　　　　　　　　　　　B．多个进程共享
   C．多个线程共享　　　　　　　　　　D．达到最大或者是最小值
3. 利用继承 Thread 类实现多线程，在 Thread 的子类中，下列（　　）方法必须被实现。
   A．run()　　　　　　B．start()　　　　　　C．Thread()　　　　　　D．sleep()

4. 线程生命周期中正确的状态是（　　　）。

A．新建状态、运行状态和终止状态

B．新建状态、运行状态、阻塞状态和终止状态

C．新建状态、可运行状态、运行状态、阻塞状态和终止状态

D．新建状态、可运行状态、运行状态、恢复状态和终止状态

5．Thread 类中能运行线程体的方法是（　　）。

A．start()　　　　　B．resume()　　　　C．init()　　　　　　D．run()

6．下列方法中可以用来创建一个新线程的是（　　　）。

A．实现 java.lang.Runnable 接口并重写 start()方法

B．实现 java.lang.Runnable 接口并重写 run()方法

C．继承 java.lang.Thread 类并重写 run()方法

D．实现 java.lang.Thread 类并实现 start()方法

7．下列关于线程优先级的说法中，正确的是（　　　）。

A．线程的优先级是不能改变的

B．线程的优先级是在创建线程时设置的

C．在创建线程后的任何时候都可以设置

D．B 和 C

8．下列关于线程调度的叙述中，错误的是（　　　）。

A．调用线程的 sleep()方法，可以使比当前线程优先级低的线程获得运行机会

B．调用线程的 yeild()方法，只会使与当前线程相同优先级的线程获得运行机会

C．当有比当前线程的优先级高的线程出现时，高优先级线程将抢占 CPU 并运行

D．具有相同优先级的多个线程的调度一定是分时的

9．调用线程的下列方法，不会改变该线程在生命周期中状态的方法是（　　　）。

A．yeild()　　　　　B．wait()　　　　　C．sleep()　　　　　　D．isAlive()

10．下列情况中，不会使线程返回所持有的对象锁的是（　　　）。

A．当 synchronized()语句块执行完毕

B．当调用了线程的 suspend()方法

C．当在 synchronized()语句块中出现异常（exception）

D．当持有锁的线程调用该对象的 wait()方法

11．下面关于线程优先级的说法中，错误的是（　　　）。

A．Java 中的线程的优先级有三个静态常量

B．新建线程的优先级默认为最低

C．优先级高的线程优先被执行

D．一个线程运行时，有可能被比它高优先级的线程抢占运行

二、填空题

1．线程的_____方法只会使具有与当前线程相同优先级的线程有运行的机会。

2．在 Java 应用程序启动时，Java 运行系统为该应用程序创建了一个称为_____的线程组。

3．线程在生命周期中要经历 5 种状态，分别是_____、_____、_____、_____、_____。创建线程程序的方法有_____和_____。

三、简答题

1．简述什么是线程？什么是多线程？

2．简述线程的生命周期。

3．简述线程的创建方法以及两种方法的不同之处。

4．判断下面的说法正确吗？如果不正确请说明理由。

（1）当一个线程睡眠时，sleep 方法不消耗处理器时间。

（2）如果一个线程停止了，那么它是不可执行的。

（3）在 Java 语言中，一个具有较高优先级的可执行线程将抢占处理器资源。

5．简述引起线程死锁的原因以及应该如何避免死锁的发生。

6．分析下面程序的输出结果是什么？

```java
public class myThread extends Thread {
    int count= 1, number;
    public myThread (int num) {
        number = num;
        System.out.println("创建线程  " + number);
    }
    public void run() {
        while(true) {
            System.out.println("线程  " + number + ":计数  " + count);
            if(++count== 3) return;
        }
    }
    public static void main(String args[]){
        for(int i = 0; i < 3; i++)
            new myThread (i+1).start();
    }
}
```

四、编程题

1．编写一个 Java 小程序。在屏幕上显示时间，每隔一秒钟刷新一次。为使小程序不影响其他程序的运行，请使用多线程。

2．使用线程技术模拟百米赛跑。

第 14 章 Socket 网络编程

本章主要介绍使用 Java 如何进行网络编程，首先讨论如何通过 URL 及其相关的类连接到 WWW，然后介绍如何通过 Socket 使用 TCP/IP 和 UDP 协议在网络上两个应用程序之间进行数据交换。

● 协议和端口的概念
● URL 及其相关类操作
● 基于 TCP 协议相关类操作
● 基于 UDP 协议相关类操作

14.1　网络编程概述

14.1.1　网络通信概述

网络通信指的是采用网络协议实现计算机之间的数据交换。网络协议指的是通信的计算机双方约定好的规则集合，一般网络通信使用的是 TCP/IP 协议。为了有效地实施网络通信，需要对协议进行分层。在实际应用中，TCP/IP 协议分为 4 层，而在每一层又分布着不同的协议，具体如图 14-1 所示。

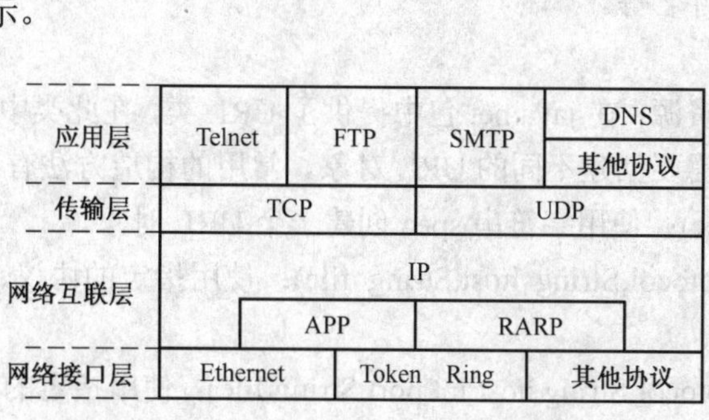

				DNS
应用层	Telnet	FTP	SMTP	其他协议
传输层	TCP		UDP	
网络互联层	IP			
		APP	RARP	
网络接口层	Ethernet	Token Ring		其他协议

图 14-1　TCP/IP 协议参考模型

在 Java 中，网络编程不需要对 TCP/IP 协议了解很多，因为 java.net 包中封装了协议通信的具体细节，这使得 Java 网络应用程序设计还是在应用层进行。本章所谓的网络编程指的是使用传输层的 TCP 和 UDP 协议进行应用程序通信。

TCP 是面向连接的、可靠的协议。UDP 是面向无连接的、不可靠的协议。一个网络连接包括一个 5 元组，具体内容如下：

(协议名称,本地地址,本地端口,远程地址,远程端口)

协议名称：用来确定通信双方的通信格式。

本地地址和远程地址：确定参与通信的计算机的位置。

本地端口和远程端口：确定计算机间哪两个进程进行通信。端口的取值范围为 0～65535，其中 0～1024 为操作系统保留端口，已经具有了特殊的意义。由于在计算机上可以运行多个应用程序，为了区分这些运行的程序，在网络通信中就采用了区分端口的方法。

14.1.2 Java 相关类

Java 中所有与网络通信相关的类都封装在了 java.net 包中。其中基于 TCP 传输协议的类有 URL、URLConnection、Socket 和 ServerSocket。基于 UDP 传输协议的类有 DatagramPacket、DatagramSocket 和 MulticastSocket。Socket 是客户机与服务器之间进行通信的一种机制。在客户机和服务器中，分别创建独立的 Socket，并通过 Socket 的属性，将两个 Socket 进行连接。实现连接之后，就可以通过 Socket 进行客户机和服务器间的通信了。

14.2 URL 类和 URLConnection 类

14.2.1 URL 类

URL（Uniform Resource Locator）是统一资源定位器的简称，它表示 Internet 上的某一资源的地址。它包括两个方面的内容：协议名和资源名，中间用冒号隔开。例如：

http://www.cctv.com

其中，协议名指明资源所使用的传输协议，如 http、ftp 等，资源名指出资源的地址，包括主机名、端口号、文件名等。

1. URL 类

为了能够使用网络资源，在 java.net 包中提供了 URL 类，在此类中提供了六种 URL 的构造方法，可以根据不同需要创建不同的 URL 对象。常用的构造方法有：

● URL(String spec)：使用字符串 spec 创建一个 URL 对象。

● URL(String protocol,String host,String file)：使用指定的协议、主机和文件创建一个 URL 对象。

● URL(String protocol,String host,int port,String file)：使用指定的协议、主机、端口号和文件创建一个 URL 对象。

2. URL 类方法

一个 URL 对象生成以后，这个对象会自动具有某些属性值。例如，基于 http 协议的 URL 对象具有的属性值有：对象的协议名、主机名、端口号等，这些属性值是不能进行改变的，但是可以使用 URL 类提供的方法进行查看。这些方法有：

- public Object getContent(Class[] classes)：返回 URL 对象的内容。
- public String getProtocol()：返回 URL 对象使用的协议名。
- public String getPort()：返回 URL 对象的端口号，若端口没有设置，返回-1。
- public String getHost()：返回 URL 对象的主机名。
- public String getFile()：返回 URL 对象的文件名。
- public String getPath()：返回 URL 对象的路径。

并不是每一个 URL 对象都具有这些属性，根据使用协议的不同有所不同。

3. 通过 URL 读取 WWW 信息

当得到一个 URL 对象后，就可以通过它从 WWW 读取指定的资源。需要使用 URL 类的 openStream()方法，此方法与指定的 URL 建立连接并返回一个 InputStream 对象，使用此对象可以从连接中读取信息。

14.2.2　URLConnection 类

URLConnection 类是一个基于 HTTP 协议的类。与 URL 成功建立连接后，可以使用 URLConnection 对象来实现对连接进行的读写操作。使用 URL 类的 openConnection()方法可以构造一个 URLConnection 类的对象。这个类的方法很丰富，可以对服务器上的文件进行更多的操作。URLConnection 类也有构造方法 URLConnection（URL url），可以构造一个对指定 URL 的连接对象，但使用此构造方法创建的对象并未与指定的 URL 建立实际的连接，还需要使用 URLConnection 类的 connect 方法建立连接。而使用 URL 类的 openConnection 方法构造时，就不需要使用 connect 方法建立连接了。

14.3　面向连接 TCP 通信类

14.3.1　InetAddress

在 java.net 包中提供了 InetAddress 类，可以用来描述一个 IP 地址，此类中提供了一些常用的方法来帮助访问网络资源，它们是：

- public static InetAddress getByName(String host)throws UnknowHostException：确定所给主机名的计算机的 IP 地址。
- public static InetAddress getLocalHost()throws UnknowHostException：返回本地主机名和 IP 地址。
- public String getHostName()：获得指定 IP 地址的主机名。

例 14-1　获取本机用户名和 IP 地址。

```
public void start(){
    try{Hostaddr=InetAddress.getLocalHost();
    }catch(UnknownHostException e){System.out.println(e.getMessage());}
    repaint();}
public void paint(Graphics g){   g.drawString("Host name/IP:   "+Hostaddr.toString(),10,30);}
```

程序的运行结果如图 14-2 所示。

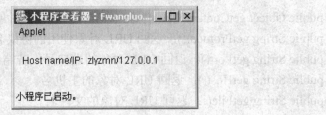

图 14-2 访问网络资源

14.3.2 流式通信协议

流式 Socket 通信是一种基于连接的通信，即在通信开始前先由通信双方确认身份并建立一条专用的虚拟连接通道，通过通道传送数据信息，进行通信，通信结束后再将连接拆除。流式通信主要通过 Socket 和 ServerSocket 类来完成，它们分别代表客户端和服务器端，在任意两台计算机间建立连接。流式通信的过程可以使用图 14-3 表示。

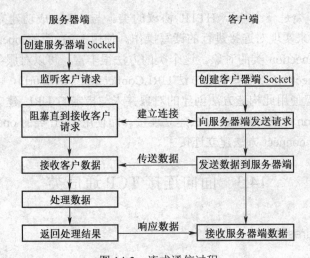

图 14-3 流式通信过程

14.3.3 Socket

Socket 用在客户端，用户通过构造一个 Socket 对象来建立与服务器的连接。Socket 连接可以是流连接，也可以是数据报连接，这取决于构造 Socket 对象使用的构造方法，一般情况下是流连接。流连接能把所有数据准确有序地送到接收方，但是速度较慢。Socket 类的构造方法主要有以下几种：

- Socket()：建立一个空的 Socket 类的对象。
- Socket(String host,int port)：构造一个连接指定主机、指定端口的 Socket 流对象。
- Socket(String host,int port,boolean type)：构造一个连接指定主机、指定端口的 Socket 类的对象，boolean 类型参数用来设置是流连接还是数据报连接。
- Socket(InetAddress address,int port)：构造一个指定 Internet 地址、指定端口的 Socket 流对象。

- Socket(InetAddress address,int port,boolean type)：构造一个指定 Internet 地址、指定端口的 Socket 流对象，boolean 类型参数用来设置是流连接还是数据报连接。

构造完 Socket 对象后，就可以通过 Socket 类来建立输入、输出流，通过流来传送数据。获得数据流的方法如下：

- InputStrean getInputStream()：获得 Socket 的输入流。
- OutputStream getOutputStream()：获得 Socket 的输出流。
- void close()：关闭 Socket。

14.3.4　ServerSocket

ServerSocket 类用在服务器端，接收用户端传送的数据，ServerSocket 的构造方法主要有：

- ServerSocket()：建立一个没有绑定端口的 ServerSocket 类对象。
- ServerSocket(int port)：建立一个绑定到指定端口的 ServerSocket 对象。
- ServerSocket(int port,int backlog)：建立一个绑定到指定端口且指定接收队列最大长度的 ServerSocket 类对象。

ServerSocket 类常用的成员方法有：

- Socket accept()：等待连接，此方法在指定 ServerSocket 上挂起等待，直到有客户连接时，才创建一个用于处理客户请求的新的 Socket 对象。
- void bind(SocketAddress endport)：绑定到指定 IP 地址的方法。
- void close()：关闭连接。

14.3.5　流式通信示例

下面通过一个具体的实例来说明如何使用 Socket 和 ServerSocket 类开发一个客户端－服务器（C/S）模型的应用程序。

首先是服务器端程序，具体编程步骤为：

（1）使用 ServerSocket 类监听指定端口，即创建一个 ServerSocket 对象，端口可以随意指定（建议使用大于 1024 的端口）。

（2）使用 ServerSocket 对象的 accept()方法等待客户连接请求，此时服务器一直保持停滞状态，直到客户端发来请求，建立新的 Socket 对象。

（3）使用新建的 Socket 对象建立输入、输出流对象。

（4）使用流对象方法完成与客户端的数据传输，并把处理结果返回给客户端。

（5）完成通信后，关闭通信流，关闭用来监听的 Socket 对象。

服务器端具体代码：

```
class SocketServer extends JFrame implements ActionListener{
//声明组件
ServerSocket mysocket;                //声明服务器端的 Socket
static Socket connect=null;
SocketServer()throws IOException{     //安排组件的顺序}
    public void actionPerformed(ActionEvent e){
        JButton b=(JButton)e.getSource();
        if(b.equals(btnstart)){
```

```
            try{String p=port.getText();
                if(!p.equals("")){                               //启动服务器
                    mysocket=new ServerSocket(Integer.parseInt(port.getText()));
                    connect=mysocket.accept();              //接受客户端连接
                l5.setText("服务器已经启动！监听端口在"+p+"。");}
                    else{JOptionPane.showMessageDialog(this,"请输入端口号!","提示信息"
,JOptionPane.INFORMATION_MESSAGE);}
                }catch(Exception ee){l5.setText("服务器启动错误！");}
                }if(b.equals(btnconvert)){
                    try{ BufferedReader in=new BufferedReader(new
InputStreamReader(connect.getInputStream()));          //获得接收数据流
                    PrintWriter out=new PrintWriter(connect.getOutputStream(),true);   //获得发送数据流
                    String line=in.readLine();                    //接收客户端信息
                    oldword.setText(line);
                    newword.setText(line.toUpperCase());        //转换信息
                    out.println(line.toUpperCase());            //将转换结果返回客户端
                }catch(Exception ioe){
                    l5.setText("数据传输错误！"); }
                }
            }
        }
```

客户端程序，具体编程步骤为：

（1）使用 Socket 类的构造方法对网络上某一个服务器的某一个端口发出连接请求。

（2）连接成功后，使用 Socket 类的成员方法 getInputStream()和 getOutputStream()创建输入/输出流。

（3）使用流对象的相应方法读写数据。

（4）通信完成后，关闭流对象，关闭 Socket。

客户端的具体代码如下：

```
class SocketClient extends JFrame implements ActionListener{
    //声明组件
    Socket connect;          //声明发送数据和接收数据的 Socket
    SocketClient(){          //安排组件的顺序}
        public void actionPerformed(ActionEvent e){
        JButton b=(JButton)e.getSource();
        if(b.equals(btnconnect)){
            try{String h=address.getText();
                String p=port.getText();
                if(h.equals("")||p.equals("")){
                    JOptionPane.showMessageDialog(this,"请输入服务器名称和端口号!",
                        "提示信息",JOptionPane.INFORMATION_MESSAGE);}
                else{connect=new Socket(InetAddress.getByName(h),Integer.parseInt(p));  //连接服务器
```

```
            l5.setText("连接服务器成功！");}
        }catch(Exception ee){l5.setText("连接服务器失败！");}
    }
    if(b.equals(btnsend)){
        try{    PrintWriter out=new PrintWriter(connect.getOutputStream(),true);   //获得发送数据流
            BufferedReader in=new BufferedReader(new
                InputStreamReader(connect.getInputStream()));    //获得接收数据流
            out.println(word.getText());                        //发送数据
            String line=in.readLine();                          //接收服务器转换结果
            newword.setText(line);
        }catch(Exception ioe){ l5.setText("数据传输错误！");}}
}
```

首先运行服务器端程序，自动获得服务器名称，默认端口为 5200，也可更改为其他端口。单击"启动"按钮，服务器端会使用 ServerSocket 类监听指定端口，等待客户端连接请求，如图 14-4 所示。然后在客户端输入服务器名称和端口号，单击"连接"按钮使用 Socket 类发起连接请求，连接成功后打开会话，如图 14-5 所示。客户端输入要转换的内容，单击"发送"按钮后，等待服务器的回应，如图 14-6 所示。服务器端单击"转换"按钮，接收客户端发送来的信息进行转换，并将转换后的结果返回给客户端，如图 14-7 所示。服务器端转换完成后，客户端自动显示转换结果，如图 14-8 所示。

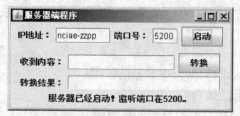

图 14-4　服务器端程序启动 　　　　　　　图 14-5　客户端程序发出请求连接

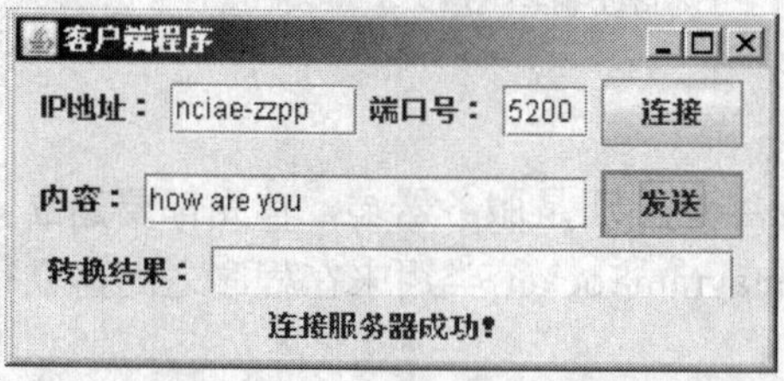

图 14-6　客户端程序发送信息 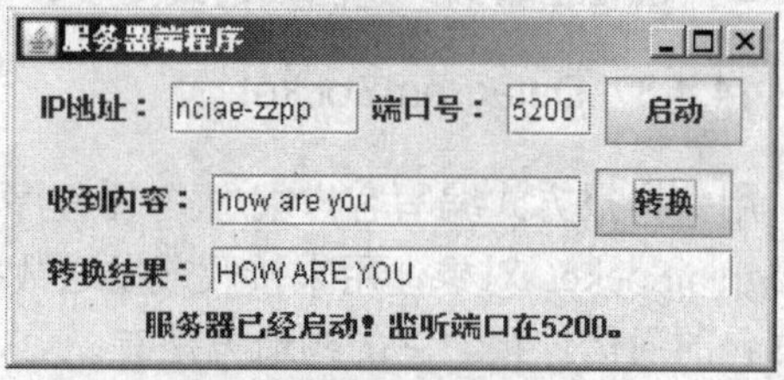　　　　　　图 14-7　服务器端转换信息

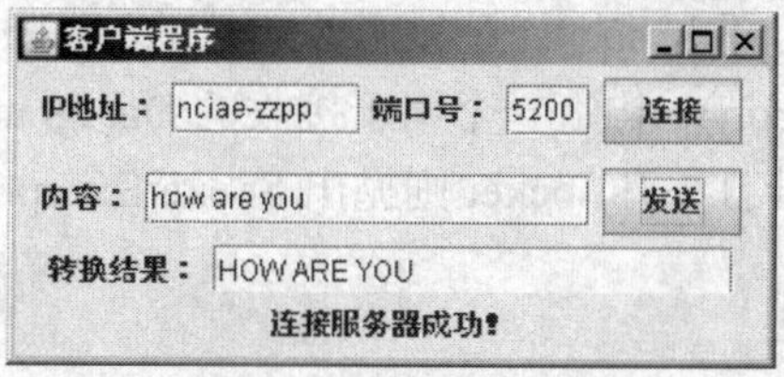

图 14-8　客户端接收到客户端转换结果

14.4　面向无连接 UDP 通信类

14.4.1　数据报通信协议

基于连接的通信可以确保整个通信过程准确无误，但是连接的建立和拆除增加了程序的复杂性，同时在通信过程中始终保持连接也会占用系统资源，所以只适合集中、连续的通信，例如网上聊天，而对于一些断续的通信则应该使用无连接的数据报方式。

数据报（Datagram）是网络层数据单元在介质上传输信息的一种逻辑分组格式，它是一种在网络中传播的、独立的、自身包含地址信息的信息。它能否到达目的地，到达时间、到达时内容是否会变化不能准确知道，它的通信双方不需要建立连接。发送和接收数据报需要使用 java.net 包中的 DatagramSocket 和 DatagramPacket 类。

14.4.2　DatagramPacket

DatagramPacket 类是进行数据报通信的基本单元，它包含了需要传送的数据、数据报的长度、IP 地址和端口等。DatagramPacket 的构造方法有：

- DatagramPacket(byte[] buf,int len)：构造一个用于接收数据报的 DatagramPacket 对象，byte[]用于存放数据报，len 指明接收的数据报的长度。
- DatagramPacket(byte[] buf,int len,InetAddress address,int port)：构造一个用于接收数据报的 DatagramPacket 对象，byte[]用于存放数据报，len 指明接收的数据报的长度，address 和 port 指明目的计算机的地址。

DatagramPacket 类的常用成员方法有：

- byte[] getData()：返回包含接收到或要发送的数据报中数据的数组。
- int getLength()：返回发送或接收到的数据的长度。
- InetAddress getAddress()：返回一个发送或接收此数据报的机器的 IP 地址。
- int getPort()：返回发送或接收数据报的远程主机的端口号。

14.4.3　DatagramSocket

用数据报方式编写客户端/服务器程序，无论在客户端还是服务器端，首先都要建立一个 DatagramSocket 对象，用来接收或发送数据报。DatagramSocket 类用来在程序之间建立传送数据包的通信连接。它的构造方法有：

- DatagramSocket()：构造一个用于发送的 DatagramSocket 对象，并使其与本机任一可用的端口连接，若打不开 socket 则抛出 SocketException 异常。
- DatagramSocket(int port)：构造一个用于接收的 DatagramSocket 对象，并使其与本机指定的端口连接，若打不开 socket 则抛出 SocketException 异常。

14.4.4　数据报通信实例

下面通过一个具体的实例来说明使用 DatagramPacket 和 DatagramSocket 类开发应用程序的过程。

首先是客户端，具体编程步骤为：

（1）通过创建 DatagramSocket 对象来建立数据报通信的 Socket。

（2）通过 DatagramPacket 对象为每个数据报创建一个数据报文包，用来实现无连接的包传送服务。

（3）通过调用 DatagramPacket 对象的 send(DatagramPacket data)方法发送数据报文包。

（4）客户端要接收报文，需要使用 DatagramPacket(byte[] buf,int len)构造方法创建一个用来接收数据报的新对象，然后使用此对象再调用 receive(DatagramPacket data)方法来接收数据报。

（5）处理缓冲区中的数据，通信结束使用 DatagramSocket 对象的 close()方法关闭数据报通信。

客户端的具体代码如下：

```
class DatagramClient extends JFrame implements ActionListener{
    //声明组件
    DatagramSocket sends,receives;              //声明发送数据报和接收数据报的 Socket
    DatagramPacket sendp,receivep;              //声明发送数据报文包和接收数据报文包
    DatagramClient(){
            //安排组件的顺序
            waitForPacket();                    //监听服务器的数据报
    }
    public void actionPerformed(ActionEvent e){
        try{    txalog.appendText("\n 客户端：");
                String s=txfsay.getText();      //获得客户端留言
                byte data[]=new byte[100];
                s.getBytes(0,s.length(),data,0);    //将字符串转换成字节数组
                //创建发送数据报文包
                sendp=new DatagramPacket(data,s.length(),InetAddress.getByName("127.0.0.1"),2000);
                sends.send(sendp);              //发送数据报
                txalog.appendText(s);           //显示客户端留言
                txfsay.setText("");             //清空留言
        }catch(IOException ioe){txalog.appendText("网络通信错误！");}
    }
    void waitForPacket(){
        try{sends=new DatagramSocket();             //实例化一个发送数据报的 Socket 对象
            receives=new DatagramSocket(2001);      //实例化一个接收数据报的 Socket 对象
        }catch(SocketException e){txalog.appendText("无法与指定端口连接！");}
        while(true){
            try{byte buf[]=new byte[100];
                receivep=new DatagramPacket(buf,buf.length);    //创建一个接收数据报文包
                receives.receive(receivep);                     //接收数据报
```

```
                txalog.appendText("\n 服务器端： ");
                byte data[]=receivep.getData();                          //读取数据报中的数据
                String s=new String(data);                               //将字节数组转化为字符串
                txalog.appendText(s);                                    //显示接收到的服务器端数据
            }catch(IOException ioe){txalog.appendText("网络通信错误！");}
        }
    }
```

程序运行结果如图 14-9 所示。

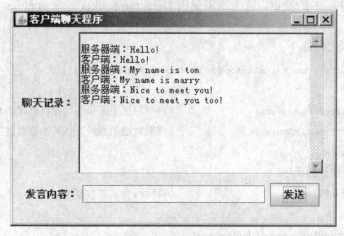

图 14-9　客户端聊天界面

　　然后是服务器端，在数据报通信中，通信双方不需要建立连接，所以服务器端通信过程与客户端通信过程很相似，基本编程步骤为：

（1）建立数据报通信的 DatagramSocket 对象。

（2）构造数据报文包 DatagramPacket 对象。

（3）接收数据报和发送数据报。

（4）处理数据报中的数据。

（5）处理完毕关闭通信的 Socket 对象。

服务器端的具体代码如下：

```
class DatagramServer extends JFrame implements ActionListener{
    //声明组件
    DatagramSocket sends,receives;      //声明发送数据报和接收数据报的 Socket
    DatagramPacket sendp,receivep;      //声明发送数据报文包和接收数据报文包
    DatagramServer(){                   //安排组件的顺序
        waitForPacket();                //监听客户端数据报
    }
    public void actionPerformed(ActionEvent e){
        try{    txalog.appendText("\n 服务器端： ");
            String s=txfsay.getText();
```

```
                byte data[]=new byte[100];
                s.getBytes(0,s.length(),data,0);
                //创建发送数据报文包
                sendp=new DatagramPacket(data,s.length(),InetAddress.getByName("127.0.0.1"),2001);
                sends.send(sendp);              //发送数据报
                txalog.appendText(s);
                txfsay.setText("");
            }catch(IOException ioe){txalog.appendText("网络通信错误！");}
        }
        void waitForPacket(){
            try{sends=new DatagramSocket();         //实例化一个发送数据报的 Socket 对象
            receives=new DatagramSocket(2000);      //实例化一个接收数据报的 Socket 对象
            }catch(SocketException e){System.exit(1);}
            while(true){
                try{    byte buf[]=new byte[100];
                        receivep=new DatagramPacket(buf,buf.length);    //创建一个接收数据报文包
                        receives.receive(receivep);
                        txalog.appendText("\n 客户端：");
                        byte data[]=receivep.getData();                 //读取数据报中的数据
                        String s=new String(data);
                        txalog.appendText(s+"\n");
                }catch(IOException ioe){txalog.appendText("网络通信错误！");}
            }
        }
    }
```

程序运行结果如图 14-10 所示。

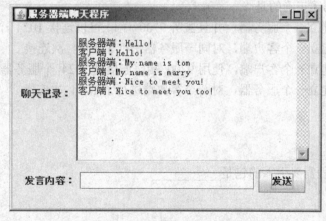

图 14-10　服务器端聊天界面

本章小结

本章从介绍网络通讯基础知识入手，讲解了使用 Java 如何进行网络编程，首先介绍通过 URL 及其相关的类连接到 WWW，并解析内容进行处理；然后介绍通过 Socket 使用 TCP 和 UDP 协议在网络上两个应用程序之间进行数据交换的方法。

通过本章的学习读者可以初步了解 Java 访问网络资源的方法，另外配合多线程和图形界面技术可以开发自己的网络通讯程序。

习题14

一、选择题

1. 一个已经连接的 Socket 对象 socket，调用 socket 的（　　）方法可以得到输入流。

　　A．getSocketInputStream()　　　　　B．getInputStream()

　　C．getChannel()　　　　　　　　　　D．getOutputStream()

2. 读以下代码：

```java
public static void main(String[] args){
    Socket [] sockets=new Socket[1024];
    point =0;
    try{
        ServerSocket serverSocket=new ServerSocket(9700);
        while(true&&point <1024){
        sockets[point++]=serverSocket.accept();
        System.out.println("ServerSocket connected");
        }
    }catch(Exception e){ }
}
```

对于以上代码描述正确的是（　　）。

　　A．该代码建立一个服务器，并且监听 9700 端口,可以连接 1024 个客户端

　　B．该代码建立一个客户端，对同一服务器进行了 1024 次连接

　　C．该代码建立一个客户端，使用 9700 端口连接到 1024 个服务器上

　　D．该代码建立一个服务器，对一个客户端进行了 1024 次连接

二、填空题

1. URL 是＿＿＿＿＿＿。

2. 进行网络编程需要引入的包是＿＿＿＿＿。

三、简答题

简述 Java 网络编程的两种方法。

参考文献

[1]　（美）H.M. Deitel，P.J.Deitel 著．Java 大学教程（第 5 版）．北京：电子工业出版社，2007．

[2]　王新春等编著．Java 程序设计实例教程．北京：清华大学出版社，2009．

[3]　王彬彬编著．Java 大学教程（第 2 版）．北京：清华大学出版社，2008．

[4]　耿祥义编著．Java 课程设计（第二版）．北京：清华大学出版社，2008．

[5]　（美）埃史尔著．Java 编程思想（第 4 版）．陈昊鹏译．北京：机械工业出版社，2007．

[6]　孙卫琴编著．Java 面向对象编程．北京：电子工业出版社，2006．

[7]　雍俊海编著．Java 程序设计教程（第 2 版）．北京：清华大学出版社，2007．

[8]　陈明主编．Java 语言程序设计．北京：清华大学出版社，2009．

[9]　（美）Richardson 等著．Java 高级编程（JDK6 版）．黄湘情等译．北京：人民邮电出版社，2007．

[10]　（美）Joyce Farrell 著．Java 程序设计大全．武嘉澍译．北京：北京大学出版社，2003．

[11]　李钟尉等编．Java 从入门到精通．北京：清华大学出版社，2008．

[12]　郑莉编著．Java 语言程序设计．北京：清华大学出版社，2006．

[13]　邵丽萍编著．Java 语言实用教程（第 2 版）．北京：清华大学出版社，2008．

[14]　刘钊等编著．Java 程序设计基础．北京：清华大学出版社，2007．

[15]　欧立奇等编著．Java 程序员面试宝典．北京：电子工业出版社，2007．

[16]　印旻等编著．Java 语言与面向对象程序设计（第 2 版）．北京：清华大学出版社，2007．

[17]　Cay S.Horstmann，Gary Cornell 著．Java 2 Fundamentals, 6E．北京：清华大学出版社，2003．

[18]　孙燕等编．Java 程序设计培训教程．北京：清华大学出版社，2002．

[19]　绍光亚，绍丽萍编著．Java 语言程序设计．北京：清华大学出版社，2002．

[20]　王克宏等编著．Java 技术及其应用（第 2 版）．北京：高等教育出版社，2007．

[21]　刘晓华等编著．精通 Java 核心技术．北京：电子工业出版社，2003．

[22]　张思民编著．Java 语言程序设计．北京：清华大学出版社，2007．

[23]　贾素玲等编著．Java 程序设计．北京：清华大学出版社，2007．

[24]　张化祥等编著．Java 语言基础教程．北京：清华大学出版社，2007．

[25]　刘兆宏等编著．Java 语言程序设计案例教程．北京：清华大学出版社，2008．

[26]　殷兆麟编著．Java 语言程序设计（第 2 版）．北京：高等教育出版社，2007．

[27]　曹德胜等编著．Java 上机实践指导教程．北京：机械工业出版社，2004．

[28]　黄明，梁旭编著．Java 信息系统设计与开发实例．北京：机械工业出版社，2004．

中国水利水电出版社
www.waterpub.com.cn

出版精品教材 服务高校师生

以普通高等教育"十一五"国家级规划教材为龙头带动精品教材建设

普通高等院校"十一五"国家级规划教材

21世纪高职高专创新精品规划教材

21世纪高职高专规划教材

21世纪高职高专新概念规划教材

21世纪中等职业教育规划教材

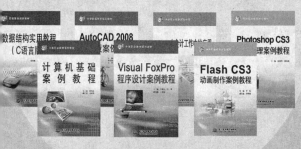

21世纪高职高专教学做一体化规划教材

软件职业技术学院"十一五"规划教材

21世纪高职高专案例教程系列

中国水利水电出版社
www.waterpub.com.cn

出版精品教材 服务高校师生

以普通高等教育"十一五"国家级规划教材为龙头带动精品教材建设

普通高等院校"十一五"国家级规划教材

21世纪高等学校精品规划教材

高等院校"十一五"规划教材

普通高等教育"十一五"规划教材

21世纪高等院校计算机系列教材

21世纪电子商务与现代物流管理系列教材

新世纪电子信息与自动化系列课程改革教材

21世纪高等院校计算机科学规划教材

21世纪高等院校课程设计丛书

21世纪高等院校规划教材